浙江省五年文学作品选（2013—2017）编委会

主　任

麦　家　臧　军

副主任

王旭烽　黄先钢　袁　敏　嵇亦工
吴琪捷　袁亚平　褚佩荣　竹雄伟
汤红英　曹启文　晋杜娟

舟山卷编委会

主　编

来　其

副主编

姚碧波

编　辑

来　其

浙江省五年文学作品选（2013—2017）

舟山卷

舟山市作家协会　编

浙江人民出版社

图书在版编目（CIP）数据

浙江省五年文学作品选. 2013—2017. 舟山卷 / 舟山市作家协会编. —杭州 ：浙江人民出版社，2018.9

ISBN 978-7-213-08788-2

Ⅰ. ①浙… Ⅱ. ①舟… Ⅲ. ①中国文学-当代文学-作品综合集-舟山 Ⅳ. ①I218.55

中国版本图书馆 CIP 数据核字(2018)第 108671 号

浙江省五年文学作品选(2013—2017)·舟山卷

舟山市作家协会　编

出版发行　浙江人民出版社(杭州市体育场路 347 号　邮编　310006)

　　　　　市场部电话:(0571)85061682　85176516

责任编辑　余慧琴

责任校对　戴文英

封面设计　观止堂_未氓

电脑制版　杭州大漠照排印刷有限公司

印　　刷　浙江印刷集团有限公司

开　　本　710 毫米×1000 毫米　1/16

印　　张　18.25

字　　数　249 千字

插　　页　2

版　　次　2018 年 9 月第 1 版

印　　次　2018 年 9 月第 1 次印刷

书　　号　ISBN 978-7-213-08788-2

定　　价　50.00 元

前　言

“文变染乎世情，兴废系乎时序。”文学最能反映一个时代、一个地区的变迁。浙江的发展、民众的心声，都能在文学中得到最形象、最生动、最活泼的体现。文学也是一座桥梁，因为它的存在，再遥远的距离也是咫尺，再曲折的道路也是通途，再陌生的人群也是朋友。

在当代中国文学版图中，浙江始终占有非常重要的位置。近五年来，浙江文学有了全方位的发展。首先，资深作家仍旧保持着旺盛的创作力，同时，一批青年作家，如“70后”和“80后”作家群体迅速崛起，已经成长为全国同类作家中的佼佼者。浙江文坛形成了一支年龄结构合理、地域分布均衡的创作队伍。其次，新兴文学类型逐渐形成规模和特色，文学作品与影视改编之间形成良性互动，有效扩大了浙江文学与浙江作家的影响力。最后，在网络文学的创作、发展、引导和培育上，浙江异军突起，特色鲜明，积累了大量有效经验。浙江逐渐成为中国网络文学的重镇，涌现出一大批网络文学名家和网络文学优秀作品。

2013年7月2日，浙江省作家协会第八次代表大会选举产生了新一届主席团，浙江文学工作翻开了新的一页。为总结省八届作代会以来的浙江文学成就，省作协牵头汇编近五年来浙江作家的优秀文学作品丛书。本丛书按地市划分，共12卷。每卷又分小说、诗歌、散文、报告文学、儿童文学等门类，总计400多万字规模。本丛书从作品征集、评审和遴选到编辑出版，历经近一年时间，是省作协和各地方作协通力合作、辛勤工作的结晶。

2013—2017年注定是不平凡的五年。在这五年中,习近平总书记在文艺工作座谈会和中国文联十大、中国作协九大开幕式上发表了重要讲话,为中国文艺的发展指明了方向和道路。这五年来,浙江文学随着中国文学一起茁壮成长,已充分彰显出鲜明的"浙味"风格并取得骄人的成绩。这五年来,文学"浙军"队伍不断壮大,已成为当代中国文坛的一支重要生力军。浙江文学的良性发展,离不开全国文学健康发展的大气候,同样,浙江文学的发展也在为中国文学的繁荣昌盛添砖加瓦。

这五年来,浙江文学所取得的成就在本丛书中得到了一次集中的反映、展现和检阅,但也只是初步的。还有很多优秀的作品,因篇幅所限无法收入。本丛书只是一个了解浙江近五年来文学发展的窗口。

回望过去的五年,全省作家们努力前行,自觉把艺术追求融入时代潮流,创作了大量优秀的文学作品,但离创作出"无愧于我们这个伟大民族、伟大时代的优秀作品"还有一段距离。习近平总书记在文艺工作座谈会上的讲话中指出:"没有中华文化繁荣兴盛,就没有中华民族伟大复兴。"这是摆在每一个文艺工作者面前的光荣使命和任务。"雄关漫道真如铁,而今迈步从头越。"文学既关乎个人的内心,也是集体的事业,更是民族的事业。伟大的时代呼唤伟大的作品,希望全省作家们为着这个目标继续奋斗,创作更多、更好的精彩华章。

浙江省作协党组书记、副主席　臧　军

2018年7月2日于杭州

目　录

I

小说篇

暴　跌(节选)

◎陈　锟

注定牛倒霉,这一天。

牛,三十来岁,来自杭州,就读于北京某写作讲习坊。我写道,上午九点光景,牛吹着口哨,独自走了一段路。天气晴朗。杨花柳絮漫天飘飞。路边,一团又一团蓬松的花絮滚来滚去,显得无依无靠。对此,行色匆忙的人们普遍生厌,又奈何不得。牛在想,这道春天的街景,北京的一大特色,倒有点儿诗意。不过,诗意毫无立足之地,在车来人往的大街上。牛挤上了一辆开往通州的公共汽车。车厢里少见的拥挤,又充满复杂的味道。牛敞开着西装,双手紧抓扶手,以免刹车时撞在别人身上。三个打扮时髦的小伙子在牛的身边蹭来蹭去,并未引起他的警惕。好在,乘车时间不会太长。牛宽慰自己,车子一上京通高速,几分钟便可到达通州北苑站。

到了那里,牛采购点东西,还得赶往宋庄——从圆明园迁移过来的画家村,看望一个穷困潦倒的画家朋友。前两天,画家在电话里对牛说,你要的一幅水粉画已描好,还配上了一个很不错的画框,有空过来拿吧。牛觉得,当场问这幅画的价格,实在太见外,但报酬是一定要给的,只不过是用什么方式给的问题。他知道画家日子过得艰难,一日三餐只拿蔬菜和挂面煮着吃。一星期吃一回猪肉,为的是让干燥的肠胃滋润一下。他无怨无悔,至少在嘴上,在别人面前。他满脸沧桑但脸皮很薄,从不开口向朋友借钱。为朋友创作一幅画,给钱他就跟你急。

画家在北京两个著名的画家村前后生活了八年。他说以卖画为生,声称自己的画,尤其是水粉画,已达到国内一流水平,而事实上,这么多年,他只向老外出手过一幅画,换得美金五十块。用一般人的眼光来看,现在,他的境遇相当糟糕:在老家离了婚,又辞去了旱涝保收的工作,仅靠原单位分的一间筒子楼出租费用——两百五十块钱,每月由胞妹汇来(暗中又给垫补一百),也就是说,三百五十块,支撑着一个三十五岁男人的日常生活,包括买颜料和画纸。

两年前,妹妹为他花了一万多块钱,在宋庄购置一座破旧的农家小院(前后有四间房),使其有个安稳的窝。之后,几个画家朋友和农民兄弟,陆续帮其收拾收拾,又添置几件旧家具,安上电话,使得家园像模像样。这种独门独户的小院,令每天穿梭于钢筋混凝土丛林里的都市人无不向往。

北苑站到了。

牛挤下了车。

今天急着赶往宋庄,取画是其次,主要是想看看画家生活的农家小院,顺带考察一下周围环境,因为我们的牛先生,也想在那儿买座院落,落居于艺术气氛浓厚的小村庄。至于那幅画家用心创作的画,牛打算用两种方式予以回报:一是在农贸市场买一袋大米、一只羊腿、一刀猪肉、一筐水果,再到超市选购两桶食用油、一箱加钙牛奶,然后叫上一辆摩的,连人带货运往宋庄;二是到附近的发廊里去侦察一番,看看哪家有为男人服务的小姐——收费合理的话,晚上请画家来放松一回——他上次到讲习坊看望牛,说自己已两年没跟女人那个了,压抑得不得了。好,先去逛发廊。

点燃了一根香烟。见盒子里所剩无几,便想到路边的售货亭里去买盒三五烟。摸摸衣袋,又去摸裤袋,摸了一遍,再摸一遍,摸遍全身——哎呀,牛惊叫一声——皮夹丢了！

呆愣了一会儿。想起来了——出门时随手把皮夹往西装口袋里一塞，而没有藏进内袋，真是太大意了。刚才车上人多，肯定是给浑水摸鱼的“三只手”钳走了。今天，幸亏没在皮夹里夹身份证、银行卡之类的物件。今天的皮夹里有一千三百块钞票和两张电话卡。报警怎样？在派出所里被人家七问八问，又要做笔录、按手印，想一想，头都大了。

皮夹不翼而飞，彻底败坏了牛的情绪。他没面子去见画家。也就是说，他变得有点死皮赖脸，除了空口白话，再也没有东西回报人家。换句话说，没有了皮夹，他就什么也不是了。他觉得自己一无所有。两手空空，在画家面前，算怎么回事？没事儿，破财消灾，平平安安回讲习坊吧。他不断地安慰自己，裤袋里还有几块毛票，坐公共汽车返回倒不成问题。

这不过是倒小霉。

小小的操场，小小的食堂，还有，一幢小小的楼房，构成一所小小的写作讲习坊，一个小小而又精彩的世界。

没有课程安排，今天，又是四月艳阳天，气温宜人。学员们大都一反睡懒觉的常态，早早地出门，各奔东西了。楼里难得的宁静，好像，静得有些不真实。

穿着软底皮鞋进入走廊，无声无息。临行前，牛跟鼠说好的，自己晚上住在宋庄，感受一下画家村的夜晚，怎么突然折回来了？他没有回自己的房间，而是径直去了鼠的宿舍。

510室的门虚掩着，里面空无一人。床沿下这双熟悉的皮鞋，一只底朝天，一双袜子团在另一只鞋里。这一切都表明，我们的女主人——鼠，并没有走出这幢楼。她趿着拖鞋能去哪里？牛喝了口桌上的茶水，意外发现，充当烟缸的可乐罐里有个白色过滤嘴。这杯茶还温热着，烟嘴也不是鼠偶尔抽的那种香烟上的，因此，他不难断定，这里来过什么男人了。

走廊还是原来的走廊，牛的心情却变得复杂了。待在房门口，看到斜对面516房号,这使他想到了虎——《新锐》杂志执行主编、著名评论家。小小的文坛,大大的世界,说到虎,几乎无人不知。虎已过不惑之年,是讲习坊特聘导师,自身的水平,在文坛的影响以及对女学员的热情,有目共睹。虎一来便是一整天,有时还忙到很晚。家在丰台,夜里赶回去要倒两次车,总是搞得很紧张很疲惫。基于此情,虎请总务喝了一顿酒,便从其手里弄来了这间空房的钥匙。虎的理由是,最近因辅导工作繁忙,隔三岔五要来讲习坊,得有个安静的房间,以便专心看学员们的作品,并与之交谈;自己呢,家实在太远,有时晚了便可在这儿留宿。

牛走到516室门口,耳朵贴门倾听——屋里悄声细语。一半是耳熟的,是这会儿不希望听到的,但命运存心要捉弄他,让他真切地偷听到了。会不会听错?分辨一下,确认一下——命运永远正确!确定了,热血就往上涌,脑袋顿时发胀,心跳也快了。火从胆边生,胆子突然大了起来。还有,愤怒、冲动——扭了扭把手——吱吱响,门却扭不开,显然是锁着。停。里面也停。出现静场,好像根本无人。

很快,牛找来一张凳子站上去,用拳头顶开了糊着报纸的气窗。这样,鼻子以上部分恰好出现在窗口,基本能看清里面的情形。里面的人,同样。仅仅几秒钟,彼此都明白了。

躺在床上的鼠,勇敢地撑起身,拳头象征性地朝牛击来,并大声呵斥道,下去——不要脸!

难道,同一条被子里是个女同学?牛努力踮起脚,试图叫自己看得更清楚些——被窝里钻出虎半秃的脑袋,脸上是逐渐繁荣的惊恐。

鼠改用同志式的商量口气说,嗨,请你下去好不好?

牛从凳子上下来,什么感觉?好像没什么,只感到两个睾丸有点儿酸。不骗你,就这样。你目睹过自己爱恋的人与异性同床共枕的深刻场面吗?如果没有,坦白地告诉你吧,这种体验的唯一感觉,就是睾丸有点儿酸。

牛用手拍打516室的门,响声很大,惊动了517室的龙。昨晚喝得糊里糊涂的龙,刚刚起床抽了根还魂烟,闻声出来一看,发现牛的神态极可怕,好像跟里面的人过不去，便说你别这样你别这样，来来，到我房里来，有事慢慢讲。

有人说话，好像给牛注入一股力量和勇气，他开始踹门，一脚比一脚有力。龙感到事情不妙，慌忙用身子挡住门面，向牛发出符合实际情况的忠告：这样会引来看热闹的目光！

都来看吧——他妈的！牛大吼一声。

奇怪，一长溜的楼道，两边居然没探出一张脸来。

牛抓住龙的衣襟，将他一把甩开，正要动用吃奶的力气猛踢过去——门，极不情愿地打开了。鼠迎面而立，眼光里闪耀着怨恨和无奈。牛闯进去，闻到一股臊气，发自凌乱的床铺。虎立在床边，与牛面对面，相距不过两三步。情敌相逢，一比个头，颇有差异。牛瘦高，精悍；虎偏矮，虚胖。如果一对一动拳动脚，那么，后者根本不是前者的对手。不过，虎颇具君子风度，明知麻烦事临头，也不忘自己的仪表，正不慌不忙、若无其事地系着领带，还面带微笑。牛逼近一步，静静地，睁目怒视。虎不予理睬，略微抬高脸，从心理上俯视比自己高出半个脑袋的不速之客。就这样，他用娴熟的动作给领带打出一个漂亮的三角结，又整好衬衫领口，以掩饰自己的心虚。心虚，还是看得出的。牛的鼻子"哼哼"两声，分明是向他发出了挑战的信号。虎故作镇静，还是面带微笑，甚至，不拿正眼看他，只是轻轻地咳嗽两声，从口袋里摸出一张餐巾纸，吐了口痰。随后，手指一弹，这团脏纸便准确地跌入了垃圾筐。

于是，一记响亮的巴掌刮过面孔又擦过鼻子。

于是，一只鼻孔渗出血来。不多。

于是，出血者转身飞起一脚，踢向牛的屁股。他说，野蛮人，不讲道理的东西，滚出去！并且，挥手驱赶，像对付一条狗。牛躲闪开去，从侧面猛击几拳，把他打倒在地。

起来！牛说，我要揍站着的畜生——给我起来！为什么不起来？是不是现在虚弱得要命，呃？

我们没干什么！虎说。

他爬起来,站直,不还手,也不怒骂,只有一脸的委屈和哀伤。尽管如此,仍不忘自己的仪表——扶正领带,掸了掸衣袖,用一枚手指堵住渗血的鼻孔。

一男一女在床上没干什么?牛说,他妈的,那干什么?

愤慨至极的牛,拖来靠背椅,举过头顶,欲大干一场。

眼明手快的龙,冲过去拦在他面前,一把抓住了椅子。

文明人,讲道理,上床不一定干什么事。由于手指插在一只鼻孔里,虎说起话来瓮声瓮气,还带点儿娘娘腔——忽然又面带微笑,反复强调,做人要文明、要文明!

鼠给他逗笑了。

好啦!都给你打了,还想怎么样?鼠上前攥住牛的手臂,边说边往外拉,走吧走吧……

龙也趁机劝架。于是,鼠在前面拉,龙在后面推,两人硬是把牛弄出了是非之地。

……牛,你得理不让人,这样大吵大闹,目的是想叫大家都知道,搞臭虎的名声,把我看作轻骨头……你的心里很阴暗,一定要往那方面想……不过也没什么,逼急了大不了一死。你推开气窗的时候,我就有从五楼跳下去的念头……

510室,昔日温馨的爱巢,现在的门,被鼠用钥匙锁住,谁也进不来出不去。甚至,关掉了手机。事态尚未真正平息,风波还会再次掀起,两个人的世界,气氛凝重。得好好谈谈。牛坐在椅子上一根接一根地抽烟,抽得屋里烟雾腾腾。鼠喋喋不休地叙说,就像眼前飘来荡去的烟雾,在他的耳里、眼里、心里,没有留下丝毫实质性的东西。

牛问,你爱他?

鼠答,不见得。

牛问,这件事怎么解释?

鼠答，我想就这么一次，从此同他一了百了。你不要冷笑。我经常会做出很荒唐的事。不过我和他确实没到那一步——以我父亲的健康发誓！不骗你，我心里很矛盾，因为你的身影老是在眼前晃动——我听到门把手的扭动声，就猜到是你……是的，即使那时起来开门，你也不会放过他……我说这些不是请求你的宽恕，而是让你明白，你和他，在我心里有质的区别……你看着办吧……反正我不会跟他再这样了……

以我父亲的健康发誓——鼠突然泪水盈盈。盈盈泪水具有某种魔力，叫你不得不相信，她和虎不过是逢场作戏，调剂一下枯燥乏味的生活，她真正的情感不折不扣地凝固在自己所爱的人身上。我爱你，她说。非常干脆，十分坚定。这还不够。鼠挪动座椅，双掌托住下巴，胳膊肘抵在牛的大腿上，嘴里喃喃有声——牛，看看我，牛，看看我的眼睛。代表心灵的眼睛，布满很复杂的东西，一层又一层。

这正是牛所寻求的。一个男人的寻求。他看到了。

不错，鼠是一个聪明的姑娘，知道什么时候让眼泪出面说话，当然，千言万语，都比不上泪水有说服力、穿透力、杀伤力。很有个性特点，也很有心机，这是肯定的。还有她的相貌。玲珑的面孔，玲珑的眼睛，玲珑的乳房。腰身肥壮，天生是副单眼皮，到北京以后去美容院割了一刀，有那么几天，眼睑肿得像水蜜桃。为了让人看到眼睛里有更丰富的内容，变成双眼皮。总之，她并不漂亮，不。她有魅力，挂在脸面上。首先，是那副无所谓的神情；其次，是对外开放的目光。当人们与之相遇时，就有将它捕获的强烈欲望。一种将它抓获并且降伏的成就感。男人的感觉，要命的感觉。她的眼睛里还有温柔的秋波，把它吸收过来，然后保存下来，稍稍加固一下，如此而已。如果这是带着流行色彩的爱情，那么，对她的爱情，在你的生命中运作起来，你就会感到疼痛，又说不准具体哪儿在疼痛。

牛与鼠关系变得亲密，始于一个传统节日——去年的中秋之夜。这样的夜晚，应当有人打电话来，一声问候，一句祝福。然而没有。这是说，直到夜里九点多，牛都没有接到一个电话。好像跟国庆节挨着边，家乡不太远的同学，老早都回去过节了;剩下的,大都不知跑到哪儿去欢聚了。孤寂落寞的牛,一反晚睡晚起的作息习惯,想早早上床睡觉,寄希望于做两个梦。一是与家人团聚,喝杯黄酒吃块月饼;二是与梦中情人团圆,到桂花树下温存一番。突然,楼道拐角处的公用电话开始响个不停,打破了他做美梦的计划。电话是打给他的,并且,是个不肯透露姓名的女人,一口气往下说:过了中秋,北方的气温骤然下降,夜里写作必须穿暖衣服,白天要多活动,尽量少抽香烟多吃水果;你并不孤独,因为有个朋友始终在为你默默地祝福——去操场上赏月吧!

电话挂断了。

出乎意料,操场上没有人。月亮的清辉独霸天地,恍如白昼。见牛晃荡过来,一条门卫养的京巴狗掉头而逃,脖子下的铃铛清脆悦耳,全身雪白的绒毛闪闪发亮。嘿,原来,这条小狗觊觎着石桌上那一捆放在塑料袋里的烤羊肉串。肉香味在啤酒之间萦绕,八瓶。问题是,几个人喝,这么多啤酒?他扫视四周,还是没发现一个人影。点燃一根烟,等待。

响起几声怪叫,忽然。循声望去,发现操场边的柏树后面探出个大头娃娃,滚圆的大眼眨巴眨巴,黑白分明;恍如梦境,一瞬间,大头娃娃变成了翘辫子姑娘,发出带哭腔的求援声:救救我,大哥!

牛走过去,怯生生的,因为毕竟是夜里,毕竟,周围无人,只看到过一条小狗。近距离一看,那不过是一种小孩子的把戏,逗你乐一乐罢了。识破了假面具,还不知何许人也。

正想发问,只见对方摘下面具,几乎同时,身影从树的另一个方向一蹿而出,把一张面具扣到了牛的头上。

看清楚了,原来是调皮捣蛋的鼠。

这个开端很好,很有意思。意思在于,男女各戴一副假面具——男的变成翘辫子姑娘,女的变为大头娃娃。节目是喝啤酒,吃羊肉串。面具只让嘴巴露在外面,所以嘴巴还是各自的嘴巴,台词可以现编现说。背景是月亮,那个红红的小月亮,它能给人温暖;舞台嘛,圆圆的石桌,腰鼓形的石墩。鼠提议,先一人一瓶,就着瓶嘴喝,俗称“吹喇叭”。

好，牛说。当然好，鼠说。鼠，生于20世纪70年代中期，新新人类。实际上，同在一所讲习坊吃喝拉撒，几乎是，下午不见晚上见——也就二十来天吧，不过是打声招呼，未曾在一起深入交谈、开怀痛饮。现在她才真正让牛认识，确切地说，是见识，见识新新人类的酒量，或者说，喝酒的架势。

鼠说，第二瓶开始边喝边聊，反正我陪你喝到底。

节奏放慢些。牛说，依你看，怎样算是喝到底？

鼠说，趴下，只有趴下才算到底。

不对。有人放声歌唱，有人鬼哭狼嚎，也有人，当众搞下流的动作，真可谓杯中乾坤大，催人换新颜。牛说，本人嘛，越喝越往高处去——现在坐凳，过会儿上桌……

鼠说，那就陪你喝到上树为止。

别以为只有猫儿猴子能爬树。杜康神奇得很，威力大着哩。否则，哪来上九天揽月，下五洋捉鳖的豪迈气概！牛说，不开玩笑，我还真喝得上过一次树。

鼠说，喝高的原因？失恋了，还是发财了——听说你干过很多行当，人生经历比较曲折——我对你印象蛮好的呀，想了解你接近你……讲一点听听，好不好？

飘忽于月色中的弦外之音，被牛轻易地捕捉到了。这对牛来说发生得太快了一点。尽管他非常清楚，“想了解你接近你”纯属好奇心使然——女人想引起男人在意的必然一步，也是第一步，这很正常——非常自然，他和她处于这样的夜晚，远离家乡，在这样的地方，她可以信口说来，可以无拘无束地提问，当然还可以，不负什么责任；他的回答也可以避重就轻，敏感之处一笔带过，不会让自己为难——但他还是觉得这发生得太快了点。

第二瓶对白

……你今年春天刚去游玩过，对杭州印象蛮好。不错，现在杭州大变样了。光从外貌上看,变得风姿绰约,现代味十足。但在我眼里,她像个生养过几个孩子的半老徐娘,现在不过是在美容院做了时髦的发型,拉直了脸上的皱纹,换上一件华丽的真丝旗袍而已。(喝酒)你说我嘴损,尖刻?就算是吧。不过,我要告诉你,这叫形象地描绘一个城市。(喝酒)事实如此,绝非强词夺理——我是个用事实说话、有社会良知的作家。(喝酒)第一篇小说嘛,八几年就发表了……〔旁白:他回顾自己漫长的创作道路,看到的是深一脚浅一脚的灰暗足迹。目前在讲习坊,他的写作资历最深,大伙儿选他为班长也是顺理成章。但后来居上者,竟把他的小说看成是一种装饰古迹的文物,使他瘦长的脸上经常布满灰色,好像掉进历史陈腐的陷阱里正痛苦地挣扎着。〕(喝酒)那时我在动物园混饭吃,整天跟豺狼虎豹、飞禽爬虫打交道。具体地说,我高中毕业,培训一年,就当上了饲养员。说心里话,我对动物很有"感觉",还蛮喜欢干这行的。那些年,几乎所有的动物我都喂养过,对它们的食性可以说了如指掌。当然,日子最长是饲养一群猴子和一个蛇族馆。不怕你笑话,当猴子王那阵子,还让发情的猴子抓破过裤裆,羞处差一点受伤——它才不管你是雌是雄……(喝酒)其实,蛇倒没有人们想象得那么可怕。我在蛇族馆里反而感到很安全,除了有防护罩,主要是蛇从来不主动攻击人。再说嘛,凶恶的毒蛇并不多,大都是温驯的无毒蛇。比如,貌似凶猛的大蟒蛇,反应却相当迟缓,你在它的后半截拍打几下,它才把头缓缓地扭过来。要说提防嘛,眼镜蛇倒要提防。它非常敏锐,动不动就会竖起来,向你发出咝咝的声响。不是瞎吹,我听得懂有些蛇的语言。(喝酒)你小时候遭四脚蛇咬过?瞎说八道,四脚蛇绝对不伤人。蛇的食物嘛,主要是青蛙、小鸟儿、老鼠……

……清闲倒是清闲,但责任却不小,要求工作日必须住在动物园。(喝酒)对,我就是从那会儿开始学写小说的。你想想,夜里虎啸狼嚎,猴啼鸟鸣,我孤身一人,不爱看电视,又不喜欢与人打牌或瞎侃,看书或写作,不就是成了排遣寂寞的最好办法吗?嘿,那时候平均五天写一个短篇,产量高得不得了。当然喽,投稿的命中率也低得可怜……〔旁白:尽管如此,他还是发表了两部中篇、近十个短篇,顺利地加入了省作家协会。不过,他对自己在创作上没有突破性的超越，开拓性的进展，常常感到十分苦闷。]（喝酒）不瞒你说，有一阵子，我迷上了日本的星新一，凡是他的东西都找来读，读着读着，到后来灵机一动，在他的作品里连偷带学，专门写起了小小说；嘿，千把字，隔天一篇，投给各家报纸，像天女散花……〔旁白：那时的报纸副刊大都辟有"小小说园地"，他那种充满生活气息，且有讽喻意味的作品，经常在各报的副刊上亮相，自我感觉比抢到香蕉的猴子还好。]（喝酒）你别见笑。报纸的影响远远超过某些文学杂志。可以这么说，是报纸改写了我的人生，甚至，改变了未来的命运……来，干掉……

第三瓶继续

……对，是1988年春天。我考进创办不久的《生活报》当上了副刊编辑。（喝酒）不过，现在想来，编报纸条条框框太多，不利于个性的发展，乏味得很。有关那段生活，真没什么值得多说的。（喝酒）你的意思是，我的身份变了，跟人接触也多了，就开始谈起了恋爱？没有，那会儿真的没有……〔旁白：人生的经验告诉他，在对你有点好感的女人面前，少提自己的浪漫史为妙。翻开他的老底来看看，其实，已谈了两个、吹了两个，跟其中一个还有那种关系。]（喝酒）坦率地说，我正儿八经地谈朋友是在1989年的春夏之交，她小我三岁，执教于一所职业中学……〔旁白：他认为有必要虚构一场令人同情的恋爱，因为那个年纪不曾谈过一次，显然不大正常，弄不好，反而会引起对方某种不健康的猜疑。]（喝酒）脑筋真灵，被你猜对了……〔旁白：他顺藤摸瓜，循着她的思路编造下去，为的是让她得意一番。]她真的是一位文学爱好者，业余时间写点小散文，时常给我寄稿，还互通电话。一来二去，我们就在西湖边上约会，开始谈情说爱了。（喝酒）细节就免谈了吧。

……（喝酒）当时，摆在我面前有两条出路，一是回原单位，依旧当动物饲养员；二是去民政局报到——你一定以为，这还不错——确实不错，内定我去火葬场烧尸体,送灵魂上西天。(喝酒)你别不信,真是这样。我想,回动物园,别说给同事们笑话,就连那群猴子都会发出一阵阵嘲讽;当烧尸工嘛,情愿在家饿肚子、喝凉水,因为吃死人饭会呕吐不止,噩梦不断。不过,现在看来,归根到底,还是自己放不下面子。所以我哪儿也不去。我主动放弃工作,待在家里吃闲饭,不乱说乱动,行了吧。(喝酒)你说正好有充裕的时间写作?小姐,我又不是无忧无虑的济公,苦恼啊!关在家里不是喝闷酒,就是睡大觉……〔旁白:他的酒量就是那会儿练上去的。〕(喝酒)是啊,我意志消沉,自甘沉沦,沦为一条寄生虫。女朋友的态度?你总是关心我和她的关系……〔旁白:他觉得应当捏造一个爱情的结果了。〕……告诉你,她说我是温室里的一根草,碰到一点风雨就蔫头蔫脑,指责我没出息,怨恨自己当初瞎了眼,看错了人……我还受得了吗?——扑哧一下,吹掉拉倒……〔旁白:他认为这样结果合情合理,能叫她深信不疑。〕(喝酒)没错,我遭遇双重打击,差不多绝望了……好,打开……

第四瓶结束

……(喝酒)是的,我不必在一棵树上吊死,可以另外择业,但你不知道,当时除了动物园和火葬场,没一家单位聘用我。在某种意义上,我是那个特定时代的弃儿,只能到外面去流浪,或者说去闯荡新世界……〔旁白:实质上,他是听从伍尔芙小姐关于"一个作家必须拥有自己的一间房和一笔钱"的忠告,把痛苦束之高阁,轻轻松松地出了一趟远门。〕

……不,我不爱吃羊肉串,都由你包销吧……你说得对,正像齐秦唱的那样——外面的世界很精彩,外面的世界很无奈……〔旁白:那年冬天的一个下午,他登上南下的火车去投奔一位经商的表兄。〕事实上,我在广东陆丰落脚之前,还到过厦门、泉州、石狮、汕头等沿海开放城市。总之,我在"寻找"自己,总想找到适合于自己的立足之地,换句话说,找一只完全属于个人的饭碗。

嘿，别说，真是应验了一句老话：身怀薄技走遍天下。（喝酒）除了写作和编报，我没一技之长？唉，你是有眼不识泰山。这个时代，尤其是在南方，写作和编报倒是无用武之地。我的特长，也可以说绝技，恰恰是在动物园练就的。（喝酒）驯虎舞狮？错了。那是马戏团小丑们干的。不是自吹自擂，我的绝技比他们更高超，更富有智慧。比如，动物的年龄，怎么看？别说你，我敢说，整所讲习坊，没一人懂。（喝酒）你既然对我在陆丰的生活很感兴趣，当然可以透露一二。这样说吧，我在陆丰与人家合伙，做起了野生动物的生意，主要得益于我一位表兄的引荐，他在那儿开了一家经营项目繁多、内容错综复杂的娱乐场所，所以结识了不少白道黑道和三教九流。他叫我去捧的那只饭碗，可谓是量身定做，再合适不过了。你应当听说过，广州是我国最大的野生动物集散地。一点也不夸张，那儿几个农贸市场里的有些野生动物，比杭州动物园里的数量多得多。（喝酒）你说我具体干些什么？嘿，我是技术员。每次根据要货清单，我负责到市场里挑选年轻的动物，好比挑选童子鸡，以便到时用同样的进价，能卖出最高的价钱。这全凭一双肉眼来识别，需要真本事吧。（喝酒）怎样识别？比如很畅销的穿山甲，主要看它背上鳞片的色泽，黄中微微透绿，表明长年生活于环境良好的山涧里，且年轻，属上品。再比如果子狸，一般都是黑色，区别年老年幼，不是看它的个头大小，而是要察看它两个前爪上的指甲有没有灰斑，有即为老货，属下品。至于蛇嘛，不论养在饭店里还是活动于野外，没有一条是人工繁殖的，全都是野生货。挑蛇就不是它的年纪问题了。蛇大小一目了然，关键是要分辨有毒无毒，毒到何种程度，因为越毒肉质越细腻，口味越鲜美。还有珍稀的山猫、娃娃鱼……

……（喝酒）销路嘛，当然不是正常的渠道，因为正常渠道只能赚到正常的钱，就像公务员按月领皇粮。我们的销售客户全部都在海外，通过一条神秘的海上运输线，悄悄地……（喝酒）这哪是走私啊，最多算是不大光明的贸易……〔旁白：他突然意识到，这个话题再深入下去就很难自圆其说了；得慢慢转弯,自然而然地把它岔开。〕不过,在销售之前,对选购来的动物还要集中喂养。这样做,一是因为有些品种需要收购时间,二是因为交货要等待时机成熟。这一下,我又有了用武之地,因为饲养动物是我的看家本领。当然,不单要按它们不同的食性使之存活,更为重要的是要养足其精神,交货时能让对方眼睛一亮。(喝酒)你想知道海上的交易怎么搞?这个嘛……〔旁白:他伙同人家在海上倒卖野生动物,换取走私外烟和紧俏商品,再运到口岸批发脱手,差不多干了五年。这段充满腥风血雨的惊险历程,为他并不平淡的人生增添了更加丰富多彩的线条。他的机灵劲儿在金钱飘香的海风中发挥到了极致,一次次巧妙地躲开工商的盘查,海关的巡艇,甚至荷枪实弹的缉私人员的追捕……而这一切,万万不能让外人知晓,只能烂在他自己的肚子里。〕我只是干好岸上的挑选、收购、饲养等活儿,下海交易一概不参与,所以有关情况无可奉告。(喝酒)不骗你。其实,这没什么好隐瞒的。就算有点不正当吧,也不过是打打贸易的擦边球,谈不上真正意义上的走私,你说对不对?(喝酒)钞票嘛,当然赚了一把,但并不多,因为我在岸上不担什么风险。话说回来,也没干多长时间,后来有了点钱,就一门心思炒股去了……〔旁白:事实真相是秘而不宣的。因为那些年,他的腰包如同孕妇的肚子日涨夜高,而里面的钱币却有私生子的意味,惶惶不可终日。他的精明在于见好就收。于是五年后,他提着来路不便公开的钱财走进证券交易所,开设了一个炒股大户。他要把八十万元带有血腥味的现钞投进去炒一炒,指望它像热锅炒豆那样蹦出一百六十万元——出自金融机构的钱无疑是香喷喷的,背回家高枕无忧——拥有自己的一间房和一笔钱,美梦成真啦。〕(喝酒)唉,我都喝得快憋不住了……你也是……走,去趟卫生间……你懒得进楼……什么,就在这儿……树后……你敢……我有什么不敢……

在一排低矮的冬青树后面,那墙脚下,还有一丛丛盛开的菊花。一缕缕一缕缕,那香气,顺风而来又顺风而去。

牛率先返回来,坐上石桌,点燃了一根烟。他意外发现,属于鼠的最后那瓶酒还剩一小半。明白了。在他一口一口、实实在在喝的当儿,她耍了小花招,用了点遮眼法。由此可见,她不过是虚张喝酒的声势,实际上是撑不住了。

在月光里,牛耸耸肩,觉得自己喝得刚刚好,精神渐入佳境。是不是,自己的叙说带给她一种倾听的快感?牛在想,她能不能成为自己的知音,在不久的将来以一个眼神的传递便能展开心灵的对话?年龄的差距有没有问题?希望一切都没有问题。希望就像十五的月亮,悬浮在天空,映现于眼里。

鼠回来时脚步不太稳,身子在摇晃。牛不问她喝得怎样,以免挫伤她的自尊。她也上了石桌,与牛挨着坐。一张圆桌,正好。一对亲密的同学,就像圆月里的天狗和月桂。而现成的,活灵活现的,在一男一女各自的心里游荡的,说不明道不白的,是什么?忽然间,鼠那沾染着月光的小手闪电般触及牛的面孔,揉来摸去,叫他不禁想起生活中有个女人真是美妙无比。

你太瘦了,鼠说,瘦得让人看了心疼。

牛想起昔日恋人的一句口头禅——爱一个人的滋味就是心疼。接着,真的感到丝丝心疼。他不失时机地握住那只银白灿亮的小手,兴许为了摆脱莫名的心疼。

他说,跟你在一起真好!

鼠噘起嘴巴,冲他的耳朵吹吹酒气。她说,好什么好,你不过是在寻找感觉。呸——都是这副德行!

牛的否认带有明显的学生腔,不,他说我不是那种找感觉的人,我真诚希望我们能心心相印。心疼加心疼。

鼠抽回手,抓来那瓶喝剩的酒,连续不断地往嘴里灌。一下子就喝完了。她说,哦,又甜又香……哦哦……这才叫好,真正好啊!舌头不大灵了。不过,手还挺好使——举起空瓶,投掷到篮球架上的炸裂声震动了牛的视线。牛发现她的胸脯剧烈地鼓动着,好像澎湃的心潮正在寻觅突破口,而这喷发口似乎就捏于她自己的手中,她只要摊开孤傲的一掌,心潮便会从五指间喷涌而出,与月光为伍。

突然,鼠低下头,躬起了背。打了几个酒嗝,却说不出话来。很显然,酒醉的难受和生理的痛苦不容她露出太多的表情。但心里一定充满柔情,在这样的夜晚。鼠贴近他,身子像软体动物。感觉得出,不是亲昵的表现,而是需要一种依靠,得到某种安抚。如此情形,在一般情况下,他完全可以搞点小动作,得到些许心理上的安慰;而现在,他的手并没有触及她的敏感之处,只是环绕其腰部,保护般地搂着,以免人一头栽到水泥地上。像一对相依为命的兄妹。然而当她的面颊贴着他的胸怀,微微呻吟的时候,一种很复杂的情感,悄然地袭向他的胸口。他体味着不断袭来的情感,心情变得沉重起来。

背我回去,鼠轻声说。像是竭尽了生命之力。

牛略显紧张,但别无选择。别看她个头不大,压在背上却让人感到沉甸甸的。生命的重量,还是爱情的分量?爱情,似乎早了点,对他来说。当然,事后才发觉,背她上楼的途中,她掉了一只鞋,还往他的肩膀上流下不少口水。美好而又痛苦的回忆,从此开始,却不知何时结束。

就这样,将鼠放到她的床上,牛又用冷水帮她擦了一把脸,把枕头垫高些。在给她脱外套之前,他犹豫了片刻。躺在被子里的她,对他那些无言的动作,只有深切的感知,却没有肢体的反应。有生活经验的他,又往靠床头的地上放了一只脸盆,以防万一。她并没有折腾,不一会儿,居然打起了呼噜。这倒是一个新发现,令他开心地一笑。不管怎样,他认为还得观察观察。坐于床沿上看护,他忍不住掀起被子一角,瞄了瞄她那高耸于内衣里的乳房。过去所见的乳房,好像都不是这样。如果说在他生命的历程中曾有一对乳房算得上丰美的话,那就是眼下这对了。剥掉外层,裸露的将有多么鲜美……这使他浑身涌现燥热,一阵阵一阵阵;如果这算是爱情的预热阶段,激情荡漾的日子还在后头;如果将其剥开,偷享新鲜的床笫之欢,会不会被称为乘人之危,会不会被视为无耻之徒,会不会被一口愤怒的唾沫而驱之出局而贪小失大而羞愧难当而抱憾终生?那么在这样的时刻,只能让自己怦怦速跳的心,膨胀和加重;那么让这颗心继续在欲望的海洋里,浸泡和沉浮;那么留她在梦中。那么,你走吧,带走你想带的一对丰美的乳房。

(选自《暴跌》,江苏凤凰文艺出版社2017年版)

地狱航船

◎ 杨怡芬

一

“到哪儿了？”有人在问。

没人回答。

迷糊中，查尔斯还以为自己在香港深水埗战俘营的硬板床上。一船舱八百多人大热天一礼拜没洗澡的酸，菜叶子烂到发酵的腻，屎尿尖利的冲，还有船底桐油混杂着海水的呛，查尔斯越想屏住呼吸，这些气味就越层次分明地入鼻而来，他清醒了。

这次，他数到了二十五，没法再多了，憋过气后，换进的气特别长，查尔斯真怕这些空气会在他体内继续发酵、膨胀，直至爆炸。最冲的尿液味是从压舱用的沙包那里传来的，已经在上面盖了一层毛毯，那可是用来过冬的毛毯啊。一点用也没有，沙袋里的湿气没过两天就浸透它了。那可是用来过冬的毛毯啊——好在冬天之前，他们肯定能到日本，到了那里，一切都会好起来的，会有吃的，有穿的，自然，也会有盖的。这好日子，是在香港登船之前，一个叫华尔达的日本上尉许诺的。虽然那翻译的口音让人觉得好笑,但话倒是说得清清楚楚:“你们将被带离香港, 去一个你们会被好好照顾和善待的美丽国家。我将率领军队照顾你们的健康,记住我的脸! 记住! ”

查尔斯觉得日本人的脸都是差不多的。那天,他深深地盯了他好一阵,直到找到属于那张脸的特征——左耳朵受过伤,末端卷了起来,伤口像一条毛毛虫爬在那里。此刻那张脸压着他的耳朵在上等舱里酣然入眠吧?一起登船的日本兵都是喜气洋洋的。是啊,他们一路打胜仗,这个一九四二年,遑论南中国,连东南亚,也都是他们的了。他们是得胜还朝啊。

前后左右的人也渐次醒来,一个个坐起,向后挪去,空出一片地来。对面原先打盹的人窸窸窣窣移过来,躺下了。这几天,他们就是这样轮流睡觉的。壁灯昏黄,给躺下的人晕上一层淡淡的金。能躺下睡,是幸运的。今晚,查尔斯他们这队就该轮到蹲着睡了,在阶梯上,像一只鸟。船舱被木阶梯隔成两层结构,这样,他们这个三号舱从地面到空中,才能塞下这么多人。阶梯是匆忙搭就的,粗糙的木刺会刮到手,这也罢了,最怕的是一遇颠簸,阶梯就会颤悠,会吱嘎作响,随时要断裂的样子。最要命的,还是这空气,暑热未退,船舱臭气蒸腾,简直就是屎粪地狱,这一点,连日本人也觉得是个问题,所以,每天都允许舱里的部分人在规定的时间上到甲板去。

今天是查尔斯上甲板的日子。

对面角落里几块木栅栏围起来的卫生间升腾起新一天的屎尿味, 查尔斯熬着不去。这样熬着的,肯定不止他一个,今天轮到上甲板的那几个人,都会憋着。他抬头仰望了一下舱口,那里已经有灰白的天光显露了,但也可能是月光,这几夜,月光都很亮。他把头垂在自己竖起的膝盖上,假寐会让等待的时光和膀胱都更好过一点。十个月的战俘营生活,已让他练就了一手假寐的好本领,只要他眼睛一闭上,身边的世界就会渐次隐去,连自己,也消失了。家乡的景致,一样一样闪现,积雪的银光,白桦树树干的银光,屋檐下冰挂的银光,冰河上冻面的银光,还有科莉眉毛上雪花的形状,这些当时不曾留意过的细节,如今却纤毫毕现。有多久没收到科莉的信了? 查尔斯进战俘营之初，他收到过最后一封，信里说她在学会计了，也许她会是他们镇上第一个女会计，“都拜战争所赐，”她这样写道，“要不我这会儿就在天天洗尿布了。”这倒是实话。战争来了，这个世界就改变了。查尔斯写了回信的，他说那以后我们家一定会是镇上最富有的，一个会做会计的女人也一定善于经营家庭。他把战俘营的地址留得清清楚楚，可就是一直没有收到信。当然，没收到信的不止他一个，兴许，大家都没收到信——这是战时，任何联系都很脆弱，又或者，他的信，战俘营根本就没给寄出？自从进营之后，消息就被阻塞了，他们只能得到日本人过滤之后的一些信息，都是日本人战果辉煌的好成绩，好得让人绝望，这绝望里头的一丝小喜悦是，他们被告知美国参战了。有时候，查尔斯会羡慕带着家眷一起关在战俘营的人，但更多的时候，他都庆幸只有他一个人遭此劫难，他的科莉，他深爱的家人，都在遥远而安全的加拿大。战争，总会结束的，查尔斯确信，上帝保佑，他终将和他们在一起。

“查尔斯，今天，你能把上甲板的机会换给我吗？下回，我的换给你。”约瑟夫用双臂紧紧抱着自己，他的身子在发抖，他想制止它。他们是一个小镇里的，查尔斯大他两岁，他们一同加入皇家炮兵团，一起受训，又一起到香港，约瑟夫就像他的弟弟。查尔斯点点头，挪过去，搂住约瑟夫身子。

去年十二月份，刚开战的那天，约瑟夫就开始害病了。他们伏在一座科学试验馆的屋顶，朝着日本飞机发射高射炮，炮弹朝着飞机射过去，飞机也朝着他们飞过来，一架又一架，他们中了魔法一般只晓得射击，却不晓得害怕。约瑟夫从屋顶下来就开始发烧了，大家也顾不上他，也没有强迫他再上战场，倒是他自己不肯睡在床上，七闯八跌跟着查尔斯在浅水湾打巷战，沙袋后架着大炮，大炮后是他们俩，他们的炮弹飞过去，海湾里日本船上的子弹飞过来。这样的时刻，除了祈求上帝保佑，还能有什么办法？圣诞节那天，停战了，他们活下来了，一起进了战俘营，还是在一个房间，一起上了船，进了同一个船舱，被编在同一组，这样的幸运，除了感谢上帝保佑，还能再说些什么呢？约瑟夫的身体时好时坏，好的时候，没事人一样，要不，也过不了上船前的体检；坏的时候呢，就这样抖啊抖的抖个没完。如果每天能有饮用水配给就好了,病人就该多喝水。这会儿,查尔斯也就只能这样搂着他,到了日本,那里没有战争,总能找个医生看个病吧?

“查尔斯,你和约瑟夫上去。”他们身边的佐敦也从膝盖上抬起头来,轻声说道,“我不想去给他们的天皇叩头。”

查尔斯叹了口气。查尔斯有着出了名的好性子,即便是对日本人,他也希望自己能站在他们的角度想问题——上帝教导过,要爱自己的敌人。每天早上,日本人要这船上的英国人、加拿大人、澳大利亚人都要和他们一样,朝着天皇所在的方向叩头。在底舱,这样的仪式在早点名之后,也会进行一下,但人挤人的,怎么叩头?敷衍一下就可过关。一上甲板,那是日本人的世界,士兵会盯着你标准地做完叩头程序,看你马虎,立马就踢打过来。查尔斯是这么想的,我下跪时,拜的是我的上帝,在你看来我拜的是天皇,那是你们的事情。查尔斯把这个心得和佐敦说了,佐敦还是摇摇头。因为查尔斯的好性子,他得到的饮用水奖励比别人多,好在,有个约瑟夫可以让大家对他少点鄙视——查尔斯是为约瑟夫才这么做的。船上的伙食,比之战俘营,可算充足了,早餐有米饭和茶,晚饭也是米饭,有时候,还有一小份牛肉粒,这让查尔斯更相信那个卷耳朵军官的承诺。一切都会好起来的。

查尔斯在数日子,他们九月二十五日上的船,九月二十六日出发,他们在海上已经五天了,那么,现在是十月一日。从香港到日本最多一周的航程,再熬两天吧,就两天。再过两个月,就是圣诞节就是新年,一九四三年要来了,他们能回家了吗?能的,一定能的。查尔斯抬头看看舱口,天快亮了。在他第三次张望舱口的时候,舱口被打开了,就如他祈祷的那样。

这才是人间啊!查尔斯畅快地深呼吸,新鲜的空气已经充满了他的肺叶。海上有层薄雾,看不清陆地的样子。这是到哪里了?查尔斯很想找个模样和善的日本兵问问。也许,他该说服约瑟夫让他去要求留在甲板上。人总得为自己争取对吧?可是约瑟夫老是一副听天由命的样子,说不清楚这是勇敢呢还是怯懦。查尔斯站在甲板上,使劲地搓着自己的脸,清新的空气如同洁净的水,即便在此境地,查尔斯的心头也生出了活着的喜悦,现在就跪地感谢他的上帝吧,先跪向西方。

就在他膝盖将要着地的瞬间,整个船像撞上了礁石,爆炸的声音随即传来,震得查尔斯耳膜颤抖。船身急速向右旋转,查尔斯趴在甲板上,一动也不敢动。直到船完全停下来,查尔斯才抬起头,以远方的那几个小岛为坐标,他估计了一下,船旋转了将近五十度。正常行驶时在甲板上也能听到的发动机轰鸣声,这会儿也没有了。

甲板上一片慌乱,枪炮声急速响起,日本兵急着把甲板上的战俘赶进船舱。查尔斯的右膝盖痛——刚才膝盖着地时,甲板像活了似的冲撞上来,震惊中没有感觉,这会儿才痛出来,他一拐一拐地走在最后,过了船桥,就被不耐烦的士兵推进了二号舱。"我不属于这里,"查尔斯打着手势告诉士兵。没人听他的。每个舱口都派了守兵,端着枪,对着他们。进了二号舱之后,过了一会儿,查尔斯又挤到舱口,士兵不等他开口,就端枪对准了他,眼睛定定地看着他,像看个靶子。

那么,就留在二号舱吧,他认得这里的波特中校,过会儿他可以过去和他说说话。波特中校这会儿就在那里整顿队形,他的眼光扫过查尔斯,只诧异了一下,没有认出他。这也不奇怪,他们也就见了两三回。波特中校终于走到他跟前,待要说话,壁灯突然灭了,整个舱埋进一片灰黑,波特中校低低骂了一句,又从他身边走开了。

查尔斯刚想着和他叙旧呢,说他们在半山区梁爵士家的宴会上见过两三回面,他们聊得很好,他们还有个共同的朋友,那就是梁夫人,一个娇小玲珑的上海女人,特爱教人说上海话,有一回,她拉他们组成一对,反复地教他们说:"阿拉英国人。"他们说得走调 ,她就躲在小檀香团扇后,掩着嘴咯咯笑,一绺黑亮的卷发垂在扇面上,遮住了扇面上的一棵芭蕉。回想间,梁夫人的脂粉香也萦绕过来,一切都是那么真实——他们在香港是有过好日子的。但这会儿,真不是拉住人说这些的时候。

头顶上枪炮声密集,日本兵在粗野地大吼大叫,听上去如临大敌。查尔斯下意识地伸出左手让约瑟夫握,去年初冬的枪炮声中,在维多利亚港口死守的时候,他们这样无望地握过,他们已经退无可退,身后只有大海,海湾里还有日本船。过了好一会儿,查尔斯才明白过来,约瑟夫不在他身边。

二

船舱越来越闷热,汗味、咸腥味、腐臭味混在一起,空气越来越黏稠。即便如此,这里的情形,比三号舱要好出一大截。他们这里还有个舷窗,能看到外面的世界,让人觉得还在人间。今天的海水蓝得深沉,看来,他们已经驶入海洋深处。雾淡了,远处隐隐约约有一列小岛。查尔斯的祖上是爱尔兰一个小岛上的,他不曾回去过。没来由地,查尔斯很想看清楚这些岛的样子,能再近些就好了。

队列开始松散起来,形成了五六个谈话圈,对这场爆炸的猜测,目前有“内部故障说”和“外部攻击说”两派。“内部故障”派显然对船只运行有点经验,他们说这是发动机中止,动力失灵了;“外部攻击”派则对时局有着敏锐关注,他们说美国的潜水艇很是了得,这一定是美国的潜水艇向这艘船发射鱼雷了。他们这艘船本就是一艘运输船,现在也还是继续保持一般运输船的外观,但甲板上走动着的日本人都是一身军装,一搭眼就知道这是被军方征用了的运输船。甲板上也有几个战俘在活动,但是,太不起眼了,很难留意到;再说,这只船根本没有悬挂装运有战俘的红十字会标志,谁又能看得到甲板之下的他们呢?查尔斯也就只有静静听着,他来自加拿大的乡下,对这个世界,除了香港之外,他真的没有发言权。

又有两次爆炸声传来,这之后,船身有点向右倾斜了。“外部攻击”派的说法得到大家更多认同。查尔斯不禁有些激动,盟军就在近处,仅想想这一点,也让人心热。

波特中校在几个圈子间快速走动,最后,他走向一个稍微显得宽敞些的角落,向那个端坐着的上校报告。查尔斯现在知道了,那是斯图亚特上校,即便在这样的船上,他依然收拾得像个绅士。斯图亚特上校身边还有一个中校,查尔斯听大家叫他豪威尔,看上去比波特中校更壮实,一身肌肉,抱着手臂在那里一言不发,一副默默忍耐的样子。查尔斯插不进任何一个谈话圈子,他就在舱壁四周慢慢踱着。他伸直身子凑近舷窗,一丝凉凉的空气掠过鼻尖,他猛吸一口,新鲜空气直达肺叶,又吸了一口,似乎连心脏也感受到了新鲜的养分。为了省力气,他像壁虎一样贴着舱壁。查尔斯心里又感谢了一声上帝。上帝总能听到他的祷告。

太阳已经升高了,辽阔的海面上金光闪烁,犹如仙境,查尔斯想,等战争结束了,等我把日子过好了,我要到这里来度假,带着科莉一起来。

他闭上眼睛,使劲想着科莉的面容,她笑起来总爱抿着嘴,挑高了眉毛,倒像在那里嗔怒似的。就在这时,一声比之前的爆炸声响上两三倍的爆炸声传来,头顶响起了飞机的盘旋声,机枪的扫射声、火炮的发射声跟着四处响起,随后,爆炸的余波从海底而来。这一切,坐实了"外部攻击"派的推断,但他们中没有一个人为此兴奋,相反,是忧虑和恐惧:一波接着一波的爆炸,这囚禁着他们,却又载着他们的船,不知受创如何——他们明显感觉到船速在减慢。

临近中午,没吃早饭的肚子开始等待午饭,到了平常开午饭的时间,还是没有动静。午间的热气让舱里的空气更加闷臭难耐,查尔斯一心只想着那一丝漏进来的新鲜空气,让自己平静些——烦躁不过是徒耗力气而已。没有水,没有食物,作战中的士兵根本顾不到他们。想上甲板透透气?那更是妄想。斯图亚特上校去和翻译说了,他们这支队伍也可以加入战斗,翻译瞪着双眼,愣了半晌,才把这话翻译给华尔达上尉,换回华尔达上尉更惊讶的表情,他没说一句话就走开了。翻译对着他们嘀咕:"你们也想加入?"守舱的士兵又增加了一个,这,便是这场谈话的结果了。

等待和饥饿让时间无限漫长。午后,他们听到先是一艘船靠了过来。舷窗前顿时挤满了人,查尔斯缩起身子,更紧地贴住舱壁。海天澄澈,越发显得旗帜上那轮太阳猩红无比。是一艘驱逐舰。海上没有枪炮声,只有静默地对峙。

晚饭的时间也快到了,会有晚饭吗?斯图亚特上校派人去问守兵,如果没有晚饭,那水呢?守兵只是端起枪,逼人一退再退,直到舱底。患了痢疾的病人,还有本就被隔离在甲板上的患了白喉的病人,他们在舱下的忍耐,几乎到了极限,有一个在呻吟的间隙里嘶哑地喊:“让我死了吧!让我死了啊!”大家只默默听着,无可安慰。斯图亚特上校又派人去为他们求情,但守兵还是端起枪,根本不去找翻译。

闷热的船舱中,腐臭一再加剧,查尔斯捕捉到的那丝新鲜空气,简直就是从地狱到天堂的超拔通道。

天色渐渐暗了下来,连风声也小了,一切都那么安静,没有发动机轰鸣,舱内也是安静的,静得肠鸣都清晰可闻。甲板上的紧张氛围似乎消除了,士兵们走动的声音也松散起来。又有一条船到了,这回是条运输船。那么,补给到了?

他们等着,竖起耳朵搜集甲板上的响动,好像士兵们又在集中了,接着,从舷窗往上看,一道横梯已经搭在两条船之间,士兵们的腿晃动着,从这端到那端。他们在撤离。

良久,这道梯子才抽掉,整条船再度静了下来。夜色已经浓重了,舱内陷入昏黑,查尔斯竭力捕捉着那丝新鲜空气,他努力让意识从空肚子和干涩的喉咙处移开,快了,转移完士兵之后,就轮到他们战俘了吧?喉咙越是干涩,越是想要吞咽,越咽越响亮。海上起了层夜雾,维多利亚港的夜,也是这样的,水分丰盈,查尔斯盯着海水,觉得他能喝下整个海。

他们怎么也没想到,他们等来的会是封舱。木条,防雨布,都堆在舱口了。斯图亚特上校站在最靠近舱口的位置,不停向守兵问晚饭和水,对这堆木条和防雨布的用途,他一时没有反应过来,等他明白过来的刹那,他激动地跑上舷梯,一个劲地说:“这怎么可以?”这一封闭,不就是要闷死人么?他站在那里大吵大嚷,很快引来了船长和翻译,当然,还有华尔达上尉。小个儿的运输船船长也连连摇头,华尔达却理直气壮,他反问斯图亚特:“若你带一小队兵,面对这么多战俘,你会怎么做?”翻译把语气译得很强硬,他示意斯图亚特快退下舷梯。士兵又端起枪口，对着斯图亚特，翻译缓了缓语气，说道："隔壁舱的上校，已经被击毙了。"斯图亚特上校退了几步，士兵们就在他的头顶钉木条，一条一条，钉得紧密，斯图亚特上校恳求道："取下一条木板，就一条，总得让空气进来一点吧？"没人听他的。

木条，钉好了；防雨布，覆上了。

三号舱和二号舱就隔了层舱板，封舱的恐慌让两个舱的人都骚动起来，互相喊话，似乎能让人安心些。在众多的声音中，查尔斯终于找到了约瑟夫。约瑟夫带着哭腔喊过来："我还以为你死了呢！"查尔斯喊回去："放心！我好好的！"

"查尔斯，我在踩水泵呢，水进得很快！"

"加油啊，约瑟夫，一切都会好起来的！"

三号舱正在进水，又没有电，他们正在脚踩水泵往外排水。他们那里连舷窗都没有，封舱之后，就是漆黑一团了。开头，隔一阵子，约瑟夫会喊一下查尔斯，查尔斯赶紧大声答应。渐渐夜深，两边的声音都低下来，查尔斯把耳朵贴着舱壁，听到水泵翻水的声音似乎没停，那么，总还有人醒着吧？如此闷热，如此腐臭，又如此窒息，睡去是最好的逃脱。但睡去后，还能醒过来吗？查尔斯又回到那个可以捕捉到一丝新鲜空气的地方，现在，他甚至开始怀疑，这一丝新鲜空气只是他的想象，但只要他站到那个地方，他总能精神一振。

查尔斯关心三号舱，而这里的人对一号舱更挂心，两个舱之间隔得远，喊不到，可他们都有通讯兵，长长的通风管道成了他们的通信工具，用摩尔斯码的节奏大力敲击管道，比之高喊，得到的信息更清晰。一号舱和二号舱的情形差不多。三号舱是最糟糕的了。

午夜过后，一切静寂下来，窗外月明，海面上银光闪烁，看上去是个清凉世界。波特中校走动着，督促大家按往常的位置和顺序睡觉，他的眼神如此茫然，大概，维持住正常的秩序只为撑住他自己。

他走到查尔斯面前，停了一下，突然说："我们好像认识？"查尔斯愣了一下，说道："是的，在梁夫人家见过两面。"波特中校的眼中掠过一丝笑意，在悲伤呆滞的表情之上,这抹笑意倒让查尔斯寒从脚底起。波特中校拍了两下查尔斯的肩,在梁夫人家,他也是这样拍查尔斯肩膀的,那时候,他们聊的是梁夫人和梁夫人派对上的那些年轻小姐。

三

摩尔斯码敲击仍在继续。一号舱里有两个得白喉的刚死了,死者现在还和他们在一起,没有办法隔离。白喉会再传染的,接下去,不知道死的会是谁。

查尔斯到底不敢睡,过一阵子,他就向三号舱大声喊约瑟夫的名字,他害怕,约瑟夫会睡过去。他已经有三回没得到回应了。

终于,舱里有人大叫:“不要敲了!不要叫了!求你们!让我安静一会儿!”

这个时候,清醒让人觉得分分秒秒都难熬,趁睡意来袭时,睡上一大觉,然后,天就亮了,然后,也许,一切就好了。

二号舱归于寂静。跟往常一样,波特中校在靠近上校的地方躺下,大家也按秩序躺下,查尔斯也在他寻着的有新鲜空气的角落里蜷着贴舱壁睡下了。

居然一夜无梦。查尔斯醒过来的时候,确定自己真的睡着过了——晨光已经透过舷窗照进来了。一阵强烈的空腹感突袭而来,肚子里,胃仿佛已吞噬了除它之外的内脏,巨大无比。必须得吃点什么。他想起他的行李箱的夹层里还藏着两包压缩饼干——就是为现在这样的时刻预备的,可是,箱子在三号舱里。

船身已经倾斜了,即便他还躺着,他也感觉到了,他站起来,世界是向着船尾倾斜的,他得绷住自己才能站稳。查尔斯跑到隔板处,大声叫约瑟夫的名字。没有回应。三号舱无声无息。

查尔斯贴着舱壁,耳朵里只有海水的声音在回旋。

船身开始左右摇摆,查尔斯站立不稳,索性坐了下来。他竟不觉得饿了,三号舱的海水，满满的，都在他的胃里。

密闭的舱门并没有按平日的节奏打开。甲板上，脚步声杂沓了一阵之后，什么声音也没有了。是在弃船了么？巨大的恐慌包围着二号舱，人们却异常安静，他们大多和查尔斯一样，呆坐着，心里明白必须得做点什么，身体却不知道该怎样动作。

查尔斯眼看着豪威尔带了一队人，上了舷梯，要去切割舱口。刀太短——夹带在行李中的刀，也就一拃长，最后一节舷梯和舱口的距离，却有他一人多高。豪威尔一手攀住舱口，一手持刀，挥手向上，如此几次，无功而返，这么壮实的一个人，却已气喘吁吁，舱内的氧气，待着不动已觉不够，这般用力，缺氧必然。豪威尔从舷梯上下来，又上了木梯，终于找到一个合适角度，又切又敲，又割又顶，打开了舱口。查尔斯看着只觉得惭愧，他怎么就没想到在行李中藏一把刀呢？他不是很想到日本去过上好生活吗，即使带把菜刀也好啊！

随即，另有一队人跟着波特中校从舱口出去侦察，豪威尔中校稍稍喘气后也尾随而去。斯图亚特上校留在舱中，命令大家带上行李，整好队，做好出舱的准备。

甲板上响起一阵枪声，斯图亚特上校一个箭步蹿上舷梯，和飞快撤回舱内的豪威尔中校撞了个满怀。原来，刚才，波特中校出了舱门刚走上船桥，就给击毙了——守兵抬起枪，连话也不给他说，顺手就打了一梭子。

失去动力的船离浅海滩涂还远，沉没势在必行。船上只留着几个零星守兵，其余的日本兵都撤到驱逐舰和运输船上了，守兵的任务不言而喻：守到最后一刻，确保战俘还在船舱里！

出舱死，还是待在船舱里被淹死？反正都是死，呼吸几口人间的空气再死，也是死而无憾！有人这么激动地说，更多的人纷纷附和。查尔斯走在队伍的最后，暗暗想，一颗子弹过来，他倒下了，都没人知道他是谁。这会儿，他开始后悔自己早就应该向二号舱的人介绍一下自己，但是，他一直没有找到合适社交的机会，这一日，二号舱的气氛凝重得让人开不了口说说自己。如果这次活下来了,上帝保佑,我一定大声地说出我的名字。

队伍过船桥后就四散开去,人潮涌动,零星的五六个守兵开了几枪后,迅即缩进角落,消失了一般。循着船桥上的血迹,查尔斯找到了波特中校,前头的人已经给他归整了衣服,给他盖上了毯子,他的头还露在外面,歪向一边,侧向甲板的方向,好让他看到大家离开似的。血还在渗出,毯子已经湿了,鲜血红得和漆一样。查尔斯试了试他的鼻息,有一个瞬间,查尔斯觉得有股暖热的气息划过指头,他心中一阵狂喜,又试了两次,才悻悻收回。波特中校真的没有呼吸了,就像跟他一起打巷战的那些战友一样,刚刚还活脱脱一个人,转眼就无声无息了。

船身又一阵剧烈摇摆,困兽似的,头越昂越高。风平浪静之时,海水会让人有能站立其上的错觉,今天风推浪涌,整个海面战栗不休,让人看着头晕,查尔斯四处搜寻能用来浮一阵子的东西,可是,什么都没有——救生艇、救生圈、救生衣、救生带,一样也没找到,就连完整些的木块,也早被前面的人弄走了。

右甲板那侧,是日军的运输船和驱逐舰,查尔斯绕到左甲板,找到了一道绳梯,他一级一级探下去。船还在摇摆,绳梯晃动,每踩一步,都是软的,他抓住绳梯,颤抖的手臂也软得像面条,在战俘营关了近一年,在这船上又窝了这一周,他知道自己是多么虚弱,幸亏恐惧使他充满了力量,很快,他就感觉到双臂和腰腿的劲道了。感谢上帝,查尔斯默默祷告了两三秒,继续往下,很快,他不得不加快下行的速度。一号舱的战俘也破舱出来了,他们四散找寻出路,已经有六七个人顺着这舷梯下来,他们比查尔斯更有力气,下得很快。舷梯的最上面,一个女人带着一个小孩,探下了一级梯子,再也够不到第二级。

近中午,风更大了,船摇摆得更厉害,绳梯滴溜溜地转,随时会脱手而去。接近海面的时候,查尔斯使尽全身力气,避开船身旁边白沫翻滚的水流,向外跃去——这是他那在爱尔兰小岛上当过渔民、移民到加拿大之后又跑过远洋船的爷爷讲他遇险得救的故事时特意提到过的——一定要尽可能跳得离船远远的啊。查尔斯当初听故事时，一再想象过的画面，如今成了事实。查尔斯落入安全的水域后，高声提醒跟在他后面跳落的人，但那些人情急之中哪来得及会意？在两个人被水流接连吞没之后，后面的人才一个一个奋力外跃。那女人和孩子无力攀缘，索性放开绳梯，向着海面落下来，落在了漩涡里，白沫一卷，一眨眼裙裾就不见了。

甲板上堆叠的货物也飞落下来，海面上的漂浮物里，最鲜亮的是五颜六色的布匹，查尔斯抱住其中的一匹，嫩嫩的粉红色锦缎织得紧致，还能借些浮力。查尔斯不知道该往哪里游，岛屿看着近，水路却不短；日军的驱逐舰和运输舰倒是近在身旁，船上的士兵端着枪对着他们，海里的战俘仰头望着他们，海鸟低飞，在两边掠过，不知道该传递什么样的信息。

枪响了。不知道谁开的第一枪，接着，枪声就响成一片，海面上顿时染出一片红。

于是，查尔斯向岛屿游去，他的身后，血越来越浓，会引来鲨鱼吗？他不敢回头，只管奋力划动手臂。

一声巨响，巨浪从身后压来，查尔斯被压入海水，等他竭力凫出水面，他只看到船头冲天竖着入海的刹那，水柱直冲天际，眼前一片亮白。

船沉了。约瑟夫沉了。波特中校沉了。此刻，他活着，那下一刻呢？

胃部的空虚感又来了，喉部的干涩感也来了，查尔斯吞咽了一口海水，他能喝下这整个海，但他的意识还清楚，他只能喝这一口。

一定得游到岛上去！正是涨潮初起，趁着潮水，可以省去好些力气。查尔斯抱着的布匹已经湿透，他又换了一匹还未完全湿透的。

这艘船到底载了多少货物？本应装货的货舱，装了他们这些战俘，而这些从中国香港和东南亚掠夺来的货物，却装在通风良好的所在。这些货物，它们此刻还能漂在海上，而三号舱的八百多人，已在海底。

机枪声停了，查尔斯回头看，有些战俘爬上了日本运输船的甲板，士兵们随手就把他们推到海里，战俘们的身形本就单薄，魂影儿一般，几乎没有重量，一拨，就掉下去了。这些魂影儿在海面上扑腾着，巨轮下沉的漩涡张大了口,正等着他们进去。

日本人就站在甲板上，看着这些魂影儿无望地挣扎。救生艇就在船舷上,他们不放下来,也许,他们连子弹也不想浪费了。

查尔斯朝岛的方向继续游去,他不敢回头。腿有些抽筋,刚入水的清凉,已经被寒意取代,他竭尽全力抵过了一阵抽筋,必须游得更快些,在更猛烈的抽筋来临之前,游到岛边上,他不知道自己能不能撑过去,奇迹,上帝啊,请赐我奇迹,来救救我们吧!

四

查尔斯一直认为,眼前的奇迹,是自己虔诚祈祷的结果。

有一队渔船,从小岛的方向来了!

查尔斯见此场景,默默画了个十字。他已经游了四个小时了,看着那么近的岛屿,却怎么游也游不到——与其说是游,倒不如说是顺水漂着。他们和花花绿绿的布匹一起,被潮水往岛上送,布匹比他们漂得快,有一些,已经离岸近近的了。查尔斯游出一段,又被浪打回小半程,来来回回,起起落落,前进得十分有限,但无论如何,总归是和这浪头一起,在一浪一浪往岸上涨,心不肯泄气,手脚就不停地游动。本来,身边有几个和他一般漂过去的,可漂着漂着,就停了手脚,被浪头卷走了。

现在,渔船来了。

这个长着东方脸孔的天使,穿着黧黑的衣服,有着赤铜的脸色,结实的身板,摇着橹,驾着小船,到了查尔斯的面前。他的船已经被布匹装得半满,查尔斯扳住船舷的时候,他就往海里丢一匹布。每捞上一个人,他就往海里丢一匹布。船小,坐满十二个人,他只能把布匹都丢光了。他这身黧黑的衣裳补丁加补丁,他立在船头咕哝,查尔斯听不懂他的话,却看得懂他的眼神,那眼神,是怜惜,当他们是活着的同类一样的怜惜。他掉头朝岸上划去,临走时,朝着还在水中的战俘做手势,查尔斯看得懂,那是:我会回来!我会回来!

查尔斯看着他的脸，线条刚硬，棱角分明，眼中悲慈，流转无尽，不是上帝的使者又会是谁呢？

到了浅海处，他把他们放在一块平坦的礁石上，掉头又捞人去了。更多的渔人摇着小船出海了，查尔斯看着他们用橹拨开布匹，一心一意朝着战俘们驶去，仿佛战俘们才是更大的宝贝。海面上一片呼救声，渔人们做手势让上来几个，他们就上来几个，没有谁争着抢着上小船。查尔斯为这样的同伴骄傲。他抬头看看天，蓝得澄澈的天，上帝啊，我终于又回到了人间，有尊严的人间。

坐在礁石上，近近地看这个岛，海边是大块赤裸无遮的礁石，直立着，风雕水蚀，成就一处处险崖峭壁；石头屋随山势而建，层层叠叠上去，虽是茅草盖顶，因这山海相衬，俨然有几分城堡的气质。

查尔斯浑身湿透，所幸衣衫还算完整，同船的不是没上衣就是没下裤，在明晃晃的太阳下，他们都不好意思往对方身上看。偏西的太阳照不到这块礁石，身上越来越冷，风很大，吹到身上，一阵阵针刺一般。查尔斯跳下礁石试探了一下水深，浅海处已可踩水而行，他就向沙滩和悬崖走去。埋在沙里，能暖和些吧？取暖的冲动，盖过了饥渴，他颤抖着，走了一阵之后，身上暖和起来，饥渴的感觉又牵扯着他：给我一口喝的吧，请给我一口喝的吧。

涉过短短的沙滩，查尔斯看到了一小股泉水从悬崖顶上流下，底下正对着有只木桶，水才半满。查尔斯犹豫了一下，挪开水桶，仰头接住泉水，清冽甘甜，这滋味，竟让他流出眼泪。他不敢多喝，他也不敢拿这股泉水淋浴，又挪木桶过来接住水。右手边有一条上山的小道，查尔斯也不多想，顺路走上。

他小心地避开一条长长的毛竹管，他看明白了，这是泉水的通道，一条一条相连，蛇一般地往山上蜿蜒而去。他还找到了一捆枯蕨，是出海的渔人匆忙间留在这里的吗？他解开，用一半做了坐垫，另一半抱在胸前，他在自己做的这个温暖的窝里，俯瞰整个洋面。

这个小小的岛，面积不会超过三平方千米，一左一右各有一个岛，一个像海龟，一个像小蛇，面积约莫是这里的一半大，和这里相距都不过一千米。

载过他们的大船早已没入海面,只有桅杆的顶端还时隐时现,一阵风过来,浪头把一部分驾驶台拱出海面,船身旁边依然有漩涡和回流,白浪翻涌,引逗得海鸥也盘旋在那里。

日本人的运输船和驱逐舰还没有离开,查尔斯看到有战俘爬上了这四艘船,这一次,他们没有被踢下来。那么,在这样的大恩情面前,连作恶的人,也有了羞耻之心?海面上密密麻麻都是人头,但这四艘船就是不放下救生艇,任由俘虏们从绳梯蚂蚁般的爬上去。

海天相接处的界限一点点模糊起来,暮色下来了,海面上还有人在扑腾,还有人在呼救,日本人的四艘船,自顾自开动了,一些战俘游到船头方向,挥着手,船没停,当这些战俘不存在一样,一点不避让,朝着他们开过去。查尔斯看着他们消失在船底之下,半天,也没看到他们再浮起来。

渔人们没有放弃,他们救上人来,放在浅海处,再划船去救人。没有动力,全凭体力,小船在风口浪尖颠簸着来来回回,船上的渔人必定是疲惫不堪了,但没有一个人上岸来。随浪头漂浮过来的布匹,在沙滩上歪七竖八地躺着,也没有人去理会。渐渐地,岸边几块平坦的礁石上已经坐满了被救的人。终于,也有人学查尔斯的样子,到那泉水处喝水,再沿着小路到查尔斯所在的悬崖,再远,他们不敢走了。这是恩人们的家,他们不该擅闯。查尔斯把枯蕨分给他们,自己站着望远。

夕照和血水,把海面弄得红红黄黄。渔人们还在海面上搜寻,海面上依旧有浮动的人头,呼救声还是此起彼伏。突然,查尔斯隐约听到了口琴声,海上的人,想是也听见了,立刻有小船向着一块近海的礁石驶去,救上了三个战俘。夕阳下,衣不蔽体的战俘黄头发显眼,白皮肤也显眼,一个个摇橹的黑衣人头上都有金色光环。他们在海面上救起一个又一个人,但海里还是有很多人。查尔斯默默双手合十。

那些石头屋的小石窗后面,应该有一双双女人的眼睛在打量着他们吧,男人们都出海救人了,对他们这些几乎赤身露体的男人们,在家的女人束手无策。查尔斯在香港待了三四年了,他知道中国人的规矩。终于有两个胆大的男孩子出现了，十三四岁的样子，短衫短裤，打着赤脚，大大方方地来到他们面前，他们开口说话了，那声腔，和梁夫人往日说的有些相像，难道，这里已经离上海很近了？查尔斯脱口而出："阿拉英国人。"

"英国人？"两个男孩重复了那三个词，脸上竟是听懂了的表情。

其余的，查尔斯自然是一句也答不上来了，但似乎这个答案也足够他们向大人交差了，他们飞奔而去，又飞奔而回，这次，同来的有五六个孩子了。先来的那个男孩拉上查尔斯，做手势让他跟他走。余下的几个人，也各由孩子们接走。查尔斯走进的是离沙滩最近的石头屋。泥地，泥灶，石头做脚的木板床，家具简单到几乎没有。灶上有个老妇人在烧火，一手拉着风箱，一手拨着柴火，忙碌中，她也没忘记朝进门的查尔斯微笑致意，她的笑容如火光一样温暖。他被领到侧门，在这里，一条雪白的毛巾躺在一盆热乎乎的水里，小男孩做了个洗澡的手势，又指指小方凳上放着的衣裤，掩上了门。

查尔斯小心地用水先把自己洗了一遍，才敢用白毛巾擦身子，但毛巾还是被弄脏了，水，也是黑乎乎的，即便如此，查尔斯也还是伸长脖子，把最后的水倒在头上，冲去头发上海水的咸涩。在上岛的时候，他没看到一片湖泊，这样的岛上，淡水必是奇缺的。他爷爷说爱尔兰往事时，说到淡水，如说珍宝。没料到，男孩子又端一盆热水上来，还指指他的头发。查尔斯弯下腰，把头浸入温热的水中，一阵麻酥的感觉传遍全身。洗好头，擦干了，他换上了小男孩给的衣服，衣服上有太阳晒过的香味，质地粗糙，却结实，还是新的，没有一块补丁，想来是新做给这家男主人穿的吧。查尔斯稍稍研究了一下这斜襟衣服和叠腰裤子的穿法，他在梁府见下人们穿过，还是费了些劲，才扎紧了裤带，穿齐整了。小男孩又递过来一块旧毛巾，指了指头发。

查尔斯被领到饭桌旁，老妇人端给他一碗白粥，那粥煮得刚刚好，米粒分明晶莹，上面撒的一撮红糖正在慢慢融化。查尔斯合掌祷告后又道谢了，方才喝下。查尔斯小口小口地喝着，从舌尖到喉咙，味蕾每一寸都恢复过来，肠胃也活了起来，贪婪地咂摸着每一口。余光里，他看到小男孩盯着他直咽口水，老妇人往他手里塞了一碗粥，黑乎乎的。查尔斯暗暗惭愧，喝下一碗，再不肯要第二碗白粥。老太太笑笑,又给他盛上了一碗白粥。查尔斯推开去,他朝海的方向指了指,那里,还有更多需要这碗粥的人呢,他们会得救的,他们一定会得救的,这家的男主人,不是还在海上救人吗?

呼救的声音隐约传来,像一群羊在咩咩叫,暮色越来越浓,风越来越大,不知道他们是否还撑得下去。有那么一个瞬间,查尔斯为自己羞愧,此刻,他本该在海底,和三号舱那些人在一起,握着约瑟夫的手,安慰他,一起沉沉睡去。

老妇人拍了拍他的肩,指了指木板床,让他去睡。查尔斯脱了衣服,钻进被子,到底睡不着。

另一个得救的人,也被小男孩领进家来。查尔斯在枕上看着小男孩端水递毛巾,他觉得这个同类比自己更虚弱更狼狈,身上只有一条平脚短裤好歹遮点儿羞。那个人恍恍惚惚的,要小男孩扶着走。小男孩把查尔斯叠放在床头的衣裤拿去,帮他穿上。老妇人又端上一碗热粥,让他坐桌边吃了,然后,领到查尔斯的床上,让他躺下,老妇人又取出一床被子,让那人盖上,拿来一块旧毛巾,把他的头发擦干了。老妇人很自然地做完这些,帮他们俩掖好被角,轻柔地说了一句什么,才掩上竹门,出去了。

查尔斯不知道自己什么时候睡着的,也不知道睡了多久,直到身边的同伴在他耳边问:"我们在哪里?你是谁?"原来,这个叫作赫尔的男子是一号舱里的,但他不是士兵,而是做贸易的,日本人才不管这些,香港沦陷后也一并被赶入战俘营了。

自我介绍之后,两个人竟无话可说。说什么好呢?后怕尚在,前途未卜。

查尔斯撑起身子,看到自己的衣服,从里到外,都已叠在床头小方凳上,拉近一闻,炭火香味扑鼻。查尔斯眼眶一热。在小时候,妈妈也是这样用炭炉子烘干衣服,闷声不响地放在他的床头。鞋也有了,是两双草鞋。

听到他们起床的响动,领他们来的男孩子就探头进来,跟在他身后的还有两个更小的孩子。他们一样的短衫短裤,打着赤脚,笑吟吟地看着他,露在外面的皮肤看上去很接近印度人的肤色,却又有别样的光泽,是长年太阳晒着的关系吧。查尔斯招手让他们靠近，孩子们倒也不怕生，走上前来，看了看他的黄头发，又看了看他的蓝眼珠，自然，他的白皮肤也被孩子们用力摸了好几下。他们对他的蓝眼珠很感兴趣，直愣愣地看了好一会儿，发出轻轻的赞叹声。两个小的还想往他身上粘，查尔斯抱过来，一个孩子坐一条腿，两个小男孩，满满地在他的怀里。查尔斯不禁想到，以后他和科莉也许也会生三个男孩，他们也会这样热乎乎地坐在他的大腿上。一定会的。

他们的哥哥到底是个小大人了，他看着弟弟们，威严地摇摇头，又对着查尔斯做了个端起碗仰头喝粥的动作。

好好睡过一觉，查尔斯这才感觉真的饿了，桌上泡着的一杯绿茶，使他喜出望外，更让他惊喜的是，居然还有白煮鸡蛋！战时的鸡蛋啊，谁都知道它的宝贵，更何况是在这个荒凉的小岛上。这家人，没有把他们当落难的乞丐，却是认作尊贵的客人！查尔斯惶恐起来，在香港时，他何曾在意过普通华人？

老妇人从灶边的火塘里取出两个黑乎乎的东西，捧到桌上，分给他们一人一个。查尔斯在香港街头见过，猜想这大概就是烤白薯了。这顿早餐的滋味，在往后的岁月里，不知被查尔斯咀嚼了多少遍。而接下来的一幕，则更让他感动不已。老妇人拿出一盒油脂，拉开查尔斯的衣领，轻轻地涂抹他晒伤的肩膀和后脖子。战俘营这大半年，屎粪地狱这些天，查尔斯都快忘记自己是个人了；劫后余生，有吃有睡，已觉得初有人样，而这般被人疼爱被人怜惜，让查尔斯简直不能承受，他的眼眶顿时热了，赶紧低下头去，让老妇人抹。后脖子那一片皮肤，今早醒来后就有些灼痛，油脂涂上后，那里就凉了下来，舒服了。老妇人指尖粗糙的质感，实实在在地留在皮肤上，让查尔斯在以后的岁月里一再回想起。

饭后，查尔斯和赫尔被小男孩带着，来到了一座庙宇。查尔斯对中国人的庙宇并不陌生，他认得关帝庙也认得妈祖阁，观音和如来，他也是认得的。但这个庙供的菩萨，他认不出，这不打紧，他依旧跪下，合掌祷告，谢谢菩萨的子民如此救护他。大男孩也跪下，咚咚叩首，随即又拉查尔斯进了后殿。这里有百来个战俘，有的起来了，有的还睡着，但无论怎样，身上都是有衣服穿,有被子盖,都是被好好照顾着的。大男孩把手中的包裹给了来接应的一个大婶,打开来,里面是烤白薯和白煮鸡蛋。陆续也有别家的孩子送早饭过来。那个大婶归总早饭后,按着人头分出份数,又让另外两个女的挨个儿分派出去,番薯的香气最浓郁,查尔斯咽了咽口水,这个时候,香港的街头,原本也是烤白薯上市的时候,但查尔斯从来没有想过要去买一个吃吃,总觉得那是“他们”的食物,哪里想得到,某年某月,这烤白薯是他劫后余生后的食物呢。分派了食物后,女人们又静悄悄地退出去了,为了照顾他们这些人,她们有的是事情忙。

这光线阴暗的后殿,时不时就有人相拥而泣,这样的场景,也让她们伤感,查尔斯看到她们在悄悄抹眼泪。昨日海上的血水,想必随着潮头已冲上沙滩;那些没来得及救上来的人,想必就在不远的海底,心思细密的女人,又怎能不想到这些呢?查尔斯的双臂空空的,他没有可以拥抱的人,他只能和这些女人一样,低下头去,默默落泪,为没有得救机会的一号舱的八百多个人,为约瑟夫。

赫尔找到了他们商行的三个头头,即便穿着岛上人的粗布衣裳,举手投足间,他们还像是英国绅士,俨然有种气派在那里。查尔斯也认出了豪威尔中校和斯图亚特上校,在他们四周,很快就聚起了原来属于二号舱的人。查尔斯犹豫了一会儿,还是走了过去,和他们坐在一起。原来,豪威尔中校在香港时日多了,会说几句生硬的汉语,还会写些汉字,他已经写下“香港英国人”给岛上的人了,他也和岛上的人说,他们是因为打日本人所以被抓到船上的。查尔斯默默听着。斯图亚特上校认出了他,说:“以后,你就跟着我们二号舱吧,你是我们的人了。”

一号舱的人没有了上校,现在也归到斯图亚特上校这里,大家互相介绍了一番,算是彼此认识了。换个时间,换个地点,这样的时刻,应该是热闹的;这会儿,在这庙的后殿,大家也就淡淡报了自己的名字,甚至,说出自己的名字时,也心不在焉。可是,待查尔斯说出自己来自一号舱,立即很多人盯住他看,就像盯着一个鬼魂。查尔斯接着说了被错赶进二号舱的经过,他们垂下眼去，没有一个人说“你真幸运”。

飞机的轰鸣声来了，他们在船上已经听到过，他们在香港也听到过，这一回，也不会听错。

庙在山顶，殿门又大敞着，看海面一目了然。飞机绕着岛盘旋了三遍，像在确认些什么，接着，就朝着大船而去，连连扔下炸弹，浪柱冲天而起，直炸到船沉，再也看不到桅杆和驾驶台露出海面，方才歇手。查尔斯看呆了，难道是盟军的飞机？机身上的红日标志很鲜明，俯冲下来的时候，机翼上的红日就更加醒目，是日本人自己的飞机无疑。为什么要炸沉自己的船？

这也是一个没人能给出答案的问题。

炸沉了船，飞机又在岛上空盘旋着，飞得很低，低得能看到机舱里的飞行员，如此盘桓三四匝，才爬高飞走。

怕飞机过会儿万一再来轰炸，斯图亚特上校仍命查尔斯他们原先分散住在渔人家里的还回原处去。

岛上两个主事模样的人也到后殿来了，赫尔他们商行那个勉强会说几句上海话的，赶在众人前迎了上去。赫尔也跟上去，用上海话寒暄一两句，他大概也就只会说这么一两句，说完就没了，呆呆立在一旁听同伴在那里费劲攀谈。查尔斯在一旁等了赫尔好一会儿，看他们起劲打手势，脸上却都是茫茫然。这两个主事的神情镇定，似是见过世面的，甚至，他们的脸上有几分急切，竟像是想出了一个好主意的样子，可惜语言不通，没法子好好分享。赫尔急得满面通红，他和查尔斯说：“我真的有些听得懂的，他是要把几个头儿藏起来，躲过日本人，但最多只能藏两三个。”查尔斯笑道：“你真的听懂了？那你跟他们去啊。”赫尔也笑了：“我一半是猜的，你说，这个光溜溜的岛，哪里藏得住。”赫尔说得没错，这个岛上没有小平原，就是连像样的一片松林也没有，这个岛是大礁石，旁边环绕大大小小的礁石，光秃秃、硬邦邦的，哪里有可藏人的隐秘之处？

查尔斯和赫尔回到家，才看到这家的男主人，不想却正是海上救他的那一个，查尔斯记得他的脸。昨日看着线条刚硬的脸，这会儿对着他笑开了，眉眼舒朗,叫人看着又方正又软和。他换了套灰白色的衣服,依旧是补丁加补丁,洗得干净,又穿得坦然,没有一丝寒酸相。查尔斯伸出手去,男主人接在手里握住了,是双宽厚温暖打满老茧的手,是它,把他拉上船的。男主人笑着说了一些话,说到后头,自己也笑了。查尔斯从他微带歉意的语调里听出他大概在自谦待客不周,于是,查尔斯也说了好几句话,谢谢他救了他,也谢谢他家里人这样热忱待他,他的感激无以言表。他们彼此都觉得听懂了,于是,他们拍了拍彼此的肩膀,到方桌旁坐下,查尔斯他们早上喝过的绿茶,又满满地续上了。

老妇人还在灶头上忙,满屋子鱼的香味。女主人正在院子里晒衣服,长长短短,都是他们自己的补丁衣服。晒好了衣服,就坐下来织网,手上一刻不停。男主人在屋子里陪着查尔斯他们喝茶,正经是待客的意思。这一坐下,查尔斯才看到屋子角落里,大大小小竟有五个孩子。男主人一挥手,他们就全都出去了,坐到妈妈的身边,手也不闲着,把一团线引到梭子上。过了会儿,老妇人又端出一大盆刚蒸熟的土豆去,让孩儿们帮忙剥皮。

男主人到底有些坐不住,他往出海的方向比画了摇橹,指着天空比画了飞机,往回家的方向又比画了摇橹,最后,重重地拍了拍他身下的条凳,摇了摇头。

查尔斯多少明白他的意思,知道他早上出过海了,看到飞机,就往回走,回家,没办法。查尔斯暗暗问自己,换作是你,敢不敢在日本人眼皮底下救人?

男主人在陪客人聊天,一切都是郑重待客的架势,一切都是那么笃定。男主人拍拍自己胸口,说了两个音节“阿春”,查尔斯猜那是他的名字,查尔斯也报了自己的名字,阿春重复了一下,把查尔斯叫作查尔,赫尔自然仍旧是赫尔,听起来像两兄弟的名字。

阿春站起来,把他们领到米缸前,掀开盖子,里面是空的,他指指那里,做了个藏猫猫的姿势。查尔斯看看缸底,只有一抔米了。他们又被领到一个衣柜前,打开门,里面除了昨天他们盖的两床被子,就是几套补丁衣服,空着一半,也可以藏一个人。除此之外,这两间屋里,没有一处可以藏身的地方了。昨晚他和赫尔睡了后半间,那么他们一大家子就挤在前半间的三张小床上?说是床,其实就是石头做的床脚上搁块木板而已。

查尔斯几乎快要落泪了。这样的藏法,跟没藏,有什么区别呢?只有赤诚的人,才能想到这样稚拙的藏法。

午饭成了,是白薯干和白米煮成的饭,每人一碗。孩子们的表情,过节一般。看来,这样的饭,平常日子,他们也是不舍得吃的。鱼干蒸得又软又韧,可以一丝丝撕下来。汤里是土豆和咸菜。一桌子人安静吃饭,孩子们吃得很快,几乎没动过鱼干和菜汤,他们就把一碗薯干饭吃完了,想再要第二碗,老妇人就摇头了。她把剩下的饭装在一个木桶里,面上搁了鱼干,叫那个大男孩提了就走,孩儿们就都随着哥哥出门去了。男主人喝完了面前的汤,查尔斯也把自己面前的这碗汤喝完了。咸菜,之前是他唯一抵触的一道中国菜,而此刻,他却吃出了它的鲜美。

没多久,孩儿们呼啸而来,一路大声吼着什么,阿春忙拉着查尔斯到了门前,一起往海面上张望。这里的房子都面海依山而建,海上的情景,在屋子里,就能看得一清二楚。

日本人的军舰来了,从这个方向看出去,看得到岛的正面和侧面都有军舰在飞速逼近,想必在他们身后,也有军舰驶来,它们会形成一个包围圈。这岛上有哪几个可以登陆的点,想必上午的飞机已经侦察得很清楚了。船速飞快,比岛上的人力小船不知道快多少。

阿春拉着查尔斯他们进屋,指指米缸,眼里满是着急。查尔斯摇摇头。老妇人急了,过来拉着查尔斯的手,往米缸那里带,赫尔呢,他被孩子们推向衣柜。查尔斯的泪,终于落下来了。他摇着头,撸下手中的戒指,塞进老妇人的手中。他要把他的一部分留在这里,这么美好的地方,以后,他还会重来,只要他活着!而现在,他能为他们做的,就是离开他们,立刻到庙里去集中。

查尔斯他们从石头屋的后门窜出,在山路上狂奔,他知道,其实不用跑这么快,这个岛上的一切,都是无从藏匿的。山路陡峭,每一步都耗力气,查尔斯跑进大殿后,筋疲力尽,他瘫坐在地,看着斯图亚特上校在那里踏步走圈子。

日军开始登陆了,他们朝天鸣枪,枪声从岛的东南西北传来,此起彼伏,没来由的,查尔斯想起香港大年夜的爆竹,也是这样热烈。

斯图亚特上校终于站住了,要豪威尔中校来集合部队,排列队形。休整了一夜,他们多少恢复点了精神,查尔斯也缓过气来,默默排到队伍的末尾。他们出了庙门,朝着海滩走去,一路上,分散在各家的战俘,陆续出来加入队伍。

午后的阳光,亮晃晃地照着他们。日本人已经上山,半道上押上他们,一部分冲上山头去各处搜寻,一时,踢门吆喝打骂的声音,不绝于耳。

过了一会儿,岛上的人也都被赶下山来,在沙滩边集中。

日本人点起火把,竟要烧村！日本人自己带的中国翻译跪下来求情,他在求什么,查尔斯一个字也听不懂,但那日军头头的脸色居然缓和下来,摇摇头,收回了命令。

所有的战俘也在沙滩旁集中,马上就要登船了。岛上的人,这些穿着补丁衣服的人,默默看着他们。赫尔动手脱下身上的衣服,脱得只剩底裤,双手捧着,放到道旁。队伍中有穿着渔人衣服的,都照样脱下衣服来,整齐叠好,放在道旁。一时间,他们都恢复了昨天上岸时的模样,可是,他们的精神,却都饱满得很。临上船时,他们向着这个岛和岛上的人挥手致意,有人喊着:“我会再来的,我会来看你们的！”最后,他们列队向岸上郑重敬礼。岸上的人也挥手相送。

日军中,竟无一人出声干涉。

赫尔在查尔斯耳边轻轻说:“我们中有三个人被藏起来了！真的！”

五

查尔斯一直在寻找机会和船上的翻译说上话,他想问他,那天,那个中国翻译求情时都说了什么话。可他一直没有找到机会。

他们这些战俘被集中到一艘炮艇的甲板上,沿着海岸线缓缓向北而行。船行一天一夜,天下雨,他们这些战俘都被押在甲板上,头顶的防雨布接头处不牢靠,先是漏雨,随着风势,接口撕开,雨水直入,无人可幸免于湿。幸亏昨晚在岛上过了一天人过的日子,好歹还有些精气神可以支撑。

等进了一个大港口,港口边高楼林立,查尔斯知道这必是上海无疑。在码头上,早先爬上日本船逃生的那群战俘在等着他们,两厢见面,看到对方活着,只有含泪拥抱。

日军对他们重新点名,点到无人应答时,队伍中就有人泣不成声。在香港出发时,他们也点过名,知道有1816名;今天在这码头再点,剩下970名。战俘中有带家眷的,如今,女人和孩子,几无生还的,不点名倒也罢了,再听到家眷名字,谁能不心如刀绞?放声哭出来的,也就是他们了。点到约瑟夫时,查尔斯也没有撑住,只有尽力不让自己哭得太响。点到波特中校的时候,查尔斯听到了好多人的低泣声。

点名之后,他们每人分到了一件灯芯绒夹克,一件衬衣,一双毛毡拖鞋,这些衣服,不知道是从哪个角落里找出来的,上面还有虱子存身。至于饭食,一天就四块硬饼干,还有加了水的牛奶。

那个查尔斯想一直牢牢记住他脸的华尔达上尉,这回对他们训话,就没有先前的和颜悦色,他狠声狠气,逼着翻译也狠声狠气地说话:“你们不过是一些洞底的老鼠,你们就应该留在海底,凭什么,你们现在还在我面前?”

翻译完这句狠话,翻译的眼里满是哀求。战俘们低下头去,就当听一个疯子在叫嚣。可怕的是这个疯子又让人带着棍子,强行打散了原先站在一起的人,重新编了组,又把他们送上了一只没有悬挂任何运送战俘标志的邮船,那么,这就是再次把他们送上了可能遭受鱼雷攻击的旅途,谁能保证自己下一次还有这样的幸运?但是,找谁论理去?

没有论理的地方。

查尔斯这回还算幸运,点名的时候,他和豪威尔中校离得远,分组的时候,反倒被强拖在一起。他们又被装进“罐头”舱里,这回,为了防止有哗变,连上甲板放风的安排,也被取消了。重回屎粪地狱,痢疾和白喉随即肆虐,船舱里每天都有人死去。斯图亚特上校也患了痢疾,豪威尔中校叮嘱查尔斯,上岸之后,如果有再分组,他们都要尽力争取分到上校那一组,上校需要人照顾。而事情也正如豪威尔所愿,查尔斯也传染了痢疾,他和斯图亚特上校都成了病号,船舱里,他们这些病号尽可能地和未染病的人保持距离,查尔斯才得以陪护在斯特亚特上校身边。

过了五天,船终于靠岸,战俘们被重新分组,分送到大阪和神户,而他们这组病号,真的被当病号照顾,带到一辆舒适的车上,车真的载着他们去了医院。在车上,这是查尔斯最后一次见到翻译,翻译说:“请你们保持沉默,不要将自己的故事告诉这里的人。日本人不会喜欢的,而且,他们也不会相信他们这些热情勇猛的战士会对你们做出这样的事情。”他对他们鞠了一躬,准备走了。查尔斯鼓足勇气,叫住他,问道:“请问先生,那天在岛上,那个中国翻译都说了些什么话?”

翻译正了正脸色,说道:“那个人说,自古到今,那片海域的人,见到有人落水,无论是谁,只要是条命,他们都救!那个人说,从前,他听说那里的人也救过日本人。”

“他们真的救过日本人吗?”

“你认为每个日本人都不值得救吗?”

这个问题,在很长时间里,让查尔斯纠结不止。

他终于到日本了,他的痢疾被日本医生治好了,而斯图亚特上校终究没有逃过此劫。查尔斯收的殓,上校躺在一个薄薄的棺材里被抬了出去,至于后面的事,院方说他们会“照章办理”。查尔斯也没有深究,即便他想深究,也没有时间让他去跟这件事,他们这一组五十个人,死了二十一个,剩下的稍微恢复点后,就被送到在广岛的战俘营。在战俘营的日子里,查尔斯时不时地为上校感到宽慰,他毕竟是在一个温暖平静的环境里过世的,过世的前一天,他还和查尔斯说:“新生活就要开始了。”他是怀着憧憬去的,这多好。否则,斯图亚特上校就得和他一起到这个战俘营。

这里的战俘营，说是苦力营才更恰当。当初自己居然会相信那个华尔达的话！到了广岛之后，查尔斯才知道，在他们之前已经有一批战俘从香港到达此地。第二年，又来了第三批，第四批，他们当中不停有人死去，也就不停有新的人补充进来。这些战俘都是乘坐查尔斯坐过的船，无论它叫什么名字，他们一律叫作地狱航船。在船上的光景，他们也不愿多提，目前的处境，比之船上，也好不到哪里去，他们远远还没走出地狱航船。

甚至，有的时候，他也会羡慕沉在海底的约瑟夫，至少，眼下他受的这些苦，约瑟夫都不用受了。这样想完之后，他又总会为自己有这样亵渎上帝的念头而忏悔。总要挣扎几个来回，他才能让自己接受，应该为还活着而感恩。

战俘营中到处是老鼠、跳蚤和虱子，每一天，查尔斯的身上都带着被咬的痕迹，同伴中陆续有人得各种皮肤病和脚气病，有的严重的得了坏血病，脚部肿胀发黑，到最后，两条腿都被锯掉。幸运的查尔斯没有染上这样的病，他每天被当作劳动力使用。他被派去公司、派去码头、派去车站，搬运一箱又一箱、一袋又一袋的货物，每时每刻，都有看守催促，没有片刻松懈的时候。最可恨的是，他们如此做牛做马，却连饭也吃不饱。查尔斯和伙伴们只有在搬运食物的时候偷藏一点，这不仅是为了果腹，更是跟这些时时抽打他们的看守做游戏，每次巧妙得手，都让他们有成功的快感。这简直成了他们活下去的动力，明天我们偷什么，明天我们怎么偷，偷来我们怎么藏货，他们每一个人的技艺都堪比职业盗贼。看守的挫败感，他们看在眼里，喜在心里，脸上却不动声色。偶尔也有失手的时候，有一次查尔斯偷吃米饭，这米饭，蒸得那么晶莹，让他想起了那年岛上的米粥，他一出神，时间长了那么一点点，正好被看守捉住。好不容易捉住一个贼啊！看守把他吊在树上鞭打，看守还强迫所有战俘都站着观看。这不是他们第一次看人被打，他们已经练就了一副漠然的表情，既不愤怒，也不惶恐，就像是在看一场吊打剧而已。那一回，查尔斯被打得昏死过去。查尔斯小心地看护自己的伤口，但这样的地方，能小心到哪里去呢？化脓是难免的，查尔斯每天祈祷伤口不要再感染别的什么。在为这些伤口祈祷的时候，他才领悟到，如果斯图亚特上校活着该多好，如果约瑟夫也在这里该多好,谁愿意自己死呢?

以后,这样猫捉老鼠的游戏,还是在继续,看守们对战俘们的惩罚花样也越来越多,比如头上顶一桶水罚站,比如罚他一刻不停地跑,像打开了水龙头冲击战俘头部,或者投入地牢饿上几天……这样的花样都不算刺激了,他们找到了一种又薄又韧的竹篾,使劲狂抽皮肤,鲜血就会四处飞溅,场面惨烈壮观,他们太喜欢这个惩罚了,所以,隔一阵子,就会找个犯了事的战俘来一顿抽打。

疯了,他们都疯了。上帝欲使其灭亡,必先使其疯狂。他们是在接近灭亡了吗,还是从头到尾,他们就是这样疯狂?有一回,查尔斯在街上看到一个看守抱着女儿在逛街,一脸的慈爱,查尔斯愣了好一会儿才认出他来。查尔斯问自己:如果我是他,我也会这样抽打战俘吗?战争会把我变成这样的人吗?

赫尔也被分在这一组,这个生意人出身的人,真的会识时务,倒时不时地规劝查尔斯几句,让他务必老实谨慎些。查尔斯也很奇怪,他这么老实谨慎的一个人,怎么现在变成这副样子?他都有些不认识自己了。

有一天,赫尔告诉他,那三个被藏起来的战俘被岛上的人辗转送到重庆了。有一天,看守在听广播,正播这个,他的商行老板在重庆电台上对全世界揭露日本人的地狱航船,一溜儿的英语,看守听不懂,赫尔听全了。赫尔总努力和看守们拉近关系,看守会让赫尔听广播,这有可能,但他的老板被藏起来然后送到重庆,查尔斯不相信。这怎么可能呢?这么小的一个岛,他们怎么藏人呢?他们又怎么在日本人眼皮底下送人出岛呢?赫尔告诉他,真的,真的有这样的奇迹,所以,我们一定要相信,奇迹说不定会发生在我们身上。

说来奇怪,那天夜里,查尔斯梦见了那个岛,他看到老妇人手上戴着他的戒指,摩挲着,泪光盈盈,在为他祈祷。接着另一晚,他梦到了妈妈,梦到了科莉,梦见他回到了他的加拿大,她们紧紧拥抱他,把自己的体温传给他。梦醒之后,他一遍遍告诉自己,我是一个人,我是被记挂着的,我得好好活着。

梦境开始美好起来,白天的地狱生活似乎能轻松些熬过了。

让我们祈祷战争快点结束吧。有一天,他这样对赫尔说。于是,一有机会,他们俩就站在一起,向上帝虔诚祈祷一小会儿。

正如他们祈祷的那样,战争也许真的快要结束了。因为,广岛的城市上空时时有盟军的飞机飞来轰炸,就像当年他们的船被鱼雷轰炸一样,他们的战俘营,也时刻有被盟军的飞机轰炸的危险。

那个夏天,查尔斯对天上出现的盟军飞机不知道是该爱还是该恨。所幸的是,他们这个战俘营在郊外偏僻的地方,盟军的炸弹还没有往这个地方丢。应该能撑到战争结束吧?查尔斯外出做搬运工时,有次偶然听到说日本已经战败了,既然战败,为什么政府迟迟不投降呢?可见,这消息,是不确切的。可是,战俘营里的看守恐吓他们的话,却好像真的是胜利之日已经不远,他们说:“等盟军到来那天,我们先枪毙了你们!”那么,盟军是快来了吗?

查尔斯开始对日子敏感起来,每一天,都像是一个新世界会出现,他记日子,就庄重地经年累月地记。

一九四五年八月六日,查尔斯的任务是去市中心的车站搬运货物,他们必须在八点之前到达市中心的车站。盛夏天气,空中一丝云彩也没有,天空蓝得近乎妖艳。在这港口城市,夏日的早晨,还是有习习凉风,这样的几缕凉风,就是查尔斯今天贪恋的东西。当他弯腰弓背驮起货物,汗流浃背的时候,那几缕风从他的颈项间经过,又凉又润;还有一只流浪猫,它总愿意跟在查尔斯的身边,有凉风过来的时候,它会昂起脖子,颤巍巍打个激灵,一副极享受的样子。

这时,天上又出现了盟军的轰炸机,这个城市的人们,已经习惯它的到来,前两天,这些轰炸机就来过,并不曾投下什么炸弹,于是,人们也就抬头张望它,像张望一道风景,谁也没有急着往防空洞跑。

世界是在一瞬间被点燃的。查尔斯看到他脚边的流浪猫内脏爆裂,抬头时,他看到身边的同伴皮肤像土豆皮一样脱落;他直起身子时,看到一个烧焦的人在奔跑。世界先是红色的,再是白色的,最后是黑色的。查尔斯的最后一眼看到的是满天的黑雨,最后听到的是一个女人的嚎叫。然后,是无边的寂静。

这是地狱,这是这些年我从未曾逃离的地狱!

不,不,曾经有那么一天,我是在人间的,就那么一天!

六

有一些幸运的战俘,他们终于逃离了地狱,重回人间,很多年后,当伤口愈合到结痂的时候,地狱航船的故事,经由他们的口,又浮出水面。

于是,我们知道了,查尔斯感念的那一天,是在庙子湖岛上发生的,那个比庙子湖还小的岛,叫作青浜岛,它们合在一起,被叫作东极。

可惜,查尔斯永远不知道这些。

广岛已经重建,查尔斯不复归来。

(原载《人民文学》2016年第8期)

回　声

◎ 陈小宇

一

我的父母半辈子都在恋爱，不过是各谈各的。

十五岁那年，我才得知他们早离了婚，因为这之前，父亲隔段时间就到母亲和我住的出租屋里待上几天（和离婚前一样），并在那张有许多男人睡过的大床上过夜——这些男人，比较固定的有两个，老李伯伯和小林叔叔。另外那些只来一两次的陌生面孔，一般是母亲从工作的美容院里带来的。在我父亲出现的日子里，他们就消失了。

父亲总是突然从不同的地方回来，从上海，从广州，从北京，像一个频繁往返于各大都市的商业精英。我始终没搞明白他在做些什么，他所说的生意——海鲜大礼包批发、倒卖建材、废铜烂铁或者玉器——没有一桩成功过。他名下那些五花八门的公司，永远在注册中。有几次他特别兴奋地说马上会有钱了，“只要做成这一单，会有很多很多钱”。他拉开手臂，比画着钱的厚度，“很多很多。可以给你买房子，等你大些再买漂亮汽车，送你去国外留学。你喜欢哪个国家?”头几次我真的很激动,将世界地图翻得了如指掌,为选择哪个国家而犯难。

我从不怀疑父亲愿意和我分享他的财产,毕竟我是他唯一的女儿,事实上他也一直尽力这么做。虽然他的财产约等于零,或者是个负数——我猜测数目可能是庞大的,有那么一两回在跟我推心置腹的谈话中,他曾说“总不能留一身债务给你”之类的。说这话的父亲显得沮丧,光彩随之褪尽,仿佛一下子老了许多。我不喜欢这样的交谈,更不喜欢这样的父亲,不喜欢他试图让我理解的世界。

如果父亲从岱山老家来,多半是兜里没钱了。他老老实实待在出租屋里,给我们做饭洗衣服,跟母亲说话都赔着笑。然后某一天他再次离去。当我问母亲时,她拉下脸,就意味着又一次被我父亲骗走了钱。

哪怕穷到续不起电话费,父亲也不会发愁——至少看起来——他的财产在不远的未来,多到比你能想象的极限还多。他拎着崭新牛皮包,拿当时最新款的小巧滑盖手机,穿帅气的山羊皮风衣,短短的头发永远服帖。我父亲身高一米八,健壮,是个漂亮人物。他出席过的仅有的几次学校家长会上,从老师到学生家长,没有人对我父亲的老板身份表示怀疑。

“哪里!做点小生意。混口饭。”他不卑不亢地强调,显得低调而谦逊。我傍在他的臂间,像摩纳哥公主那样愉快地从注目礼中走过。

在知道他们离婚之前,父亲每次回来我都希望他再也不要走了。不然,我将天天困惑于放学回家会碰到哪个男人。他们中的一些会穿着父亲的睡衣,用父亲的烟缸,坐在小客厅里抽烟,一条腿大模大样地搁在另一张椅子上。我母亲,偶尔做饭给他们吃,如果她得到足够多的钱的话。我们三个一起吃饭,有说有笑,活像是一家人。在我看来,那些男人完全企图取代父亲的位置。当他们问我“家里有没有别的叔叔来过”时,我会一脸天真地反问:“什么别的叔叔?”——就像经常对父亲做的那样——这一套我打小就学会了。

我也学会了乘老李伯伯在家时问母亲要钱,要补习费、班委费、课外书费等一切乱七八糟我能想出来的一个学生的合理费用。母亲通常很为难,把好看的眉头皱成山雨欲来的样子。她这个样子真的不好看,显得凶悍(男人是不会喜欢悍妇的,我想,不管是家里还是家外。她曾听从我的建议试着装出无枝可依的可怜相，但一看就太假。她不再是那种适合撒娇的小女人)。

“这孩子！”她举起锅铲或者手边别的什么,似乎想马上揍我一顿,“当你妈是开银行的？”如果老李伯伯不为所动,她就朝我瞪眼,我随即默默地挤出几滴眼泪。但真的委屈极了,我是说这一切。

基本上老李伯伯每次都会掏钱包,百把元钱对他来说不算什么。他有一家物流公司和一家船配厂,货真价实的。他是岛城最早富起来的那一批。我怀疑他早就看穿了我们的把戏,但他爱我母亲,足够爱。

如果非要有人取代父亲的位置，我希望是老李伯伯（虽然他有老婆孩子),他除了看起来老一点,其他都好。但母亲显然不爱他(或者是不再爱了),她一直隐瞒离婚的事实,是担心老李伯伯想“独霸”她。“到时候他什么都要管,我烦也烦死了。”母亲这样向我解释隐瞒离婚的事,“他又不会离婚。我早就看穿了。”而且我父亲是最好的挡箭牌,可以有效避免不同男人“撞车”。

我曾自作多情地以为他们是为了照顾我的感受。但听到这些,我没有意外，似乎也没什么可伤感的。令我略感意外的倒是老李伯伯不肯离婚的说法,他那么爱我母亲,一定是哪里搞错了。

“你现在不会懂的。”母亲果断地下结论。

你大概猜到了,我母亲是个美人,现在依然是。在还算年轻的时候,她担心失去自由，或者是担心失去她喜欢的小林叔叔——那是个年轻帅气的穷光蛋,在女人堆里混日子——现在母亲老了,老李伯伯和小林叔叔相继离开了我们。她还是自由的,只要她愿意,还是有不少男人想上她的床,在请客吃饭时乐意让她扮演女主人的角色。但如果母亲还指望能从那些男人的钱包里抠出几张钱，还指望在她过生日过情人节时能收到钻戒或者白金项链之类的礼物,无疑是痴心妄想。“世道不一样了。男人都变得精明、小气了。”母亲黯然说。

她当然不会承认,主要是因为自己变老了。

二

我十五岁那年,母亲开了自己的美容院,并且买了房子。那是一套五十六平方米的二手房,它有两个卧室,开门进去的地方是客厅兼饭厅,留出过道后,刚好够摆下一套餐桌和冰箱。虽然小,但到底是自己的房子,我们再也不用经常搬家,并被迫丢掉很多东西。而我们以前每月付出去的房租,足够付按揭。这一切,都是托老李伯伯的福。母亲却认为理所当然,“从二十八岁到现在,我跟了他十年。”母亲夹着一支烟,感慨道,“这样一套二手房还要我按揭。他又不是没钱。”她眯起漂亮的丹凤眼,眼尾迅速堆起细细的皱纹。那天我们从酒店吃完饭——庆祝乔迁和美容院开业——回来,母亲收到不少红包,看起来心情还不错。她表示想再喝一杯,要我陪她坐坐。

“我为来为去都是为了你。”她伸出手来抚摩我的脸——是个人都会很享受我母亲的抚摩,她有一双……怎么说呢?那是一双善于表达感情的漂亮的手——眼里忽然含了泪,“你那爸爸……你知道的,没有拿来过一分钱,哪怕一分!好像他的女儿是路边一棵草,风吹吹就会大。”

按照母亲的一贯说法,父亲的钱都“被野女人骗走了”。听起来“野女人”们似乎分布于全国各地,就仿佛我父亲是帝王,拥有无数座行宫。在母亲的想象里,父亲在外面过着奢侈糜烂的生活,对唯一的亲生女儿不闻不问,等到没钱时灰溜溜地回到岛城蹭吃蹭喝。对母亲的话,我半信半疑。我已经可以断定父亲没有赚钱的能力,所以“父亲的钱”只是个虚拟概念。至于“野女人”,多半是有的,父亲从来不乏吸引女人的魅力。只是在母亲的想象里,“野女人”的数量被放大了许多倍。

“那你为什么还让他来?”

“你说为什么?因为他是你爸爸。男人可以有无数个,我女儿的爸爸只有一个。跟你爸爸,没有享过一天福。我们一直在被逼债,为几百块钱被堵在路上。有一年除夕，要债的在外面踹门，你吓哭了，被你爸一把捂住嘴，差点捂没气。你那时还太小，不记得了吧？岱山不能待了，只好出来，在美容院做，我前边还债他后边借。我是没办法了……”母亲把半杯杨梅烧酒一口气灌下，含了很久的眼泪流下来，“你爸爸是个好人，没有长大的好人。他可以说走就走，去天涯，去海角，潇潇洒洒。我不能。我得养女儿。”

每次说父亲是好人的时候，表示她已经喝醉了。在她情绪泛滥之前应该马上睡觉。但我还是得先感激地拥抱我的母亲。她或许真是吃了许多苦，在我看不见的地方。这都是为了我。除了我，没有任何人值得她这样做。其实连我都不值得她这么做。她应该跟父亲一样去很远的随便什么地方，随便去做些什么，一年甚至两三年才回来一次，把我拥进她光鲜靓丽的怀抱，流下成分复杂的慈母眼泪。一个小时后（或许都用不了那么久），我对她的疏离感会彻底消失，就像从未分开过。

我跟母亲提过她应该去远方的事，而不是在到处都是三姑六婆的小岛城，“用身体赚钱”——那些人在背后这样说我的母亲——当然，后面的话我不会对她说。我们一起想象她去远方的场景，总是在久别重逢那一幕产生分歧，母亲认为我会恨她，绝对会像个陌生人那样，“再也亲近不起来了。”她摇摇头坚定地说。而且她确信让大字不识一个的外婆带着我，肯定会把我毁了——我们经常讨论这个，谁也不能说服谁。

“接下来你的任务是好好念书，考上名牌大学。以后做白领，风风光光的。千万别像你老妈一样。不然我把你掐死。你别笑，我说到做到！你老妈的任务，”她口齿不清地说，“是好好赚钱，让我的女儿过最幸福的生活。”

与父亲一样，我母亲也有与生俱来的乐观。上名牌大学，是她对我最为持久的期望，可我已经是高中生了，她怎么不明白就凭我上的三流高中、凭我在班里时不时垫底的成绩，要考名牌大学等于异想天开？

我不忍心扫她的兴。反正要等她梦想破灭，还有两年半时间。

搬进新家的第一天晚上，我和母亲睡在一张床上——就像我小时候那样——缺了一个父亲，好在也没有其他男人。刚装修过的房子是新的，床也是新的。新生活开始了,那些阴暗的出租房,老旧的水管和经常会爬出蟑螂及各种可疑昆虫的塑料地毯,都将跟我们永远告别。

同时告别的,还有陌生的男人们。现在出入家里的只剩下老李伯伯和小林叔叔,他们与母亲的三角关系可用一首歌名表述——《爱我的人和我爱的人》。这也是母亲最爱唱的歌。在烟雾缭绕的KTV,就着青岛啤酒或者劣质红酒。母亲唱这首歌的时候会淌眼泪,将脑袋靠在老李伯伯要不就是小林叔叔肩上——她看上去还是那么美,美人忧伤,足以令在场的所有男人倾倒。要不是母亲五音不全,场景堪称完美。若是两位都不在场,这样的时候她谁都不靠,腰板笔挺地坐着,把自己唱得如痴如醉,愁肠百结。

三

小林叔叔带来一支牙刷,插在母亲的刷牙杯里,不走了。我把他的牙刷扔进垃圾桶,另一次扔进马桶。还没等他发现,母亲很快买来一捆新牙刷,还欢天喜地地买了男式睡衣、拖鞋和浴巾。这意味着父亲再也不能在新家出现,也意味着老李伯伯终于沦为"第三者"——即使是在这套他出钱买的房子里。

我母亲一定是中邪了。跟我父亲和有家有室的老李伯伯相比,她最应该割舍的就是小林叔叔,前者能粉刷她名誉上的污点,后者则是提款机。在这件事上,她一贯的精明不知跑哪去了。但如果你见了她在厨房里哼着歌的身影,见了她越来越多的笑,如果你恰好也有一位为你牺牲了很多的单身着的母亲,你可能就会理解我为什么不再把小林叔叔的牙刷扔进垃圾桶或者马桶。我不认为小林叔叔能带给母亲所谓的幸福,但我显然错了,幸福不是谁谁给予的,而是藏在内心,等待特定的媒介来激活。在我母亲那,父亲、老李伯伯,甚至我,都不是那个媒介,或者说都不再是,只有小林叔叔才是。

爱情原来是这么回事。

总的来说,跟小林叔叔朝夕相处,没有想象中那样困难。我说过他是个帅气的年轻人，说他年轻，是相对我母亲而言（他比我母亲小五岁还是六岁）。他对我还不错，经常给我买些时髦玩意儿，比如当时流行的MP3和游戏机——虽然他的钱多半是从母亲那里得到的——母亲不在家的夜晚，他负责监护我，不管去打麻将还是吃夜宵都带上我。那些人有男有女，看得出他们对小林叔叔比较尊重。

“这是我女儿。”他跟每一个都这样说。当然没有人会相信。如你所知，他做我的父亲也太年轻了些。偶尔有人开玩笑问是小女朋友吧。但小林叔叔似乎也没有不悦。我说你能把我生出来吗？他竟然认真地算了一下，“理论上可行。我14岁就能生孩子了。”他朝我笑，拽得要死的表情，“喔唷！脸红了！”

他当然不是我父亲，尽管他向我百般示好，尽管我们有时候看起来甚至比真正的父女还要亲热。比如我父亲经常光着上半身在家里晃来晃去，我能像看一坨行走的猪肉那样毫无感觉。但小林叔叔经常让我困惑。

不知几时起，每到深夜，我对母亲房里的细微声响格外敏感；在狭窄空间里与小林叔叔擦身而过时，他身上成年男子的气息让我心跳加速。我那陷在热恋与赚钱中分身无术的母亲永远不会知道，十六岁那年初夏，因为家里这个没有血缘关系的男人，我的性意识觉醒得如此迅猛。体内的毒蛇昂着懵懂的头颅，不知所措地乱窜。感觉空前灵敏，头脑浑浑噩噩。

终于有一次，在小林叔叔展示他的胸肌时我勃然大怒：“真恶心！”说着摔上房门。他在门外莫名其妙地询问，我像初潮时那样把自己关在房里号啕大哭。

在他眼里，我只能做个孩子，即使我已经16岁。但如果我有母亲的容貌（可惜我完全继承父亲的长相，方脸膛，细长的小眼睛，黑皮肤，一张相貌堂堂的男子汉的脸复制在豆蔻少女身上，没有比这更糟糕的了），加上母亲望尘莫及的我那水灵灵的年龄，他会将专注的目光投射到我身上吗？谁知道呢。

我整天浑浑噩噩，像是丢了魂，害怕和小林叔叔独处。就这样，我开始有了自己的“社交圈子”，在阔绰地买了几次单之后——至少母亲会乐意看到我跟同学玩在一块,如果我能把他们带回家里,"孩子们"能礼貌地叫阿姨,让她接受一名普通学生的母亲能享受到的待遇,这会让她高兴上好几天(虽然我从来没有让她如愿过)。

我们泡酒吧,去低档的KTV唱歌喝酒直到半夜——都是些考试勉强才能及格的差等生,反正我本来就是他们中的一员——男生们人手一支烟;女生们在放学后换上齐臀的超短裙,晃着不管纤细还是粗壮的大腿。我很快学会了在不快乐时大声骂"×××",在表示惊叹时说"××",竖着中指骂"××",体会爆粗口的快意。

一个普通的夜晚,我们吃烧烤,喝了点啤酒。苗苗说不想回家,喝酒会被她那"更年期的妈"骂上一整月。"女人没有男人就变得恐怖。"她咬着下唇,短发被揉得乱糟糟的,"我爸一年才上岸两个月(她父亲是个渔民),剩下的时间我都在水深火热之中。"她把脑袋转向我,"照我的意思她应该去找个情人,干吗要熬着。这样我的日子也能好过一些。"

"不懂。"我摇头。

"你不懂?别告诉我你还是处女。"苗苗笑起来。他们每一个都在笑,让我意识到16岁还是处女是件可耻的事。

"你们谁帮帮她吧。"苗苗说。我顿时紧张起来,但三个男生同时举起的手让我安心了。最后我们决定用剪刀石头布选出一位男生。后来去开房间,苗苗从包里摸出一盒避孕套,"安全工作还是要做好。"她拍拍男生的肩说,"爱用几个用几个,好好干!"当时他们哪怕有一丝的戏谑,我就反悔了。但每一个都无比严肃,仿佛在交代大事。

他们走了,留下我和那位男生(实在想不起他的名字了,只记得他特别瘦)。我们先后洗澡,上床。没有任何前戏——没有接吻,甚至没有拥抱——他在我上方直接进入。等最初的疼痛过去,我把他想成小林叔叔,完成了初夜。然后我们并排平躺着,像两条干巴巴的鱼鲞。他点了一支烟,放到我嘴边,我摇摇头推开了。

"挺不错的啊!"他吸口烟后说,"如果不是特别紧,真想不到是第一次。"

“真的？”我有点受宠若惊。

“真的！”他友好地在被子上拍拍我的小腹下结论，“潜力无穷！”

四

母亲最近有点心神不宁，老李伯伯好久没来了，那意味着我们可能失去很大一笔收入——即使买了房子开了美容院，母亲也从未停止向老李伯伯要钱，在需要付按揭的时候，在美容院房租到期的时候，在要给按摩小姐们发工资的时候，母亲总是对着老李伯伯哭穷，一次又一次。由于他来的次数越来越少，几乎变成了一来就要听母亲哭穷。他有时候会给，更多的时候直接拒绝。“你现在怎么变成这样了？”他笑着对母亲说，“你以前不是这样的。”

“你以前也不是这样的。”母亲也在笑，听起来非常不高兴。

我曾问母亲美容院的经营情况，是否真像她跟老李伯伯说的那样，入不敷出。“我傻啊？要亏本我还开。”母亲一句话就打消了我的疑虑。

“那你还问老李伯伯要钱。”

“你嫌钱多烫手？”母亲瞪了我一眼，“再说你还要上大学，那得花多少钱！万一哪天我老了，他不要我了，我问谁要钱去？你爸爸有钱吗？有钱他也舍不得花你身上。”话又扯到我父亲身上去了，她起码能唠叨半个小时。

大概有两个月时间，老李伯伯一次都没来过。这在以前是不可能的。母亲说他“一定是有了女人”，小林叔叔不在的夜晚，她不断拨老李伯伯的电话，他始终不接，甚至关机。“他是在家里，”母亲向我抱怨，她又开始独自喝酒，抽很多烟，“他说过晚上不要打电话，老婆会起疑。”

“但他肯定有女人了！”母亲不是悲伤，是愤怒，“男人没有一个靠得住！”

老李伯伯会有女人是必然的，用脚趾头都可以想到。他虽然有点老，仍不失为风度翩翩的体面男人，何况他那么有钱。

母亲毕竟老了，跟老李伯伯在一起的时间也未免太久，久到早已超过母亲与父亲的那段婚姻。一个只知道不断索取的女人，不可能长久留住男人的心——不管是索取金钱还是感情。另外,不知道该不该提醒母亲:老李伯伯大概知道小林叔叔的存在——岛城才多大地方,别说藏个大男人,走过一条流浪狗,都能让你似曾相识——他不提,或许是因为已经不那么在乎了。

母亲回忆着跟老李伯伯的这些年,他们从婚外恋开始,直到母亲离婚许多年了,还在婚外恋。现在她终于可以把离婚的事赖到老李伯伯身上,愤愤不平地说自己"都为他离了婚"。她怎么也不敢想象他可能不再爱她,"一定是被年轻的狐狸精勾了魂"。

跟我说这些的时候,母亲完全忘记了我的身份,仿佛在跟要好的女友倾诉。想起来,母亲似乎从来没有过称得上密切的女友。挺悲哀的。但我宁愿相信是因为母亲太美,以至于那些女人对她充满嫉妒,就像我偶尔也会嫉妒她。

"妈老了吗?"她走到穿衣镜前,忧心忡忡地捧着脸照了一会,"难道我老了?"

某天下午,在老李伯伯又一次直接按掉她的电话之后,母亲终于按捺不住,去他的办公室闹了。我放学回家时发现母亲披头散发,眼睛都肿着。她淡淡地告诉我整个经过,"关起房门任我打骂,他一句话都没说。"说着她拿过包,掏出厚厚两沓钱摊在床上,"五万。"她伸出一只漂亮的手掌得意地笑了。但到了晚上,她到底还是大哭一场,并以"他回来了"为借口,拒绝接小林叔叔的电话。

事实上那之后,母亲和老李伯伯又藕断丝连好一阵子,只是改成去酒店幽会。高三的一个下午,我和当时新交的男朋友逃课去开宾馆,出来正好看见他们进电梯,母亲挽着老李伯伯的胳臂,不停地说着什么,后者脸上露出愉快的笑容。母亲给我一个优美的侧面,他们看起来很相配,比以前更相配了。这真美好。比母亲跟小林叔叔在一起时更美好。我不禁又想起当初希望取代我父亲的是老李伯伯。我至今仍然这么希望,因为我觉得他真的爱母亲。爱一个人是件苦哈哈的事。这种年头,这种年纪,还苦哈哈地爱一个人的男人或女人都值得同情和信任。

直到在同一个宾馆，差不多的时间段，我看到了老李伯伯和另一个女人。他们一样挽着胳膊，一样愉快地笑着，女人显然比我母亲年轻。我惊诧地发现，如果不是因为想到了母亲，他们看起来也很相配，这一切居然他妈的也很美好。

事情就是这样：我曾寄予厚望的老李伯伯挽着我母亲之外的年轻女人，从我视线里一步步缓慢地走过，终于消失在宾馆电梯背后。

据我所知，母亲后来又从老李伯伯那里得到了几笔钱。最后一笔是我大三那年，母亲跟老李伯伯说要为我的实习花许多钱。她拿到了两万，是一个男人对一个女人十余年来，最后的温情和责任。她转身把这笔钱——自己又添了一部分——凑给小林叔叔去买房子，那时她满心希望能跟小林叔叔结婚。结局是在装修好的新房子里，他娶了别的女人。新娘比我大不了几岁，至于长相，凭心讲远不如母亲。当然，这是后来的事了。

五

高二下半年，我交了第一个男朋友，跟我差不多高的男孩，老实，所有人都能支使他。我们会在一起，是因为当时只有我们两个还单着。我们看电影，吃肯德基，在我不想回家的时候他陪着我——那种感觉真不错。如果消费时，他能把单都买了，我想我会更喜欢。可惜大部分时候都是我在买单，他口袋里的钱从来没有超过一百元——想到这点，总让我不自在，但我需要他，就像每个行走中的人都需要一条影子。总之，我们认真做着所有情侣会做的事，包括上床。

廉价小宾馆里的白床单永远泛着灰黄，到处是水渍的墙纸，和辨不出颜色的提花腈纶地毯。事后我们用硬邦邦的浴巾胡乱擦拭身体，手拉着手睡一觉——逃课的下午，或者放学后的黄昏。

有次开房，我突然来了例假，可怜的男孩吓得脸色苍白，“怎么办？”他紧张把手放在我的小腹上问，“你痛吗？”那一刻我以为自己爱上了他。我将会永远记得他为我惊慌失措的样子,仿佛我是纸人,一碰就碎了。

我们交往三个多月的时候,我怀孕了,同时得了一种性病。他不知从哪里搞来一千元钱,让我自己“处理”。

“对不起。我只能搞到这么多。”他说着把钱给我,低下头匆匆走了。

我差不多花光了所有积蓄——那是母亲和她的男人们给我的零花钱,五十,或者一百,我一点一点攒下来的——挂了一周的盐水后去复查。

“好了。”跟我母亲差不多年纪的女医生不耐烦地翻着化验单,在口罩上方拿眼白看我,“不懂得保护自己吗?你们不是都用避孕套的吗?”

男孩再也没有出现过。我们因为孤单而开始,因为一个孩子而结束。

我没心情失恋。我急需钱做人流,必须是无痛的。这是不小的数目,当然我可以想办法从母亲那里得到,谎称跟同学暑假去旅游,一千元费用不算离谱,但我母亲还没蠢到这种地步。众所周知,高三前的暑假不是盯在书桌前,就是蹲在补习班。我以同学要过生日为借口拿到了三百元。而我父亲,在电话里慷慨地说:“要多少先问你妈拿。我回去给她。”然后他马上调转话头告诉我他可能要结婚了,如果那个刚怀了他孩子的年轻漂亮姑娘愿意的话,“这样你将会有一个弟弟或者妹妹,我也要好好做人了。”

“确定是你的孩子?”我问父亲,“还有,就算人家愿意,你养得大吗?”

“跟谁学的,这么刻薄!大人的事你懂什么。”他生气地挂了电话。

第一次,父亲被我打回了原形。想起他挂电话时那张恼羞成怒的脸,我应该难过的,但不知为什么有邪恶的快感。

我还是缺钱。或许我可以去夜总会坐台,如果漂亮一点的话,用不了几天就能赚到一千元。我也可以去街上拉客——像那些标价几十元的外地女人,她们天天在闹市区转来转去,逮住男人就问:“老板,六十元要不?”——但是来钱太慢,肚子里的孩子等不住。而且我没有可以接客的地方。有一天趁母亲心情好,我装作开玩笑跟母亲说想去她店里学洗头,还没等我说出要报酬的事,她二话没说打了我一个大耳光,叫我马上去死。

最后的办法是去求助小林叔叔。

他没有想象中的惊愕,平静地听我把事情说完,问:“要多少？一千？”

“五百也够了,我自己还剩一点。”

他一口答应。

晚上母亲回来的时候,我在隔壁听着小林叔叔要钱,“赌输了。”他理直气壮地说。

“要多少？”从母亲的声音里听不出情绪。

“你把我当提款机了吧？”母亲嚷嚷了一句,似乎并没有不快。

小林叔叔说:“你每天非要这么晚回家？”

“你以为我愿意啊？那你去赚钱养我。”

“赚钱有底吗？”小林叔叔提高了嗓门。

母亲没接话。

第二天放学,小林叔叔从床头柜的抽屉里拿出一千元。我知道他从母亲那里得到的不止这些,但他也可以一分都不给我。

我松了口气,三下五除二把自己脱光,跳上母亲的大床。

他怔怔地看着我:“干什么？”

“不要有负担,我已经不是处女了。而且,性病也治好了。”我尽量平静地说。

他的脸扭曲了,突然抓起毯子甩在我脸上,“你要真是我女儿,我一定往死里揍你！”他的声音听起来很愤怒。接着,重重地摔门离去。

安静地闷在毯子下面,我有狂笑的冲动,但是眼泪流了下来。

六

第二年夏天,我考上了北京一所三本。离母亲的期望太远,但她好像已经忘了有这回事,显得非常高兴,因为初中毕业的单身母亲能培养出一个大学生女儿是多么值得骄傲的事。尽管我们班里三十个同学只有四个没能升学。

我在北京混了四年。这期间,不知道母亲是怎么混的,反正她把小林叔叔给混丢了。正式的说法是小林叔叔要生个孩子,而让四十五六岁的母亲再去生育,确实勉为其难。但我认为内情没那么简单,或者没那么复杂。

这事真伤了母亲的心,大概有半年时间,她经常在半夜里喝醉了哭着给我打电话,扬言要自杀。好在在我上大学的日子里,母亲又有了新梦想,她开始指望我嫁个好老公,最好是官二代或者富二代,再不济也得有车有房,六位数年薪,让她能够体面安享晚年。她想得美滋滋的,并马上投身于这项伟大事业。经营新的社交圈子多少能让她忘掉一点失恋的痛苦。

每次假期回家,母亲都要安排我跟某总或者某局长某主任一起吃饭。不知道她在人前是怎么介绍我的,反正,那些看起来或精明或威严的男人们,在见到我后都表现出不同程度的失望。他们会很快把注意力重新集中在母亲身上,说着一语双关的话——上半场基本上是这样;到了下半场,喝了点酒,开始不经意地把手搭在母亲的椅背上,又不动声色地落在我母亲肩上、腰上……总之完全当我是透明人。

在我看来,他们都太性急。关于我的工作,如果能得到哪怕一点点的暗示,母亲会很乐意跟他们中的任何一位分享大床。再说她也不时需要有人来填补枕畔空缺,在小林叔叔离开之后。

我想说的是我母亲。你们都知道她是那样过来的,但她此刻的表现真让我想为她喝彩。她就像一位端庄淑女钟了情——"钟情"是必需的——凤目顾盼,浅浅地笑着,仿佛她身边那位一心只想占她便宜的某总或者某长,是她这辈子唯一的心动和依靠。她明明稳稳地坐着,但我一眼可以看出母亲变成了藤蔓,向着既定的目标,无边无际地缠绕过去。

(原载《青年文学》2015年第6期)

下一个是你

◎ 顾丽敏

一

普陀山下有个名叫“禅缘小筑”的小旅馆，它跟别的小旅馆有点不一样。首先，这名字就叫你似懂非懂。“禅缘”好理解，“小筑”也太深奥了吧？

假如你住一回，也许终生难忘。

白色山墙上面爬满了爬山虎，别具韵味的女主人脸上那一丝倦容，餐厅里缭来绕去的一曲《深山禅林》，走廊上无声无息走过的一只猫，以及正对着床头的房顶上一幅水渍的唐卡似的图案等，这些都带着神秘感。

一个披着褐色长发，戴一副大墨镜，着一袭宽松长裙的女子，伏在二楼的紫红色护栏上，目光放到很远很远的地方，从你进院子，沿木质楼梯走上二楼，拖着哗啦哗啦响的旅行箱经过她身后，她一直保持着那个姿势没变。你进了房间，还要忍不住再走出来，假装看楼下，望天边，实际上不过是借侧身一瞥之际，近距离打量一下那张神秘的脸。

有内容的女子，不管在哪儿，都是一道风景啊！

这道风景就很特别。

我就是刚住进“禅缘小筑”的几个客人之一。

坦白地说,我就是试图从侧面打量有内容的女子的男子。我站在距离她三米左右的地方。她没有扭头来看我一眼,也没有冲我的方向转身,而是朝另一侧走了。她住的房间,跟我相隔一间屋子。她把房门紧紧关闭。

我看着远方。夕阳西下。大海被房子和树遮挡住。汽笛声远远地飘过。

二

与其说我对这个名字洋溢着佛家气息的小旅馆感兴趣，还不如说旅馆女主人对我更具吸引力。当我把身份证递过去的时候,她不看我,也不看那张卡片,仅凭鼻孔稍稍一缩,似乎就知道我是谁了,并似乎早就准备好了我的房间。她从抽屉里拿出一把钥匙递给我。

214。我的房间号。

我盯着女主人微笑。她没有微笑。我看到一丝倦意。我说,很好,很好,这房间号,有一股玫瑰花的味道。她此时开始瞧我。我们对视。

她说,普陀山上没有玫瑰花,只有莲花。

只一个回合,我就败了。

嗯,这就是我跟旅馆女主人见面时的情景。我进了214房,刚打开行李箱,准备收拾一下,有人敲门了,是个小姑娘,面相俊秀的小姑娘。我一下子想到了《西厢记》里的那个小红娘。她说,我家主人请你到餐厅里去。

哦。我并没有感到特别意外。

在走廊,二楼的走廊,我又一次看到那个女子。她换上了牛仔裤和登山鞋,上身一件宽大的T恤。这一次我们对视。没戴墨镜,眼睛好看。我想,很好看的眼睛,为什么一定要戴墨镜呢?我微笑着点头,她也点头,嘴角一动,露出半抹微笑。很好。很好。她在前面,我在后面,一起下楼。她的鞋子踩在木质楼梯上,没发出什么声音。我也尽力踩得轻些。

我们彼此都像是怕惊醒某个沉睡的故事。

主人站在窗子跟前，给屋子里的人一个背影。她的双手放在胸前，一只手上轻轻地挑着一支细细的香烟。那支香烟细得宛如我多年前在普济寺敬的一炷香。她看窗外，不看身后的我们。

我们，对，我们！

让我来数数，我们总共几个人。一，二，三，四，五，加上我，六个。走在我前面的很有内容的女子；络腮胡子那位——他是行为艺术家，还是画家？因为他忧郁的眼神，我很容易朝这个方向去猜；两个看上去似官员的胖子；喊我们集合的小红娘。咦，角落里居然还有一个，竟然，竟然是个僧人！刚才我数数的时候，他在哪儿呢？僧人？普陀山上的吗？山上的僧人没必要住在小旅馆里吧？

八个，加上站在窗前的旅馆主人，总共八个。

女主人转过身来，那支烟仍然缥缈在指间。

把大伙儿喊到一起，是因为发生了一件很遗憾的事。半个小时前，当我给你们两个办理完登记手续以后（她指指两位官员，由于变换了视角，那两个人看上去不是很胖了），我在吧台上趴着睡了一小会儿，当我醒来的时候，有件东西没了。老实说，那是我的嫁妆，一个玉手镯。我睡着之前，还拿在手上把玩了一阵子。旅馆里只有咱们几个人，一个没多，一个也没少，所以，我觉得东西还在这个院子里。大门我已经关上，不是想拘禁大家，只是求你们，谁拿了就把东西还给我，等会儿悄悄给我放在吧台上也行。晚饭前，准确地说，再过两个小时，如果还是见不到东西，我就报警。

三

普济禅寺。我独自一人，跪在一尊佛像面前，手上举着一炷香，默默祈祷。

至于祈祷的内容我差不多已经忘记。

那是十年前的我,内心浮躁的我。当然,并不是说现在我的内心就比那时候更为澄净。那种浮躁之气,是在滚滚红尘中腌渍已久的。因此,所谓祈祷,就只是流于形式,流于内心浅层。或者,再准确一点讲,我对这样一种形式并不带有某种痴迷,某种敬畏。说白了,我是一个偶尔来到普陀山上的观光客。尽管在上山的小道上,我看到一个赤足的僧人一步一叩首时,内心被这样的场景狠狠地震撼了一下,但这对于去除我内心的烟尘毫无用处。

佛缘,佛缘。佛是讲究缘分的,也是讲究静修或清修的。

可那时我做不到,现在照样做不到。我的生活浸满了烟火气,柴米油盐气。当然,对于号称作家的人来说,这无疑也很让人沮丧。

一个女子,在我身边跪了下去。

我的耳朵里捕捉到细微的叮当一响。我扭过头去寻找声音的发源地。拿不准是挂在她胸前的饰件,还是她的手链。她的面部轮廓是圆润的。睫毛轻轻抖动。鼻翼、嘴角、下巴,闪着一圈光晕。她闭着眼睛,静默了好久好久。直到我已经站起来,站到一个远远的地方,在她的身后打量她。

她依然保持那个姿势没变。

我敢保证,我再也没见到过她。以后,恐怕也不会见。

四

旅馆女主人说的那些话,对我并没多大影响。因为,我确定我不是那个偷手镯的贼。

我注视着那个女子的脸。侧面。

海岸线曲折有致,微微闪光。

看来,我要取消散步的计划了。这个牛仔裤女子转身就往外走,却被胖子之一喊住,你不能走!牛仔裤女子慢慢转过身,盯看这个左脸下方有颗痦子的阻拦者,为什么?痦子说,因为从程序上讲,老板娘一旦公开这件事,那么盗窃案已经立案。屋里所有人都可能是嫌疑人。你这时候要走,有转移赃物的嫌疑。牛仔裤女子一摊手,我到楼上换衣服不行啊?

男人微笑,最好不要!

女子话语冰冷,轮不到你来教我怎么做。说完,她转身就走。痦子居然伸手拦住。女子冷冷道,走开!痦子说,我这么做也是为你好。我的建议是,从现在开始,哪个人也不要出这间屋子。女子眨巴一下眼睛,告诉我,为什么大家要听你的?痦子把手伸进上衣口袋,取出一件东西,举在手上展示了一下,因为我是警察。

女子不说话了。所有人都稍稍沉默。

跟痦子一起的更胖一点皮球似的那个男人(我不妨就叫他皮球,以示区别)双手一张,这位女士不要生气,从法律上讲,保护第一现场很重要。尽管我猜测失窃的东西十有八九已经不在这间屋子里。皮球看上去文质彬彬,说话的时候双手比比画画。

我立刻断定,这是一个律师。

于是我问,你似乎是个法律工作者?

是的,我是律师。皮球承认得很干脆。

留有络腮胡子的艺术家半天没说话,此刻他冷笑一声,我怎么突然感觉法律的威严已经弥漫了整座普陀山?不过,两位公开身份也无助于摆脱干系。你们现在不是警察和律师。现在这屋子里的所有人都有嫌疑。律师立马说,你这话不对。有一个人没有,就是报案人。

艺术家说,从行为艺术角度,她有可能报假案。

律师说,即便是报假案,那也是另外一个案件。在本案当中,老板娘就是受害人。

小红娘一甩手,你俩什么意思?哦,我也有嫌疑?我偷我老板的东西?

警察微笑,这个不好说的。小红娘红了脸,正要分辩,旅馆主人摆摆手,大家要这么争论,两个小时里是不会有结果的。既然这位先生是警察,请问,现在案子该怎么破?警察说,我建议尽快报警。既然我也是嫌疑人,我就没有执法权。我不能搜身,也不能搜你这家旅馆。

你的意思是,搜是可以搜出来的?女主人追问。

我没这么说。但搜身是需要按照法律程序进行的。警察回答。

要是搜不出来呢?

警察会挨个讯问的。从每个人的话语中可能会发现线索。比如说,在你手镯失踪的这段时间,大家都在干什么?都在什么地方?身边有没有证人?有一个方法是最直接的,那就是监控录像。可惜,我刚才看过一圈,你这家旅馆根本就没安装监控摄像头。女主人双手一摊,小本买卖嘛,没必要那么复杂。既然如此,我们不妨都说一说,看看能不能找出线索?

律师插话,这不行。大家在一起说,信息共享。这样的证据不可靠。

五

大约五年前,我第二次到普陀山。跟另一位男作家。强调他的性别很重要。因为,我是陪他来了却一个心愿的。坐在船上,在即将登岛的时候,他突然扭头问我(此前,他一直皱着眉头,看着远处),爱情是什么?你能告诉我吗?你写过那么多的爱情故事。

我摇摇头。我说,你也是作家。

他悄无声息地一笑,又去看远处。

我继续说,还有,我仍然觉得你的这个举动有些孩子气,那不会解决任何问题。他说,那你认为问题在哪儿?我指指他的胸口,在你这儿。他挥挥手,不在这儿。实话说,我也不知道在哪儿。我说,佛家好像有个词叫放下。你的问题是,你根本还没放下。

他说,放下什么?怎么放下?

我被他问住。我赞叹,问得好啊。

他抬手指指远处,看到了吗?她还在那里,还是那个姿势,远望大海。第一次看到她的时候,我仰望着她,顿时,内心一派清澈。你知道吗?当我们面对某种足以让你敬畏的东西时,你的内心根本没地方装尘埃。但可惜的是,这个世界让你敬畏的事物太少。

我点点头，难道你是来寻找某种敬畏的？是的，她在那儿。她没变，事实是你们变了。

我们？他似乎一下子回味过来，是啊，我们变了。可为什么会变？我跟她在观音菩萨面前是许过愿的。

来这里，你觉得你会得到答案吗？我问。

这次，轮到他说不知道。

转过一道弯，透过茂密的松叶，我已经看到了她的侧面。是的，她的侧面。即便如此，我依然感到某种震颤。一派清澈。他是这样体会的。我不是，我的心止不住。她慈悲为怀是不是？她救人于苦难。苦海常作渡人舟。她度得了我的苦海吗？

他突然停住脚步，眉头微皱，我不想到她跟前了。

为什么？我很惊讶。因为，那个问题一直纠缠着他。已经离婚三年了，他都对过往念念不忘。我很清楚他。这三年里，他一直就想到南海观音面前，寻找那个答案。那么，为什么会变？为什么缘说没就没了？我们千里迢迢，跑到这个地方，就是为寻找这个答案的。还有几步就到，难道他仅仅就为了远远地打量这一眼？

他转身往回走。我扭头看一眼金光闪闪的观音像，耳朵里听到男人虚无缥缈的声音。男人说，我已经放下了。

六

真奇怪呀，每个人从那个小房间里走出来时，脸上都带着古怪的表情。非常古怪。怎么说呢，他们的脸，像是即将成熟的石榴，一个不小心，就要开心地胀裂，露出里面密布的牙齿来。

另外，说实话我一直在思考另一个问题。那就是我们这些人为什么会认可这样一种方式，或者说，为什么我们要配合旅馆女主人，做这样一件貌似游戏一般的事情？我发现，居然没法做出合理的解释。

是啊，有些事情你在特殊的环境下身不由己就跟着做了。尽管事后你想想，会说，这很没道理的啊！

律师，警察，一前一后，进去，出来，都花了极少的时间。那期间我没有说话。我在看女子。是的。我在看女子。她没有看我，她闭目养神。

《深山禅林》，那首曲子很适合稳定心境。

另外的人在干什么呢？行为艺术家看了两次腕上的手表。小红娘起初双手托着下巴，貌似很郁闷。她是个清秀的小丫头，看样子顶多十七八岁。后来，她掏出手机，似乎是在打游戏。有那么一会儿，脸上浮出一丝微笑。许多年前，我玩俄罗斯方块的时候，也会做那样的表情的。

俄罗斯方块。

我突然想，那个游戏，跟爱情的某些轨迹是吻合的。不断出现的新方块，是我们应对生活中新情感的思维或者表达方式，或者说，是考验男女之间的情爱默契程度的检测棒。如果和谐，当事人会娴熟地调整方向，嗯，方向。左，右，正，反，上，下。情爱是有速度的，有时简直就是飞奔。假如和谐，就会纹丝合缝。一次又一次纹丝合缝，筑垒起坚实的情感底座。相反，你会手忙脚乱，那样搭建起来的底座就会千疮百孔，迅速满屏，于是，爱情结束。

女子走进那个房间的时候，我脑子里的确在想这个。

我把自己逗得很开心。

而那个时候，警察和律师已经走出来。也就是说，他们已经结束了各自和旅馆女主人的谈话。

你知道萨摩亚人如何获得爱情吗？那个僧人的这句话，吓了我一大跳。当时，我在想别的事情。我坐在他身边，之所以那样，是因为那儿空着一张凳子。警察和律师的周围也很空，但我不想跟他们坐在一起。此前，这个僧人一句话都没说。只是嘴巴略张，看着房间里的某个角落。所以，这句话一出来显得很突兀。

何况，僧人询问的是爱情的问题，而且，老天爷啊，萨摩亚人？

但这个问题没有让我慌乱。

我说，是月光下的棕榈树叶。

这个回答，让僧人脸上的神情顿时松弛下来。他的目光里有一丝闪亮。我继续说，萨摩亚人依靠新的情感，来弥补或者忘记旧情感，而所有的新情感不管采取何种方式，都是被允许的。僧人说，不过，应该强调一点，他们的爱情不是挂在嘴上的，或者说，是秘密进行的。我说，是的。自由是有限度的。哪怕在原始部落，也是如此。他说，在人类学家眼睛里，不存在原始部落这个词语。

一个僧人，在跟我谈论人类学，是不是很古怪？

艺术家又在冷笑，显然，他对这个话题不但很感兴趣，而且还有自己的观点。偷来的，也叫爱情吗？月光下的棕榈树叶，很好，好极了。但真正的爱情，为什么要依靠月色和棕榈树叶去遮挡？真正的爱情，不是绽放在天地间的花朵吗？我以为，爱情是这样的，哪怕一男一女各有婚姻，既然爱了，那就大胆一些，让爱奔放，让爱疯狂，让爱肆虐奔跑在雪山脚下，蓝天白云下的大草原上。艺术家站起来，挥舞着双手。

警察和律师抱着胳膊，他们肯定以为这几个人都有神经病。

那么，要是一个男人犯了错误，他深爱的女人却不肯原谅他，应该怎样呢？僧人说。艺术家瞪大眼睛，似乎这不是一个问题。去告诉她呀，你错啦！用一切行动来证明，你仍然还爱她。僧人说，种种方法都用了，她还是不肯原谅呢？艺术家咦了一声，大师，好像你的内心还被这个问题折磨纠缠着啊。僧人眉头紧皱，我想不通。所以，连佛门我都叩不开。

警察和律师突然哈哈大笑。律师说，放不下就不放嘛！

僧人面无表情地看了他一眼。

就在那时，牛仔裤女子走了出来。她脸上的表情依然很古怪。兴奋的成分有，但更多的是凝重。这是律师和警察脸上所没有的。我自始至终看着她，她也在注视着我。下一个是你。她说。

哦。我突然觉得，这是我人生当中的一次小小挑战。我站起来，迎着牛仔裤女子。在我们擦肩而过的时候,她悄声告诉我,那个聪明的女人知道一切了。

七

一年前,我曾跟一个女子登上了普陀山。

关于之前我们两个人的一切,我想一概略去。有些事情莫名其妙,你自己都无法阻挡它的发生。那个时候,我还无法判断,这两个各自有家庭的男女是否已经真正爱上。即便是真的爱上了,又如何?一个天南,一个海北。故事还没开始就已经知道结尾。哪怕爱得惊天动地,又如何?是啊,又如何?他们缺乏抛却一切的勇气。

不过,我从没告诉过她,我对她是那样牵肠挂肚。她也没告诉过我,我已经占据了她的生活。那几天里,我们的足迹布满了普陀山的角角落落。但我们不去触碰爱这个字眼。尽管,有很多次我们的目光碰撞时,我都能看到烟花璀璨。

女神是不可触碰的。触碰,是否会变成一种亵渎?

我们坐在海边的礁石上,注视着裹挟着巨大力量一遍又一遍冲击礁石的海浪。我们住进普陀山下一家叫禅缘小筑的旅馆。那真是一个小旅馆。小得只能容纳十几个人居住。

我们分别开了房间。

仅此而已。

八

屋子里有一股轻微的檀香味。女主人坐在那里,并没看我,却在低头展示茶艺。她的手,既白,又润。手腕上戴着一只玉手镯。是老玉。我能看得出来。

是的。我没有丢玉镯。她示意我坐在她的对面，我们中间是树根雕刻而成的茶桌。玉镯不是我们今天要谈的话题。她递一杯茶给我，这次开始仔细端详我。一年前你送我的那本书，我看过了。她说，似乎这是一个打开故事的不错开局。写小说的，未必真懂怎么解决问题。我在你的书里看到了你的困惑，以及，挣扎。如果我没猜错，在生活中，你应该是一个抑郁症患者。好吧，咱们先来谈谈你。或者，你们俩。

普洱。很浓的普洱。

是啊，我们俩。我准备洗耳恭听。有了刚才牛仔裤女子跟我说的那句话，对这个女人嘴里冒出来的任何稀奇古怪的话，我都不会惊讶。

更准确地说，你跟216。

是的，216。

那个女子，在这里等了你整整一个星期。她在等一个肥皂泡。明明知道，但她非要听一听肥皂泡灿烂炸开的声响。有时候女人很傻。如果答案不明确，她是会期待的。期待的过程中，还是沿着美好的思路前行。尽管，结局往往很不美好。从你的身影出现在门口的一刹那，我就明白，你是来戳破那个肥皂泡的。其实，这样也好，让这一切痛苦都结束。否则会怎样？你总不能带着她私奔。

她跟你说过我？

从来都没有。可是很奇怪，你把身份证递给我的一瞬间，我就确定，你就是那个她要等的人。知道刚才我们在谈什么吗？她一进门，我就跟她说，你等的人来了，准备怎么办？她很惊讶。女主人微笑着，我能理解她为什么惊讶。她说你的记忆力这么好？是的，我的确能记住每一个入住禅缘小筑的人，只要来过一次的，第二次来我肯定会认出来。更何况，是像你俩这样有故事的人。

那她怎么回答的？我对女主人所问问题的答案很感兴趣。

我没得到答案。而且，我也没再问。只是我感觉很好奇。我猜测，你俩到现在也没在一张床上睡过。人世间真的存在这样的爱情吗？

我微笑。我不是一个爱说话的人。

女主人说,好多人说我怪。我估计你上次来的时候,也能稍稍看出来。但是,我发现,我还远远不如你们两个人怪。据我所知,她是南方人,你是北方人。难道靠电话、短信、网络而不是靠肉体来连接的爱情,也能维持这么久?

我依然微笑。

你是一个很沉得住气的人。跟她一样。在你们嘴里,我得不到任何答案。我可没那么大的好奇心,不问了。实际上,到普陀山来的人,十有八九内心都积满尘埃,都想到这里寻找能够解决问题的渠道,或者干脆说,是为了解脱。那个画家,行为艺术家,为找不到灵感而苦恼,根本就没意识到艺术创作的灵感来自于心态的自由。他沉迷于刺激的生活,沉迷于画坛交际而不能自拔。警察和律师呢,表面上咋咋呼呼,实际上内心脆弱得要命。那个警察在几年前亲手击毙一个罪犯,从那以后,双手再也不能握枪。律师呢,为自己无数次的辩护感到压抑。要知道,他们有时候并不总是代表正义,哪怕是一个罪大恶极的人,他也许会为他们做无罪辩护。这家旅馆内,唯一一个内心干干净净的人,是那个小丫头。任凭这个世界上如何喧嚣,如何让人沮丧,她的世界好像永远是快乐的。因为,她的身体内还没有尘埃。你们一个个在斗心眼,在察言观色,在谨小慎微,但她绝对不会!她随时都会开心地唱,无聊的时候就举着手机玩俄罗斯方块。

我点头,对眼前这个女人满心佩服。

我刚才说玉镯没丢,可实际上我知道它们在哪儿。是的,这玉镯本来是一对的。这一只在我手腕上,另一只在客厅里的某一个人身上。

我恍然大悟,那个僧人?

女主人莞尔一笑,你跟你的情人都很聪明。

我说,很简单。你刚才没说到他。我进来之前,还跟他说了些话。

我猜,他可能会询问你一个关于如何忏悔的问题。实际上,故事发生在许多许多年前。有个禅宗故事你肯定知道,两个小和尚在河边遇到一个女子要过河,其中一个把女子背了过去,另一个事情过去好久还追问,你怎么能把一个女子背在身上呢?那一个回答,我早已经放下,是你忘不了。实际上,我早就原谅他了,也的确不再爱他。我跑到如此清净的地方,开一家小旅馆,就是为了修身养性。这座山上的一草一木,都会让人清心寡欲。可他忘不了。他未必现在爱我有多深,只是感觉我一个人在这里受苦,是他一手造成的。当他被一个又一个女人抛弃之后,幡然悔悟,觉得对不起我。甚至出家做了僧人,以为那样会更接近我。这对玉镯是我们的定情物。我们一人拿着一只。其实从我来到这座山上之后,就再没戴过。今天是我突发奇想,就是想暗示他,他已经把我的爱情偷走了。没了,就是没了。强求是没必要的。

我轻轻摇头。

后来,我走出了那间屋子。客厅里,已经只剩下那个僧人。我悄然走近他,弯下腰,悄声说,下一个是你。

九

我跟住216房的女子在火车站分手。分手前,我俩都抱着胳膊,端详对方。她突然笑了。她说,那一男一女真有意思。我呵呵一笑,是啊,很有意思。然后,我提议,拥抱一下吧?于是,我跟她紧紧拥抱。我们俩的身体接触,仅限于此。再然后,她拖起行李箱走向检票口。她没有回头,随着人群一直向前走,突然左拐,不见影子了。半个小时后,我在她左拐的地方,向右拐去。

我们分乘两列火车。一个向南,一个向北。

(原载《西湖》2013年第11期)

一个人的岛屿

◎ 楼存华

一

哑子一声高一声低地喊富财老头。

富财老头就走出小楼屋来。这时节，太阳滑落的速度果真变得勤快了。刚才还在湾角山顶上，一眨眼工夫就偷偷摸摸滑溜下去了。残落的光线差一点把富财老头的眼睛刺痛。富财老头只好把眼皮耷拉下来。

哑子告诉富财老头来船了。

富财老头的耳朵有点背，有时候风送过来的声音也会听出偏差。这是没有办法的事情。年岁不饶人。想当初，唉，不提当初了。提起来也没意思。好在眼下有哑子。哑子的耳朵尖，隔老远就能分辨出细碎的声音。哑子说来船了，那就一定来船了。可这个时候谁能开着船来看他呢？除了这个鬼儿子还有谁呢？自从跟儿子赌气后扳着指头数着，儿子已经有二十五天没来了。

儿子已经搬离了这个小岛，到县城里享福去了。儿子搬家的那天下着豆子一般的雨。雨粒打在脸上活活生疼。富财老头对于这雨天很恼火，对儿子非得要在这雨天搬离很恼火。干啥呢？去赶着捡金子啊？难道县城里的大街小巷铺满了金银财宝？猴急急，猴急急，一刻也耽误不得。也不会挑个好天。太阳暖烘烘的，临行前去拜一拜老庙里的菩萨，拜一拜落在海里的娘亲的魂，在娘亲的墓前点支香，念叨几句，也跟这岛上一草一木道个别，说个谢，多好。富财老头恼火的表情写在脸上，一张脸阴阴的，眼睛里蒸腾着热气。儿子说，都挑了这个黄道吉日了，下雨就下雨吧，我这个摆渡的就认个好彩头。富财老头一声不语地走开了。富财老头走到半张竹子劈成的流水道，看着洁白的雨水顺着竹片流进水缸。雨水也恼火地说，着啥急呢，着啥急呢。富财老头就笑了。弯下腰张开嘴对着竹片的豁口猛猛地喝了一口。偷生养的，这天水鲜足了。富财老头喝着老天给的水，远远地偷看儿子忙碌的身影。

富财老头和老太婆一共生了六个小孩，生了一个死了一个，生了一个又死了一个。有人给他出主意，用祖坟旁边的土碾碎了跟糖水一起泡着喝。富财老头应了。老太婆喝了五大碗，生了第六个孩子，竟然是站着撒尿的，高兴得富财老头好几个晚上没有合眼。奇怪的是，生了第六个儿子后老太婆再也怀不上了，任凭富财老头使尽十八般武艺也无济于事。富财老头相信儿子是老天赐予的唯一礼物。他倍加珍惜。他要用一生呵护儿子。可儿子不愿意和他住在一起，带着老婆和女儿坚决地离开了他。富财老头猜这一定是儿媳的主意。儿子大了，翅膀硬了，要飞就飞吧。好在儿子会不定期地过来看望他，给他带些吃的，用的。儿子来了，富财老头尽管没有多少话，但坐在一起喝杯酒，吃着坛里贮藏的鱼虾，脸上还是洋溢着喜色的。他总能幻化出儿子蹒跚学步的样子。儿子离开的时候，整个身体突然有被掏空的感觉，每个骨节都莫明其妙地酸痛起来。

哑子已经熟悉了儿子的气味，就像熟悉风吹过来后那一阵腥味究竟是虎头鱼还是黄姑鱼。儿子每次的到来哑子都会兴奋，甩着粗大的尾巴舞蹈。哑子在这个家已经有七八年了，差不多跟小孙女同时出现在富财老头的眼前。哑子对鬼儿子也有感情。所以，儿子搬家那天，哑子顶着倾倒下来的雨，一路咬着儿子的裤脚管。哑子舍不得儿子走。儿子带着一家人的行囊在小船的摇晃中渐渐离去。小船的屁股冒着焦黑色的烟雾。这烟雾弥漫在空中,把岸埠上伤心的哑子勾引得五脏翻腾,一双淡蓝色的忧郁的眼睛迷离得空茫。哑子抖一抖浸润在皮毛里的水珠,水珠四下飞溅,有几点被甩向了海面。直到没有了小船的影子,哑子才一路小跑,准确地找到还在喝着清冽天水的富财老头,呜咽了又呜咽。富财老头说,是哩,是哩,龙角湾里你只能靠着我了。

儿子的离去对富财老头打击很大。本来饱满的胸肌渐渐就凹陷了下去。摸摸自己凹陷下去的地方,硬邦邦的肋条骨像猪排骨一般坚硬。他是真舍不得儿子走。这幢建在海滩边的小楼屋是他花了全部心血辛辛苦苦搞起来的。每一块砖,每一锹沙,都是他和老太婆肩挑手提聚集拢的,像一只勤劳的蚂蚁日夜不停地往窝里贮藏过冬的粮食。甚至他能摸出砖头上依旧还残留的老太婆的体温。这幢小楼屋原本是留给儿子的。儿子一走,小楼屋丧失了生存下去的勇气。门窗渐渐地耷拉下脑袋,任凭富财老头如何发力也纠正不了。冬天的时候富财老头只好拿一根绳索把它绑死,以此来抵抗海风的撕咬。到了夏天干脆把门窗敞开着,任蚊蝇自由地出入。墙壁也出现了裂纹,这些裂纹颇有抽象派画风的味道,或者像一张富财老头未曾看过的景区地图。这偷生养的,那次老太婆来了,他就诉苦,这楼屋终有一天会脱光了皮,抽光了筋。老太婆呜呜咽咽地回应了他。这偷生养的,该修一修了。儿子来的时候连看也不看一眼,修啥,废了就废了吧,你就搬过去跟我们一起住。儿子的话把富财老头吓了一跳。富财老头从来没有想过要跟肥阔身材的儿媳住在县城的同一个屋檐下。可那年快过年的时候,儿子来真的了。硬是把富财老头几件换洗衣物塞进蛇皮袋子里,牵着哑子走了。儿子说,你先住住看,住不惯再回来。富财老头就糊里糊涂地跟着儿子走了。

这是一个让富财老头不得不恼火的环境。从进门开始富财老头就窝着火。脱鞋,脱你个偷生养的。富财老头把一双沾着一泡狗屎的鞋子毫不客气地印在水曲柳地板上,为光洁的地板点缀了不少“艳丽”的色彩。尽管哑子被儿子强行关在贮藏室里,但带着龙角湾野性的它,从不顾忌儿子的叮咛,该拉拉,该吃吃,该叫叫。这还客气啥,自己家里人嘛。儿子对哑子不好说什么,只是整天皱着眉头，关上门跟胖老婆高高低低地练习发声。每次练习完毕，儿子总要夹着一床被子挤在富财老头的身边。富财老头站起来，你要真是孝敬我，给我找一个拉屎的地方，我不蹲那个东西。儿子苦笑，这里哪有宽敞的地方随你敞开了拉。富财老头叹了口气，这哪里是享福之地，要在龙角湾，屁股底下就是哗哗的海水，扯一块长在石缝里的草叶就解决了问题。

家里不行，就上外边找去。可出门便被人拦了。一个瘦猴一样的人戴着一顶白帽子上前就拉住了他。不要命了，这是红灯。红灯？红灯咋了？红灯黑灯，这路不就是给人走的嘛。他本想吼几声，可一团火辣辣的气流慢慢涌上来堵住了发声的口子，堵得异常难受。张开，使劲，再张开，再使劲，气门真的被堵了。这偷生养的，咋就说不了话了呢？瘦猴不耐烦地把富财老头拉在一旁，谁家的残疾老人，这是谁家的残疾老人，多危险啊。富财老头在喉底下恶狠狠骂。可这骂声只有自己才能听到。咋就不能说了呢？真是奇了怪了。儿子把他送进医院，拨拉来拨拉去，也没查出子丑寅卯来。富财老头把两瓶黄药丸扔进了垃圾筒里，带上哑子，回了龙角湾。

一阵熟悉了几十年的风吹过来，哑子高兴地甩起了尾巴。富财老头张开嘴，大吼了一声，好风。声若洪钟，停栖在崖畔的两只麻雀一路兴奋地冲过来，高叫。富财老头在一汪水泉里认真照了照自己的嘴，没啥不对的地方啊。这偷生养的，县城就是欺侮人的地方。说完褪下裤子，把郁积了多日的秽物翻江倒海喷涌而出。痛快啊，痛快。

儿子又来求他去县城小住。富财老头脖子一硬，你这偷生养的，来八人大轿也不去了，你就断了这份心吧。可儿子还是不死心，你总不能一个人在这荒礁野岛里过终生吧，要啥没啥，这哪像是人住的地方。富财老头就生气，你这偷生养的喝了几天城里的自来水就说龙角湾是荒礁野岛，你从哪里蹦出来的，石眼里爬出来的？你阿爹就在这个荒礁野岛里和你阿妈搞得骨头都散开了，你阿妈说要死了要死了，你阿爹背上的汗珠流得像蚂蚁抢食一样密才把你偷生养的搞出来的。你这个良心长在胳肢窝的畜生，居然说龙角湾不是人住的地方，呸。

儿子见劝不动这个古怪的老头,突然沉下脸来,我再也不管你了,你生老病死自己料理吧。丢下一纸箱吃的用的,扭头就走。富财老头狠狠地瞪了他一眼,滚得远远的,省得看见你烦心。儿子径直跳上小船。小船的屁股忍不住冒了一股黑烟,跑了。富财老头始终没有发现这个畜生回过一次头。也是一个犟种。

哑子又使劲地叫唤富财老头的名字。富财老头说,别叫了,叫断命鬼啊,准是畜生又来了。二十五天了,饿死算了。哑子又叫唤。富财老头恼了,又有啥好叫的,来了就来了嘛。一阵风把富财老头刚戴上的帽子掀到了一边,等他弯腰捡起重新戴正,儿子的身影便出现了。同时出现的还有儿子身后五个胖瘦各异的陌生人。这五个人面色俊黑,每个人戴着鸭舌帽,斜挎着黑色的包,手里还拎着长短不一的家伙,其中有两个人背上还多出一个大包,鼓鼓囊囊的,比他看见过的驼背阿三的背还高。

儿子这次没有劝说他离开,只是浮着一脸笑,说,阿爹,这都是我的客人,好好招待。

二

相遇也是一种缘分,是五百年修来的缘分。可哑子不这样想,它竖着脖颈儿的毛企图要对这些不速之客来个下马威。富财老头看出了这一苗头,赶紧制止了它。

富财老头摸着哑子蜡黄的皮毛,偷生养的,你发啥威,要发威也轮不上你。以后别这样,再怎么丧良心的人到了龙角湾也是客人。

外乡人明显感到富财老头的冷落。胖子嘟囔了一句什么立即被瘦子止住了。

瘦子趋前一步,大伯,我们是来钓鱼的,那个船老大说这里的鱼又肥又多。

富财老头专心致志地抚弄着哑子的皮毛,只抬眼看了一眼瘦子的大嘴巴。那嘴巴像极了半死不活的米鱼晒在沙滩上时一张一合的模样。

胖子赶紧说,真是钓鱼的,钓鱼的。说完便从包里掏出一根精致的钓鱼竿,魔术一般从短变到长,又从长变到短,还熟练地摇动手柄。

富财老头冷冷地看了胖子一眼。

瘦子的苦笑迫不及待地跑到脸上来,这反而把皱纹挤得很深。大伯,你怎么就不信我们呢。

富财老头的眼皮总算上下扯动了一下,放开哑子,站了起来,说,带炸药了吗?

炸药?瘦子一脸惊愕。我们怎么会有炸药呢?

三个人异口同声地说没有。

胖子还俏皮地做了个鬼脸,我们是文明人,不是恐怖分子。

可富财老头并不理会胖子的话,带电网了吗?

五个人面面相觑。

带绝命网了吗?

瘦子总算从富财老头不友好的脸上读懂了些什么。我们什么都没带,就带了些吃的。

胖子好奇了,问,什么是绝命网啊?

这个鬼儿子,抛下这帮人就滚了,也不说说清楚,猴急急,猴急急的,去拣金子啊,不就是搭坐一两个人嘛。富财老头的鼻孔里轻轻哼了一声。他对钓鱼的外乡人没有好感。这种感觉在这几年里像地里的葫芦藤越扯越长。他骨子里原本是一个豪爽热情的渔家男人。曾经在大冬天里为搭救一个落在海里的外乡人冒着大浪跳进海水里浸泡了半个钟头,活生生把喝了一肚皮海水的他捞了上来,还拉着他到自己家里又吃又喝,把准备过年的三斤猪肉吃得精光,临走还送了五斤全国粮票。可这几年一帮外乡人的到来让他的人生态度来了个一百八十度的大转弯。一帮外乡人以钓鱼为名带着一小块一小块的炸药把月亮滩炸得七零八落,月亮滩里的鱼遭到了灭顶之灾。他心如刀绞,和岛上的几个老兄弟密谋,把剩下的几包炸药硬是抢过来扔进了海水里。可那帮外乡人还不死心,又把一张密如蛛丝的网撒在黄皮礁里,浮游在那里的大小鱼虾一头撞进去,无处可逃。一年过去了。第二年那帮外乡人又兴冲冲地来了,直奔黄皮礁,富财老头实在忍受不了了。他晓得,再这样任其下去,龙角湾最能养海货的地方再也捞不到鱼虾了。他约了几个老兄弟,不说二话,把那帮外乡人连同绝命网赶出了龙角湾。

看到富财老头无限的敌意,胖子从大背包里立马掏出花花绿绿的东西摊放在地上。你看,我们只有酒,有肉,有……

胖子掏出来的酒瓶深深吸引了富财老头。一股从脑子里走出来的酒香几乎击昏了他。富财老头爱酒,龙角湾里无人不知。只要有酒,潜伏在骨头缝里的虫子就会突然蜂拥而出,他就没有办法控制自己。他整个身体就不是自己了。他使劲地倒吸了几下鼻翼,仿佛一定要把幻觉中的酒香牢牢地守住,不让它轻易跑去。这时候,富财老头的脸色明显地和悦起来。

瘦子说,大伯,你看,我们在哪里过夜合适?

那些包装精致的酒瓶仿佛溶进了一块磁铁把富财老头的眼光牢牢吸住。他咂巴了一下嘴,说,按说这十几幢房子都搬空了,想在哪里过夜都行。只是你们是我儿子的客人,说啥也要住我家里。

五个陌生的外地人就决定和富财老头住在一起。

富财老头已经有很多年没有跟陌生人痛痛快快喝酒了。今天这一顿晚饭,小楼屋很热闹。富财老头把一坛残留的新风糟鱼倾倒而出,挂在屋檐下的几片鱼鲞也一并进了热锅,这些海货逼迫一屋子的香气缭绕起来。他还打开了儿子为他备着的一坛绍兴花雕酒,更让这香气充满了男人味。

来来,粗茶淡饭,粗茶淡饭,不用客气。

瘦子高兴地举起了手中的粗瓷碗。大伯,你是主人,请受我们一敬。

"呼"的一声,大家站了起来,向富财老头伸出了酒碗。

富财老头也举起粗糙的瓷碗,挨个碰了一圈,一边不停地说着身体健康,一边仰脖一饮而尽。

一股喷着烈焰的气流顺着喉咙直抵瘦子的腹腔。好酒。真是好酒。

富财老头笑了。他爱听说“好酒”的话。

大伯,这岛上怎么只有你一个人?

原来有十四户人家,六十多口人,都搬光了。

你怎么不搬?

唉,住习惯了,就不想动了。

这里风景倒不错。那有急事了怎么办?

点火。在山顶点火。我儿子看见火光就会来的,他有船。

这是传说中的烽火台呀,兄弟们,这里真是一个有意思的地方。

你们是哪里的?富财老头塞进了一团肉块,嚼得意味深长。

我们是QQ群的。

哦,离龙角湾应该很远吧?

大家笑了起来。瘦子仔细解释了QQ群的意思, 富财老头听得云山雾罩的,不知所云。

哑子进屋后,咬着富财老头的裤管。富财老头这才记起还有哑子。于是把满满的一盘残渣倒进了食槽。哑子也跟富财老头一样,吃得痛快淋漓,蒸腾着白雾般的热气。

好大的一只狗。

不,它是我亲儿子,名叫哑子。

哑子骄傲地摆动一下尾巴,故意把嘴里的硬物嚼得嘎嘣脆响。

哑子,这名字有意思。胖子伸手要去撩拨哑子的毛发,可哑子躲开了。胖子企图要喂它盘子里的一块大肉。哑子又把脖颈上的毛高高竖起, 低声警告。这哑子还认生。

富财老头把哑子轻拨过来,紧紧地夹在没有多少肉的大腿间,几乎要把哑子夹出眼泪。

瘦子喝干了一碗酒,喷了口浓重的大蒜味道。大伯,我们这次来除了钓鱼,还要办一件事。

啥事?

看台风。

偷生养的,肯定是吃饱了饭没事干的闲人。台风有啥好看的。台风来了得躲,船进港,人进岙。

你说什么?

听不懂就当作没说啥。富财老头又塞进了一团肉块。那肉块好香。

你没听说吗?台风正在向这里移动,据说风力要达到十二级。

算是老天发怒了。记得那年去捕带鱼,碰上大暴天,浪从天上泼下来,昏天黑地,伤了好几条性命。那次的风也说是十二级。这么大的风浪看啥哩,万一要出个啥事,性命不值老鸭钿呢。唉,这都是钱烧的。这袋袋里有了两块毛毛,连命都舍得玩了。

胖子举起酒碗:来来,我跟大伯再碰一碗,来来,喝啦喝啦。

这一夜,富财老头又看见了自己的女人。

哑子不吵了,屋前的琵琶树也消停下来了,富财老头脱了衣裳,刚钻进被窝,老太婆就来了。富财老头相信人死后一定是到了另一个世界。要是不这样,老太婆咋会隔三岔五地来陪他呢。那一团黑影缓慢地飘移过来,轻轻地坐上床沿。富财老头看见老太婆那双眼睛了。那双眼睛直直地勾人,勾得富财老头的心像猫抓似的,一阵慌乱。那一日,龙角湾来了一个卖花生的女孩,梳着两条油汪汪的大辫子。她回头,扑闪的眼睛电光一般热辣辣扫射过来。富财老头顿时就不知天南地北了。富财老头咬咬牙,把家里仅有的几个铜板尽数买了她的炒花生。富财老头和瞎眼的老娘以花生当粮食整整吃了三天,直吃得娘儿俩相互较劲,放了三天响屁。自此,富财老头便是花生摊的常客了。后来,卖花生的小姑娘就留在了龙角湾。小姑娘变成了老太婆。她的这双眼睛照亮了富财老头的一生。直直看着老太婆的眼睛,富财老头便有了聊聊天的冲动。他真想聊聊这几年自己记性不好了,老是忘记很多东西,明明手里拿着的还四处乱找。聊聊儿子的生意不景气,总是遭受儿媳妇的白眼。聊聊孙女考试成绩不好,考大学是没指望了。还想聊聊过去那些烂事,那船,那鱼,那人。他屏住呼吸不敢说,生怕一出气就把她吹跑了。可胖子的一声呼噜终究还是把老太婆吹跑了,像来的时候一样悄无声息。他只得去抚摸老太婆坐过的地方,那地方似乎留有一摊模糊的水印子。唉,要没有外乡人的呼噜,老太婆兴许还能多坐一会。

三

外乡人一大早就出发了。

走的时候,胖子拍了拍富财老头的肩,等着吃我们钓的大鱼吧。

富财老头没有回声,只礼貌地点点头。说实话,他有点瞧不起他们。他不相信这些看上去笨手笨脚的小黑脸后生能有本事钓上大鱼。

望断了他们的背影,富财老头摸着哑子的头说,我们也该干活了。

干活似乎对富财老头的意义非常重大。

外乡人前脚刚走,他就挑上一担积攒了几天的粪到山上。

富财老头开了一片荒地,种了不少宝贝。已经成熟的番薯在泥土里躁动,还有那花生也跟着番薯一起起哄,饱满的声音在泥土里嘎嘣嘎嘣响。富财老头喜滋滋地说,等着吧,今天就把你们统统带回去,剁了你们,煮了你们,让外乡客人吃你们。如此一说,地底下的家伙似乎老实了,都默不出声。富财老头笑着说,装吧,装了也没用。

今年他还新开了两块地,种了一百多棵萝卜,八十多棵青菜,捎带着种了一些辣椒。这些家伙完全听凭富财老头的号令,按时从地底下拱出绿苗来,一排一排,整整齐齐,纪律严明地肃立着。富财老头走过来,开心地骂一声,这些偷生养的,长得好足了。骂完了就蹲下来,仔细侍弄。一旁的哑子也很认真地蹲下来,吐了吐舌头。富财老头也会开心地骂哑子,偷生养的。

侍弄完田里的宝贝,太阳就升上一竹竿了。富财老头拢着五根手指念叨,初一月半昼过平,潮水落出吃点心。该到滩头去了。富财老头有一张精致的小渔网,撒在滩头清凉的海水里。很多时候哑子会提醒他去收回来。每次收回来的时候总会有不少收获。蹦跳的鱼虾在网眼里挣扎。富财老头依然会开心地骂一句。骂完就捞起网眼里的宝贝。把小的扔进海水里,大的扔进红色塑料桶。落在海水里的小鱼虾调皮地向富财老头吐一串泡泡。富财老头会露着没牙的大嘴笑,有时还会挥手让小鱼虾们快走。哑子死皮赖脸地跟在富财老头身边。没有理由不让它跟着。哑子有一把力气,会把红色塑料桶里的鱼稳稳地叼进小楼屋里。哑子不吃生鱼。哑子喜欢吃富财老头煮熟的鱼。或者吃富财老头剩下的残渣。这似乎有默契,从来没有违约过。

富财老头对哑子说,今天多弄些海货给那帮外乡文明人尝个鲜。哑子听懂了,径直向黄皮礁跑去,一边跑一边扭头看后面。它晓得富财老头喜欢到黄皮礁弄海货,捡些螺,采些蛤,摘些佛手,敲些藤壶,挖点紫菜。黄皮礁富着呢。每每退潮后,这里总能留着各种海货,尸横遍野。哑子步子大,走得快,富财老头有时却故意逗它,不去。哑子就会急,跑回来,又跑回去。一边跑还一边叫富财老头的"名字"。富财老头就笑,这偷生养的,居然还会叫我的名字。到了黄皮礁缺了这哑子还真不行。有一回,富财老头脚下一滑,从一块长着青苔的石头上掉进了海水里。就这样完了?完了也好,可以去见老太婆了。老太婆也是这样滑进海水里,不再回来了。哑子猛然扑进海水里,一下咬住富财老头的裤腰带, 死命地拖了上来。哑子的后臀被锋利的尖石划了一个口子,血流不止。富财老头心疼得不得了。找了半天没找到一块干净的布,就把穿着的灰衬衣撕出一条来给哑子包好。富财老头说,你这不会说话的偷生养的,力气还蛮大。说着流下两行清泪。

可今天,不去黄皮礁了,走远一点路,去月亮滩。

月亮滩在龙角湾的最西端。说是滩,却只有一块巴掌大的月牙形沙地。西风或者西北风刮过来,声如狮吼。滩前的那丛乱礁石被白浪撞击后留下一片又一片乌青,显得痛苦不堪。在恶风和猛浪的双重作用下,月亮滩常年弥漫着焦褐色的雾障,有时浓有时淡。可那里的海货更富足。

听着去月亮滩,哑子的脚步愈加轻快了。

天空走着一些黑云。富财老头把手搭在额前,云缝中漏下来的细碎阳光顺着指缝滑到脸上,像一根女人的手指在爬动。刚走上逼仄的小路,一根藤条突然扑上来,死缠着富财老头一双皱皴皴的脚,差一点让他趺个大跤。富财老头不恼,反而笑着。你这偷生养的,还来欺侮我。说着就弯腰把缠在脚上的藤条掰开。藤条也笑了,分明是你自己缠我的,还赖我。富财老头不计较了,跟着哑子前行。

一只相熟的山雀候在路口,向富财老头打着招呼。

富财老头眯缝了一下眼,哟,是你呀,这有好长日子不见了。

是啊是啊。

这只山雀不知被啥糟践了,耷拉着翅膀,哀号不已。落难的飞鸟可怜得很。富财老头碰上了,就喂吃喂喝的忙了半个月。山雀会飞了,就围着龙角湾上空打旋,就围着富财老头的小楼屋顶打转。这偷生养的,要走你就走吧,磨磨蹭蹭地干啥呢。山雀扑棱一下飞走了。今天相见,格外亲切。

小东西,看上去老了不少嘛。

都有孙儿辈了,哪有不老的。看你的气色也不错,想必也好得不得了。

不行了不行了,这脚娘肚都软了,走路打滑了。

旁边的松树听不下去了, 气冲冲地插话。前一段日子还听你跟儿子喊叫,说你不老,今天咋就说老了呢。

富财老头索性坐下来,后背倚靠在树上,还使劲地摩擦几下。我让你偷听,我让你偷听,我把你的皮给磨光。

心急火燎,哑子真是心急火燎,一会儿跑回来,一会儿又跑回去,来来去去已经有好儿趟了。不见富财老头想走的意思,急了,憋足劲放开喉咙猛力喊道:再不走潮水涨起来了。

富财老头起身后拍拍屁股,抄起陈旧的竹篾篮,回身还不忘打一下粗硬的松树枝干。

他的脚步一到月亮滩, 所有趴在滩上惺忪地打着哈欠的海货突然神情亢奋,都拖着晶亮的吐液向他致意过来。富财老头毫不客气地把他们一一装进竹篾篮里,就一小会儿黑压压叠着小半篮。富财老头对哑子说,这些够给那帮文明人塞嘴巴了吧。

哑子说,够了够了。

再搞一点吧,那帮人能吃。胖子那只肚皮像皮球,装多少都不觉得多。

哑子提醒富财老头,快涨潮了,可以了,回家吧。

是哩是哩。富财老头拍拍哑子的脑袋,结束了,该走了。

于是,太阳就一寸一寸地滑落下来了。滩头的小楼屋亮起了灯光。收拾好各色海鲜,富财老头就生了火。他烧着干裂的柴草,一张脸被映得通红。不一会,诱人的鲜味拔地而起,高高升腾。

富财老头把床底下深藏的最后一坛海产品拖了出来。坛里装着用酒糟泡着的鱼货。揭开盖子,伸手进去,掏出一片来,放在鼻子底下细细地闻,好香呢。拿锅慢慢蒸,熟了,摆上桌,有滋有味地嚼,美死他们。

远远的,有脚步声传来,哑子就告诉了富财老头。

富财老头晓得,就是那帮文明人回来了。

四

令文明人沮丧的是台风并没有如约而至,而是转了个身向东悄然而去。

瘦子向大家打着气,兄弟们别丧气,台风走了,这风浪还大着呢,大家拍个风拍个浪的总还是有地的。这地方好,一定会不虚此行的。

富财老头说,是哩是哩,看看这云,这风还小不了。我领你们到月亮滩上去看风景,拍点好照片。

哑子也说,是哩是哩,看风和浪打架最好的地方就是月亮滩了。风叫得凶,浪打得高。

于是,哑子领头,带着大家直奔月亮滩。

风从湾角顶上蛮不讲理地冲下来,横扫了整个月亮滩。多年累积的礁石被推得摇摇欲坠。滩头上原本病怏怏的水面突然一冲而起,奋力抵抗着侵袭。风与浪的撕打就在相互嘶叫中开始。这一对冤家谁也不让谁,谁也不服谁。

富财老头一个趔趄,差点被风摁倒在地。这偷生养的,欺侮我。哑子说,回家去看守房子。是哩是哩,他要留看这岛上留下来的十四栋房子,他要保护处在风口浪尖上的小船。这是几个老邻居临走时托付给他的。他向外乡文明人挥手示意,回去了。

哑子领他到了二福子的家,那家的窗几乎要被剥走了。富财老头艰难地顶着几乎要被掳走的危险钉死了破门窗。二福子的家几近倾圮,屋檐的墙皮已经斑驳陆离。唉,多好的一幢房子啊。想当初,二福子用贩虾肉的钱率先造起了小楼屋,引得全龙角湾的人垂涎欲滴。

哑子,走,去看看大脖子家,那家也差不多要被掀盖了。

哑子一路前行,稔熟的样子好像大脖子家就是它的窝。果然如富财老头所料,黑瓦片已经狼藉一片,大脖子家的旧土屋正在被慢慢吞蚀。好在没有下雨,要一下雨这堵薄墙哪里经得起浸泡啊。富财老头眼睁睁地看着屋顶的瓦片翻书一般折腾。哑子,记住,等大风停息了,该盘些沙灰修补修补了,我记性差,你得给我记住。哑子认真地答应了。富财老头就摸了摸它的头,偷生养的,真是好帮手啊。

风压过来,富财老头努力站稳了,就开始骂,你这偷生养的,你压我作啥,你压死了我,这龙角湾就没人看家了。路边的树木也一样喊叫,是啊,是啊,不许欺侮老家伙。就连挂在杆子上的破电线也尖锐地喊叫,发出不满的声音。毕竟这龙角湾是富财老头的天下,岛上的一草一木飞禽走兽都跟这个老头有缘,都向着他说话。声势一起,狂风似乎也收敛了不少,不再那般张狂了。

巡查了一遍,他要带着哑子回家了。这大半天的累死了。

老远又闻到了肉的香味。又是那帮文明人在吃着他们永远吃不完的肉了。富财老头对这帮文明人是有点瞧不上的。除了喝酒吃肉,还从脑子里搞出一堆怪名堂来,居然跑到龙角湾来看台风,这台风有啥好看的,天下还有这样的人。这帮人肯定是脑子出毛病了。可肉的香味的确诱人,富财老头不得不承认这帮文明人烧出来的肉嚼得有味,香得透心。烧肉的是胖子,说是大饭店里的厨师。

胖子迎出来,拉着富财老头的手,拉到桌边,然后移过一盘肉来。肉的香味熏得富财老头有点晕。胖子端起酒盅,非要和富财老头碰个杯。碰就碰呗,你住在我家不就是一家人了嘛,还客气个啥。富财老头好端端地坐了下来,逐次与一个个文明人碰了杯,落进肚里,肚子被酒精一激有点冲劲,来块肉压压劲。这偷生养的,好香的肉。

瘦子要富财老头讲讲龙角湾的故事。

那就讲吧。就先讲讲儿子吃肉的事吧。

那一年,听说蒋介石要打过来,龙角湾来了一帮军人,足有百十个。厨房安在富财老头的西厢房。每天刀剁斧砍,碗盘叮当,热闹得很。天天飘曳出来的香气勾引得村民肚子里的馋虫一条一条往外爬。驼背阿三说,那部队上的同志尿过的粪桶几天都弥漫着猪肉加大蒜的浓重香味,刷都刷不了。已经奄奄一息的儿子闻着自己家里氤氲的香气,流着滚烫的口水喊着要吃香喷喷的肉包子。老太婆说,儿子可怜,喝了一个春头的紫菜糊,眼睛都喝绿了,你就跟部队上的同志说点好话,去要一个吧。富财老头瞪着眼珠子不去。老太婆就急了,满把满把的眼泪甩出眼眶。富财老头看看老太婆,看看儿子,没办法,只好去了。但实在不好开口,便拐进厨房偷偷往口袋里塞了一听罐头猪肉。出门时被发现了。富财老头羞愧难当,真想找个地洞钻进去。他不敢对视炊事员,眼光始终游离在门上贴的一副对联。上联是:听毛主席话,下联是:跟共产党走。肥肥胖胖的炊事员急急拉住了他,偷偷把罐头打开了,藏到富财老头的胳肢窝里。锋利的罐头边角把富财老头的胳肢窝划出了一道血印子。直到炊事员把他推了出来,他才夹着一团火慢慢回到了儿子的身边。老太婆迫不及待地挖出一块油光可鉴的肉块塞进儿子的嘴里。儿子嘬巴了两下,露出了幸福的微笑。待第二块肉要送进的时候发现儿子已经死了。

这个故事讲得大家唏嘘不已。胖子又夹了一块肉放在富财老头面前的盘子里。大伯,吃吧,就当是替儿子吃的。

富财老头想都没想,一口把肉塞进嘴里,两片腮鼓了起来,像一只正在充气的皮球,一行夹带着眼屎的眼泪缓缓落下。

讲完了肉就讲酒。

那一年,蒋介石要撤走去台湾了。有一伙背枪的人途经龙角湾,上岸要抓男人,还要抢值钱的东西。龙角湾的人吓得到处乱躲。驼背阿三的裤裆都湿了。富财老头站了出来,拉住一个当官的说敢不敢比酒量,赢了干啥都行,输了滚蛋。这伙人不服,仗着有九个人,就轮流对付他。喝酒的时候躲在暗处的人突然出来了,全龙角湾的人都围着看他们。这酒从中午喝起一直喝到太阳落山,十个人整整喝下了三十七坛。用富财老头的话说,这一天龙角湾的每个缝隙里都透着酒香。那九个人烂醉如泥,他却安稳如山,不但一个一个把醉倒的对手用绳子捆了关进柴房里, 还把剩下的小半坛酒一点不剩地倒进了肚子里。富财老头说,那酒真是好酒,喝到嘴里甜津津的,打个嗝都透着香气,真是好酒,这样的好酒浪费了多可惜。富财老头的壮举后来被好事者添油加醋地写进文章里,当作宣传材料推广。富财老头知晓了笑一笑,走样了,那不是我,我哪敢跟国民党军斗智斗勇啊,我就是看见他们船上有几坛好酒,馋了。可这事还是被当作一个谈资流传了下来。当然也有人不信这事。老太婆在的时候自然会面红耳赤地呵斥质疑者, 要没这事我能服服帖帖跟了他?她还提供了一个事实,喝完了酒,富财老头的脚底下汪着一摊水。有人又怀疑富财老头作弊。但富财老头说,你敢作弊?你想吃枪子?此言一出,没人敢出声了。不过,有一点倒是事实,富财老头喝再多的酒,谁都没见他醉过,这酒就像长了翅膀进了他的肚皮里就飞了,飞得毫无踪影。

三十七坛啊,这一段事把那几个文明人讲得目瞪口呆。胖子有点晕乎乎地问,哎呀妈呀,三十七坛酒,是大坛还是小坛?富财老头拿手比画了一下。瘦子说,那也了不起啊。说着伸出了大拇指。富财老头得意地笑了。他想起老太婆常在被窝里对他说的话, 喝酒后的很长日子里富财老头流出的汗也透着酒香。

该问问拍照片的事了。瘦子就掏出了相机,把月亮湾风与浪撕打的情景拍得清清楚楚。一张一张看下去,富财老头就高兴了。看看,我们龙角湾好看,有模有样,像挂历上一样。拍得蛮好,蛮好。

大风整整刮了两天。天上的云都被刮黑了。富财老头也与外乡人整整喝了两天酒,喝得骨头都软了。

有了这五个人龙角湾似乎还真的有点生气。富财老头在这两天里都喝得忘记了很多东西。哑子劝他,他不听,松树说他,他生气,连山雀特意过来让他注意少喝,他也呵斥。这龙角湾好不容易来了这么几个有文化的文明人,难得,喝它个天昏地暗,怕啥呢。

天放晴的时候,约定五个人离开的日子也快到了。那个晚上胖子的脸上露出厚厚的笑,端出热气腾腾的一大锅肉。瘦子也从旅行包里掏出了几瓶好酒。这是最后的晚餐了,好东西都毫无保留地贡献了出来。

肉是好肉,香气缭绕,久久不散。酒是好酒,富财老头这一辈子也没有见过如此精致的酒瓶子。看见这酒瓶子半个身子就酥了。说实话这几天他等的就是这瓶子里的酒,梦里咂巴着嘴馋的也就是这瓶子里的酒。他实在想象不出这瓶里装着的酒是一种啥滋味。摸摸瓶子,陶瓷坯胎,光滑如绸。倒出来的酒液,晶莹剔透,比一眼泉里的水滴还要透彻,看着就心痒。一杯,一杯,再一杯,接着再一杯。富财老头都算不清到底喝了多少杯。肚皮热辣辣的,窝着一盆炭火,开始火苗细小,慢慢地,随着一杯接着一杯的酒流进去,火苗愈蹿愈高,一直烧到喉咙口了。喉咙口干得要命,憋了半天的那团火终于按捺不了了,一下子蹿了出来,脚底下到处是刚刚咽下去的还未化开的肉片,这肉片散发着浓烈的酒香。我难道醉了?我咋会醉呢?唉,老了,不服老不行了。谢绝了文明人的援手,拖着沉重的身体,进屋后,他一头栽在团成一卷的棉被里,不省人事。

五

太阳总是在富财老头睁开眼睛时出现在窗前。有点发黄。一束光线顽强地从门缝里钻进来,直直地落在老头的床边,照得富财老头的脑袋泛着金光。

似乎酒精还残存在脑袋里打晃悠，睁开眼的时候太阳穴明显地在跳动。他很难记起昨晚的事。是啊，昨晚咋了？谁给他宽衣解带？谁帮他清理秽物？他一概不知。摸摸床沿，一摊水渍还在，看来昨夜老太婆又来过了。这一切总不会是老太婆干的吧。想到老太婆，他的脸色很幸福。

他走出小楼屋的门，一道阳光就罩住了整个身体。推开隔壁的木门，五个外乡人不知踪影。他一下子明白了，他们走了。鬼儿子在约定的时间里一大早把他们接走了。富财老头感到些许的失落。

外乡人走了，富财老头的日子照旧继续。该下沙滩的下沙滩，该上湾角顶的上湾角顶。今天心里有点发慌，甚至可以听到怦怦的心跳。这对富财老头来说并不多见。唉，应该是老了，这人一老啥东西都扑过来。譬如记性差了，走路慢了，这里痛了，那里酸了。可再咋的他也不能不去黄皮礁啊。一提黄皮礁，心像被手挠了一般。今天这是咋了？哑子呢？这哑子又到哪里寻吃的去了？没了哑子怎么出门呢？

富财老头高声喊叫，连山雀子都听见了。山雀子飞过来，悲伤地说，走了，走了。富财老头有点不高兴了，啥走了？哑子走了，哑子走了。走了就走了，走了还会回来的。不回来了，不回来了。富财老头抄起脚下的小石头，愤愤地向山雀子扔去。嘴巴生疔疮，你一大清早乱话三千，滚一边去。山雀子眼泪汪汪，委屈地飞远了。看着山雀子越飞越远的影子，富财老头的喉头塞了一团烂棉花，几乎透不过气。没有了哑子就去近一点的海滩看一看吧。他依然抄起紫菜兜兜，出发了。走到半道，突然发现光背了个兜兜把竹耙子忘了。没有了竹耙子就打不成紫菜。他只好折回来。推开小楼屋的门，到堆满各色杂物的屋里翻腾。

屋里很阴暗。富财老头的眼前飘过一层白云。他面前的一切开始模糊起来。晓得竹耙子放的位置，富财老头就上去摸。摸了一会，摸出了一个软软的还有点滑腻的东西。这是啥？凑近去看。眼前那一层白云倏忽飘去。屋里顿时明亮起来。这东西咋这么眼熟呢？这花纹，这色彩，这毛色，哎呀，天呢！这不是哑子的衣裳嘛！这明明是哑子的衣裳嘛！哎呀我的天啊！哑子的衣裳咋会落在这里呢?天杀的呀!哑子的衣裳咋会藏在这角落里呢?富财老头的胸口痛了起来。那一层似乎飘去的白云又回来了,活活堵在他的胸口。他感觉那一层白云好厚,堵得好满,一点空隙也没留。

脚底下慢悠悠爬过一条红色蜈蚣,细声细气地说,你吃了哑子,吃了哑子。

富财老头静静地听着小蜈蚣的埋怨。昨天晚上推杯换盏,往嘴里塞的那些油汪汪的肉,难道都是哑子身上掉下来的?这念头不能想,一想,他五脏六腑顿时翻江倒海起来。他要吐,感觉要吐。一团热麻麻的东西顽强地往上拱。他把手指伸了进去,似乎要撕裂它。他真的吐了,吐了一摊酱紫色的血。他想喊一声,想疯狂地喊一声。可他的喉咙里被塞得满登登的,漏不出一丝声响。他难受地在屋里四处乱抓。角落里的坛坛罐罐纷纷以身殉葬,到处是碎裂的残片。富财老头已经听不见碎裂的声音了。他感到两只耳朵发烫,着火了的烫。耳边鸣响着刀枪剑戟的呼啸。突然,所有的鸣响倏忽消失,龙角湾一片寂静。富财老头听不见浪叫、鸟鸣、树喊、虫语,听不见石头对话、青草诉说、阳光呢喃、雨丝缠绵,听不见田里萝卜撒欢似的长大的拔节声,滩头上悄然爬上来被风婆子敲打的叮当声,子夜时分老太婆破门而入似近似远的叹息声,窗棂上毅然趴了一夜的白色水雾的呼吸声。

儿子的船拐回来的时候,机器声响回荡在龙角湾的上空。可富财老头对此无动于衷,一心抚摸着哑子柔软的衣裳。

蹲在父亲的面前,儿子的神色凄惘。我才晓得这事。哑子没了,你肯定难过。我把他们痛骂了一顿。可话又说回来,既然没了就没了吧,好在那帮人还有点良心,出了三百块钱补偿你。说着从口袋里掏出三张红色的纸张。哑子没了,龙角湾里你也没伴了,我看,帮你收拾收拾,还是跟我走吧。

儿子的脸咋看着那么丑陋。这难道是我的儿子吗?富财老头怒火中烧。要不是这畜生带着这帮外乡文明人到龙角湾来,哑子不会丢。富财老头发了疯似的抄起一根扁担,恶狠狠地向儿子头顶飞去。儿子跑了,扁担却画了一个美丽的弧在墙角撞了一撞断成了两截。富财老头追出门外,突然整个身子滑倒在地，手使劲拍打着褐色的泥土，手掌里汩汩流着鲜血。他一边拍打一边号啕不止。眼泪滋润着身下的土，那褐色的土吱嘎吱嘎作响。

用袖子抹了抹眼睛，富财老头便决定要在自己和老太婆准备合葬的墓旁挖一个洞穴，给哑子作窝，窝里要放上高贵的衣裳。

他找出已经锈迹斑斑的镐头，独自上山。静寂的龙角湾刮着有点寒意的风。风吹乱了他的头发，像一把种植在湾角山顶上的蓬草，随风飘扬。挖着，挖着，富财老头发现湾角山顶上的太阳已经冷却了，正在慢慢滑落。他感到肚子饿了，回头喊了一声，哑子，回家吃饭。这声喊盘旋在喉底，盘了很久，一丝也没有泄露出来。偷生养的，又说不了话了。他又在喉底下恶狠狠地骂了一声，然后独自扛起镐头摸索着下山。

（原载《广西文学》2014年第11期）

证明问题

◎周　波

东沙走在夏夜的街头，刚才，他把值班的事托付给了别人。东沙说："我去外面走走。"

值班员反应神速："去吧，镇长，这儿有我。"

街头上有很多人在散步，也有很多人认识他，大家不停地和东沙打招呼。东沙知道是镇上的居民，可一下子叫不上名来。也难怪，偌大一个乡镇，这么多号人，谁有这么大能耐全记住群众的名字呢。

东沙走了一会，有群众挡住了东沙的路。

群众很热情地握住他的手，问："镇长，认识我吗？"

东沙笑着反问："当然认识，你是咱们镇上的群众嘛，如果不认识你，我怎么为老百姓办事。"

群众依然紧握东沙的手，又问："镇长好记性，我姓张，弓长张，以后叫我老张就行，我就住在镇政府斜对面的靠左那条弄堂里。"

东沙微微一笑，说："这下记得更清了。"

群众开心地走后，东沙的神经却还是紧绷着。他想，要是刚才那人一定要自己叫出名字来，岂不是露馅了，他暗暗感到庆幸。

不久，东沙返回了。他起先出门，只是觉得白天忙得不行出来透透风，顺便也了解一下民情。

返程路上，东沙又迎面遇上了刚才那位群众，只是群众身边多了两个人。

东沙友好地问："我回去值班，你怎么也返回了呢？"

只见群众笑着开始推搡另两位伙伴，群众扯着嗓门说："兄弟们，怎样？我没骗你们吧，镇长认识我。是镇长先和我说的话，我可什么也没说噢。"

两位伙伴齐齐地向他竖起了拇指，异口同声地说："这倒是真的，确实是镇长先开的口。"

东沙听得莫明其妙，问："你们在说什么呢？"

一位伙伴说："刚才他在我们面前吹牛说和镇长很熟，我们不信。"另一位伙伴说："现在信了，这小子没说假话。"

东沙听完哈哈大笑，这会儿他细细看了看刚才自报老张的群众。只见老张拼命地朝东沙使眼，东沙瞧出门道来了，笑着说："老张还挺幽默的，下回值班去对面你家坐坐。"

老张一下子心花怒放起来，仰着头说："怎样，怎样，镇长不仅知道我姓，还知道我家住哪呢。"让老张这么一说，两位伙伴显然彻底服了，拍着他的肩膀说："下回镇长来你家，也叫上咱俩。"

正说笑时，第一位伙伴突然也问起了同样的问题："镇长，你认识老张，那认识我吗？"

东沙脱口道："当然认识，你是我小陈秘书的叔叔嘛。"

小陈秘书的叔叔顿时笑了，笑得比老张还灿烂。

东沙回到办公室的时候，心里觉得暖洋洋的，他觉得这个值班夜真有意思。东沙正想着的时候，听见有人敲门。

东沙以为是一起值班的同志，说："请进！"

进来的却是路上碰到的另一位伙伴，东沙先是惊讶继而笑着问："什么事,是不是也让我证明我认识你?”

那人笑嘻嘻地说:“不是,不是,刚才的事让镇长见笑了。”

东沙说:“没事,都是玩笑嘛,挺开心的。”

那人接着说:“镇长,你其实也应该认识我的,我来过你办公室,我们还抽过烟,你递烟过来的时候烫着了我的手。”

东沙这时想起来了:“对,对,记起来了,有这回事,原来是你呀。”

那人开心得差点哆嗦起来,忙不迭地说:“是我,我一路上纳闷着呢,镇长怎会只认识老张和小陈秘书的叔叔,而不认识我呢。”

东沙边笑边递上一支烟,说:“这回不会烫着你了。”

东沙后来一直跟老婆如晶讲那晚值班的事,如晶说:“看来你在乡镇真和群众打成一片了,平时记性倒不怎样,现在怎么会这么好。”

东沙笑着说:“我其实只记得那个被我的烟烫过手的人,小陈秘书的叔叔也是我乱说的,镇办公室里没有小陈秘书这个人。”

如晶拿着怪异的眼神瞧了瞧丈夫,说:“我才发现你这人不诚实。”

东沙争着理说:“这不是诚实问题,这是面子问题。我这样给他们面子,下次工作他们也会给我面子,我的工作就容易开展了,大家都有面子了,很多事情都好办了。”

如晶这时又看了看丈夫,轻着声说:“你真累!”

(原载《小小说选刊》2014年第12期)

英　雄

◎立　夏

一

他二十岁的时候,她正好十岁。

她坐在台下,晶晶亮的眸子中全是台上英武的他。

他是学校请来的英雄,笔挺的军装上一张黝黑却棱角分明的脸,因为激动透着健康的红晕。

他在台上大声地念着手中的演讲稿,只剩下三根手指的右手高高举起,如同一面灼目的旗帜。在一次实弹演习中,面对一颗吱吱作响的手榴弹,他毫不犹豫地捡起来扔出去,挽救了已被吓呆的战友。

她的眼里噙满了泪水,台上的他是那么高大英俊,连他那浓重的乡音都显得那么亲切。

“他真是个英雄,我会一辈子记住他的。”她在心里默默地想。

二

他三十岁的时候,她二十岁。

学校组织去农村体验生活。

如果不是村干部郑重地向大家介绍他曾经是英雄，她是一丁点儿也认不出他了。

埋头在田里劳作的他跟其他的农民已没什么两样，穿着一件灰扑扑的褂子,失却了红晕的脸还是那么黑,却变得暗沉。村干部介绍的时候,他憨憨地笑,脸上怎么也找不到十年前年轻的影子。

他坐在田头抽着烟卷,好几次她都想走过去跟他说几句话。看着烟头一明一灭,她终于还是没过去。

她实在想不出该对他说什么话。

三

他四十岁的时候,她三十岁。

他在她所在的城市摆了个摊,卖鸡蛋煎饼。

五岁的女儿吵着要吃煎饼,她先认出了他的手,抬头看他的脸,恍若隔世般,已然很陌生了。

她忍不住悄悄告诉女儿卖煎饼的是一个英雄,女儿懵懂地吵闹着,要去看英雄。

她带着女儿折回去,女儿仔细看着那只残缺的手,然后哇的一声大哭起来。她匆忙带着女儿离开,一边哄着女儿,一边回忆自己十岁的时候第一次看见这只手,一点都不觉得害怕,只有敬佩。

她还记起来当时听完报告回到家,小小的她弯曲起两根手指,模仿三指的样子,想象着那种悲壮。

四

他五十岁的时候,她四十岁。

她在民政局混上了科长的位置，工作还算清闲，生活不好不坏。

当他在她办公室外面探头探脑的时候，她根本就没认出他，原来他是来申请困难补助的。

她给他倒了杯茶水，他受宠若惊地捧着，只会一迭声地说谢谢。她陪着他办完了所有手续，而他不知道为何受到如此礼遇，越发地惶恐不安，一个小时里说了不下五十声的谢谢。

望着他佝偻着背离开，她开始努力回想他年轻时的样子，却怎么也想不起来了。

“他真的曾经是个英雄吗？”问自己这个问题的时候，她觉得那么茫然。

五

她五十岁的时候，他已经不在了。

那天她在办公室喝着茶，翻着报纸，四十年前的他突然映入眼帘。犹如被雷击般，她手中的茶杯砰然落地。

他在回乡的公交车上遇到一伙劫匪，一车人里只有他挺身而出，搏斗中，被刺数刀身亡。报道还提到，他的右手只有三根手指，年轻时他就曾因救人，成为部队里的英雄典型。那张穿着军装的年轻的照片，据说是他唯一的一张相片。

一瞬间，泪水又涌上了她的眼睛，恍如四十年前她含着泪眼坐在台下仰望。

［原载《微型小说月报》（原创版）2016年第6期］

II 散文篇

舟山三品

◎来　其

品　石

泥土是山之皮肉，岩石是山之骨骼，山与岩石密不可分，山若无奇岩怪石，则不能成其雄伟高峻险要。

庸者玩要案头如拳小石，智者却遍寻大自然里的奇石怪岩。

宋史中有见奇丑巨石而“具衣冠拜之，呼之为兄”的记载，爱得如此痴迷之人，大概就是岩石的知己了。是知己自然知道不同的山有不同的风格，就像不同的人有不同的性格。

园林中，岩石是人工摆布的，总留有太多刻意追求的痕迹，风景好看是好看，却不是活的，不会呼吸，不会生长，更不会与你交流。

舟山也有许许多多的石景，那是雄奇的，伟岸的，自然的，甚至是神奇的。江南园林中堆叠而成的岩石，如那著名的苏州拙政园土山上的玲珑垒石，上海豫园大假山的峭空石壁等，与它相比，只能算是小巫见大巫了。

说到底，一个只不过是以假乱真的杰作，一个却是有生命有血肉的自然精灵;一个充其量靠工匠费尽心机模拟叠凿,一个却是大自然的神工鬼斧,用数千上万年天地精血哺育而成。

舟山集石景之盛者,首推普陀山。

“其石之突怒偃蹇,负土而出,争为奇状者,殆不可数。”借用柳宗元的话来赞叹普陀山之岩石,一点不为过。

普陀山有案可查的奇岩有十二处,青鼓山西有八仙岩,白石玲珑如玉;梅岭山腰有石浪岩,高六十余米,石纹如浪,凝视不动;西天门耸立西方岩,明万历四十五年(1617)春,宁绍参将刘炳文题“中流砥柱”四字;达摩峰南麓有玲珑岩,上突下削,如雕镂沉香木状,中有一石嵌于两峰间,从内看摇摇欲坠,从外看似珠联璧合;西天门北的圆通岩,岩石险峻,或凌空孤峙,或参差排突;普济寺东狮子岩,形似跳跃之势;灵鹫峰西,自北亘南伏卧龙岩,像游龙蜿蜒,俯首欲降;朝阳洞之顶,一石驯伏如象,一石俨若狮踞,名谓狮象岩;观音峰后那像一掌伸出的叫佛手岩;雪浪山中鹰岩昂首;东天门上虎岩倚凑;几宝岭上,一岩斜峙如象伸鼻举目,叫象岩。

如此之多的奇岩,已看得人眼花缭乱,至于奇石,那就更多,有二十四处。其中最为著名的有三块,一为云扶石,一为磐陀石,一为两龟听佛石。

云扶石在去佛顶山的香云路上,连白云都来扶此石,可见其高耸险峻。其实并不太高,只因它是由两石相摞,上石如欹钟,下石如方棋,斜倾欲坠,才让人觉得云彩都得来扶它了。一副流传很广的对联,把云扶石与郭沫若联系了起来,说的是郭老一九六二年秋来普陀山,出了一上联:“佛顶山顶佛”,叫人对出下联,他的秘书对了“天一阁一天”,郭老不以为然,最后是一位公社干部以“云扶石扶云”相对才赢得郭老赞赏。

这是关于云扶石的一则典故,已被收入到许多书籍之中,不过我倒看不出这副对联有什么精深高妙之处,特别是与二龟听佛石的典故相比,更觉得它是那样的平庸乏味。

二龟听佛石在西天,那是如今山上唯一没有开通公路的地方,更让人感到林幽山静。就在这样的山道石阶旁，有两石酷似海龟，一龟蹲踞崖顶，回首顾盼，似有等候之意；另一龟昂首伸颈，爬壁直上，一副着急姿态。整组画面惟妙惟肖，它的传说也令人回味无穷。传说有好几种版本，一是说两龟受龙王之命前来探听观音在说法台上的说法，只因听得入了迷，误了归期，遂化身为石；另一说两龟为一雌一雄，在听法时眉来眼去，所以被变为青石，给修行不诚者作戒。清人何月生诗云："二龟何事翻成石，想是当年不解听。"这是二龟来历的另一种说法。似乎还可以想象出更多的版本。

一块石头有这么多的解释，只能说明这石头已经超脱了某种形似，已具有活生生的神韵，使得许多人都想把自己的解说依附在这块石头上，和这块石头一起天老地长。

比二龟听佛石更加有名的是磐陀石，明代屠隆咏"普陀十二景"，取石景的只有"磐陀晓日"；清代裘琏《普陀山志》所列十二景，以石入围的也仅"磐陀夕照"，可见磐陀石无疑坐定普陀石景的头把交椅。磐陀石在梅福庵西行不远处，由上下两石相摞而成，上面一块上平底尖，下面一块底阔上尖，两石相摞处间缝似线，睨之通明，似接未接，好像一石空悬于另一石之上。许多人担心，一阵大风是否会将上面那块巨石吹掉下来，但二三十人爬上石顶颠之又颠，它依然纹丝不动。

其实，这样险如滚卵却安稳如盘的奇石，在舟山还有一块，那就是嵊泗黄龙的元宝石。同样是两块大小不一的巨石相摞，同样是看似一触即落却亿载不倒，若真要区分出差别，我说元宝石比磐陀石更为险峻，因为若将元宝石轻轻一撼，那石竟会左晃右动，爬上石顶蹬之则上下颠簸，惊得人一身冷汗，这是磐陀石所不曾有的。两石的传说也惊人的相似，说是磐陀石曾被人用线在相摞处横穿而过，元宝石也有此说；说磐陀石是《红楼梦》中的"通灵宝石"，说元宝石是女娲炼五彩石补天时所坠。这些都是文人们的异想天开，老百姓就实际多了，我不止一次地看到妇女将硬币在磐陀石磨光，说是磨光后的硬币佩戴在小儿身上能够壮胆，这举动包含着很朴素的辩证思想，安稳与风险真的非常完美地统一于这两块奇石上。

云扶石、二龟听佛石、磐陀石,是普陀山奇绝三石,但普陀山不仅只此三石。往下排列,居首的该是心字石了,因为就石刻文字而言,那块石上所镌的长五米宽七米的“心”字是普陀山之最了。“心”字是何人于何年所镌,史无考证,但不管是谁,其本意我想是讲佛以修心为上,所谓“心有分别,境乃不同,境由心生,心量广大”耳,高僧罗什七岁时稚气未脱,大概觉得好玩,把佛祖用过的钵戴在头上,奔跑如飞,有人提醒他说,这钵是石头做的,多么重呀,你怎能戴着乱跑呢?罗什心念一动,顿感钵重千斤,竟压得他扑倒在地,再也戴不动它了。一个人在万般危急之时,可以跨过架于万丈深渊之间的独木桥,一旦情况改变,他就再也不能做到了。心字石蕴含的这番深沉佛理,是如今在心字石上拍照留影者所大都想不到的,人们只是把“心”作为爱心或诚心的象征,那也未免太辜负这块神奇的石头了。

紧跟心字石的,我想该是西天门了。去西天览胜,必经西天门,西天门是由三块条石构成的一道天然石阙:两石兀立对峙,上面横架一危石。石阙狭窄,仅容一人伛腰通过。横石题“西天法界”,旁边石壁有“证菩提道”“振衣濯足”“同圆种智”“乾坤佛会”等题刻。这是一组很具象征意味的石景,就像是现代风景区门口的示意图和说明牌,还告诉你注意事项。“谁谓天无路,天门此地开。”清代通旭和尚的诗句说得再明白不过了,不过且慢,你别得意忘形,尽管天界已开,还要看你诚心如何,虽说我佛慈悲,普度众生,但仍应虔诚一心,紧依西天门的是佛试蛇心石,一块酷似蛇头之石隐于草莽之中,距此石不远又有一块形如蛤蟆之石翘首向蛇。民间传说是这样的:有一蟒蛇精经观音指点而得道,观音在蛇背上放了一只蛤蟆,以试一试蛇心。它与心字石一起,共同起着教化警戒的作用。

西天石景的煞尾之作是由无数奇岩怪石组合而成的五十三参石。它正巧与西天门的题刻“乾坤佛会”遥相呼应。五十三位罗汉在此参拜观世音,聆听菩萨说法,经过了西天道上种种磨难,终于修成正果了。修成正果后的神态各不相同,有的和颜悦色,有的势欲搏人,有的陡立若举,有的轻挂欲跌,且参差错列,相互枕藉,大有动一石而崩全坡之势。

普陀山石景的精华部分在西天，西天的石景不但单个各具神韵，而且组合成了一个充满佛理的石景体系。奇谲的岩石，不禁让人感叹大自然的鬼斧神工。以往人们总是仅从一石一景来诠注其意义，却不知这些石景就像一首曲谱，是连贯一气的。

西天道上，除了这些浸染着佛教文化色彩的石景之外，还有不少轻灵逼真的象形石点缀其中，如磐陀石西侧的水牛石，圆通庵南的一叶扁舟石，锦屏山中如柱屹立的柱空石，观音洞上侧的鹦哥石，等等。这些石就像伴奏一样，丰富着乐曲的主旋律，使它不显单调。

如果说，普陀山的石景使人想到了佛，那么，嵊泗小洋山的石景则使人想到了仙。仙者，超凡脱俗；仙者，飘逸潇洒；仙者，一般都住在人迹罕至的地方。似乎小洋山为仙者提供了这样的环境，只不过，那里住的是石头，好多石头。

成仙的石头，自然气度不凡。其他地方的石景，充其量一抬头就能看个明白，最多走几步，它就一览无余了。但小洋山上许多石景，比如那东海云龙吧，就不是那么轻易能见的。许多人去看了东海云龙后，依然说不透彻神龙是怎样的。这是因为东海神龙实在太大了，它藏匿于小洋山东北部的深山里，那真是个人迹罕至的地方。神龙有百米之长，十米之围，蔚为大观。神龙又有两条，上下相叠，相互缠绕，让人难以分辨。但你待得久了，沾上点仙气，也就越看越清晰：腹是白的，断续悬空；背是黑的，龙鳞斑驳；龙颔边的石纹波涌如龙须飘拂，龙首上的浑圆石球像双龙戏珠。龙行千里，焉能无水？它的水在头部，一小水潭可盈拳余，深仅半米而已，却终年不枯，水舀而复溢，绵绵不绝，叫人实在纳闷。这石龙横卧山顶之上，盘踞于石砾堆里，且腹部多处不与地表相接，腾身而立，龙眼水又从何来？难道岩石也能蓄水不成？

藏匿这条巨龙的山，名叫大城子山。进山路上，危崖夹峙，奇石相随，似乎是东海洋面的庞然大物都赶来这里与巨龙聚会，海狮子笨拙地爬着山，陆上行走还显得力不从心；海豹子姗姗爬行，似乎是第一次来这岛上，不知为何竟有点呆头呆脑;海金鸡就活跃多了,一路走来还引颈高歌。那些海鱼呀,海虾呀,海蟹呀,虽说在海里不像庞然大物那样威仪四方,登了岸就一个个成了精。最晚到来的还是海龟,才走进山口,却毫不着急,依附于崖顶正悠悠然伸头四顾。这山里风景也着实不凡,山峰嵯峨,岩纹缤纷,潮水磨盘,父子戏涛,玉兔沉思,而那巨龙迤逦地,更是南临百丈绝岸,北隔幽壑深涧。涧北绝壁高达千米,连绵不断,一片狰狞,绝壁上还有漉漉水迹,如瀑布纷纷下泻。

小洋山远离尘土,孤悬海中,人世间的喧嚣,凡夫俗子的庸俗,当然一点也侵扰不了它,它也就愈加气度雍容,仙气飘飘。岛上还有一座观音山,山小而嶙峋,白石磊磊,这里的摩崖却是大气有致,一曰"海阔天空",一曰"中流砥柱",一曰"鲲鹏化处",一曰"海晏波宁",一曰"倚剑"。摩崖题词之人有文武两类,文者为浪迹天涯的文人,武者为巡视海疆的将士,古时似乎也只有这两种人才会登临洋山,因此每处摩崖也均有传说让人津津乐道。出神入化的则是"鲲鹏化处"的来历,传说它出自于明万历三十六年游击兵都司张文质之手,张是来巡哨的,猛然间看见小洋山岛周围海域,海豚出没于汹汹波涛之间,不禁背诵起《庄子·逍遥游》,"北冥有鱼,其名为鲲……"谁知他这一吟,却平地而起一股龙卷风,海面上喷出冲天水柱,将那海豚也顺着水柱吸到空中,匪夷所思这一幕竟与《逍遥游》的意境相似,张继续吟道:"鲲之大,不知其几千里也;化而为鸟,其名为鹏。……怒而飞,其翼若垂天之云"。吟着吟着便热血沸腾,他拿来巨笔,一挥而就"鲲鹏化处"。

这则传说肯定是后人臆造的,但人们信之为真也不是毫无道理。洋山海域有海豚群游过港确有此事,张文质的题字更是明明白白镌刻在那里,至于龙卷风将海豚卷到空中,似乎也可能发生。特别是,这事儿发生在那么有仙气的小洋山,不信也得信了。

有灵性的岩石,在朱家尖也有不少。

朱家尖白山就像一个硕大的石头盆景园。比起普陀山西天石景来,它少了些神奇，但多了些险峻；相比小洋山，它多了些精致，但少了些潇洒。

进入白山，先是仙人背石，山顶上耸立三块大石，旁边侧卧一酣睡巨人，巨人将三块大石背上山顶，累得睡着了。想那三块大石，已是巨人最后的劳作了，他身后灵鹫峰上累累怪石，也一定是他背荷而来。巨人最得意之作应是灵鹫峰上那神鸟灵鹫，这般灵异之物，又如何捉来，让它的炯炯锐目守护着白山灵石？巨人又运来了大象，叫它神情温顺地迎接上山客人。巨人运石之时，劈出了灵鹫峰与花轿顶之间的一条石道，俗称关道，关道两旁有罗汉石、棋盘石、古钟石、孤帆石、灵蛙石、寿龟石，等等，想必那巨人一边走来，一边卸下背上大石随手一扔，扔出了一路石景。

巨人是谁？沿关道上行不远，侧望左上方灵鹫峰上，那巨人露出真相，原是济公，他头戴破僧帽，身披旧袈裟，蒲扇斜插，两袖招风，正面向大海似嗔非嗔。

济公在中国传统文化中，原本就是一个介于僧俗之间的人物形象，由他点拨的白山石景，自然也更多一些人间烟火味。令人玩味的是灵蛙石，相传此石原是白山脚下统率田间众蛙的青蛙精，有一年因天旱去山上向观音祈雨解渴，喝得痛快间收不住神，就变成了一只张口朝天的石蛙。灵蛙与普陀山上的二龟显然是两种境界的形象，二龟是为了求得圣道而变成石头的，灵蛙却是为了凡世间的些微琐事，可谁能说这些琐事不重要呢。不仅在朱家尖，就连在桃花——观音出家的白雀寺所在地，我们也可以明显地感觉到佛教向世俗生活的贴近。那里有一个含羞观音石像，观音上身裸露，双手遮胸，面带羞色，似乎正在躲闪。关于这一石像的传说非常有趣，说是修道中的观音去山上砍柴，见四处无人就在山涧清泉边擦身，不料被一后生窥视，羞怒中逃进山洞。这则传说连同石像，都一改“神”的庄严之貌，含情脉脉，可昵可亲，将神与人的距离一下子缩短了，她哪里还是观音菩萨，分明是一个调皮、可爱的农家少女了。

近年白山改名为佛山，但白山之“佛”理应与普陀山有所不同，普陀山是庄严的道场，是佛的“工作机关”，而白山，则应是“佛”休息的乐园。白山的许多石景都能印证这世俗化、人性化的一面,如卧佛石,在关道折往灵鹫峰的岔路口,有大小两奇石,小石如佛头,大石如佛身,卧佛神情安详,倚山壁静卧。又如棋盘石,据说是袒腹罗汉和笑面罗汉留下的,却被樵夫点破棋阵,气得两罗汉推掉棋盘,于是滚落的棋子化作落子坑里的乱石,而棋盘也一裂两半。在这个传说里,罗汉也像普通人一样发起脾气,这在庙堂之上是不可想象的。

天缝台和灵鹫峰之间的山谷叫朝圣谷。灵鹫峰上有观音大士说法台,昔日诸路神仙就是由此登峰朝圣的,如今朝圣路上只留下伏虎罗汉,当年他是去溪边喝水,因溪水香馥醉人,才醉卧于此的,想不到这一睡就是千年,伏虎罗汉变成小涧旁的伏虎石了。与伏虎石相伴的石牛则是水牛精变的,当年的他因在此处仙桃林里偷吃仙桃,恰被观音发现,石牛羞愧难当,欲藏匿地下,却只藏住头尾,留伸颈、鼓腹、隆背于地上,这一藏竟永恒不变。朝圣谷的西天门外,由一神一魔演幻而来的两处石景,来历匪夷所思,根子里仍是世俗化。

白山石景之最惊心动魄者,还是仙女峰上的仙女台。那是石崖上凌空挑出的一截薄薄的板石,形如游泳池上的跳水板,人站在石上,手脚冰凉。让人惊异万千的是,如此险绝之境,却用仙女这一极其婀娜的形象来命名,真是大胆至极。仙女又叫飞天,“有龛皆是佛,无壁不飞天”。出现在寺壁上的仙女,无不都是肩披天衣,身佩瓔珞,长裙飘带,随风而舞,“一低头的温柔,迎风似的飘逸”。将仙女与坚硬的石崖山峰相连,自然又得衍生于一段故事才不会显得唐突,于是就有了五仙女下凡,王母娘娘一怒之下猛扔金钗,砸断天桥的传说。仙女峰南侧的那个水潭,也被说成是仙女泉,是仙女下凡时梳妆弄姿的地方。

奇险环生,灵巧相映,刚柔并济,若说石景艺术,白山已是穷尽了。

舟山石景中,有佛,有仙,皆有道。有道者,在桃花岛。

桃花岛现已演变为金庸武侠岛,但源远流长的却是道家文化。岛上有桃花石,“奇形异状,宛若天然。人多取之以为珍藏……”(《四明图经》)。《昌国典咏》:“墨痕乘醉洒桃花,石上斑纹烂若霞,浪说武陵春色好,不曾来此泛仙槎。”那泼墨之人,便是秦朝道士安期生。安期生隐居桃花岛的具体年代已无从查考,西汉刘向《列仙传》只说他在海边卖过药,司马迁《史记·乐毅列传》只说他是“居海上的神仙”,但宋代《宝庆昌国志》和清代《定海厅志》都明确地说他在桃花岛炼过丹。

桃花岛的石景大都与安期生炼丹有关,或者说,一个半仙半人的秦朝方士已将他所代表的道家文化像洒墨一样泼在了那坚硬的岩石上、幽深的石洞中,与石头一起成为一道风景。很难想象,离开了安期生,那些石景还有多少存在的意义。

安期生所住的炼丹洞,最早是在大佛岩下的清音洞。大佛岩位于桃花岛的西北部,大佛岩又称大石头,是舟山诸多山峰上的最大一块石头。它是几万年前火山喷发后残存的巨石,如一座白色的大圆塔屹立在二百五十多米的山顶上,在海上几里外都能看到它的雄伟身姿。据传,安期生漂流在东海洋面上,就是先看到大佛石,以大佛石为目标而登岛的,那么他先住在大佛石下的清音洞也就是顺理成章的事。这是由火山通道形成的一个天然岩洞,洞内可纳数人居住。岩洞右侧有条石缝,直通岩顶,漏下一缕阳光;左侧有个小洞直通岩底,深不可测。走出洞外,则是散花峰的葱葱林木,遮天盖地,林间还生长着各色花卉,小溪潺潺,鸟语花香。这样的环境,对于“不食五谷,吸风饮露,乘云气,御飞龙,而游乎四海之外”的道人来说,自然是个仙境了。道人的企求,一是长生不老,二是逍遥自在,因此他们选择的“洞天福地”都是清幽秀丽的神仙之境。“相像昆山姿,缅邈区中缘。始信安期术,得尽养生年。”就是在现在,当我们重踏安期生当年所居岩洞,又何尝感受不到这种静美逍遥?

安期生离开清音洞后又找了一个住处,那就是安期峰的炼丹洞。清音洞尽管景物宜人,但周围群山连绵、终年雾蒸气腾的安期峰,似乎更适宜于道家修炼隐居。况且在海拔四百八十多米的峰顶,还有一个面积如大客厅的天然岩洞,上覆扁圆大巨石,两边岩壁自然成墙。安期生在这里修道炼丹时,已白发苍苍,时人称其为“千岁翁”。世上有多少人想寻找他,求取长生不老之术,他一定很庆幸自己又找到了这人迹罕至的幽山深壑,以枝木为床,以蓍艾为席,“食巨枣如瓜”,从从容容地过起岩居穴处的简陋生活。逍遥的最基本含义就是悠然自得,但倘若无事可干,也会闲得无聊,也就谈不上逍遥了。好在这里有药可采,有丹可炼,有山可樵,有泉可茗,更有石可赏——出洞上行二十余米,经过凹字形山冈,可见气势磅礴的石阵:饿虎扑食,鳄鱼吐食,巨蟒蠕动,猴子蹦跳,龟爬蛇行……任凭你驰骋想象。多少年后,当元朝文学家吴莱游桃花时,炼丹洞遗迹尚存,他便题下了“空余炼药鼎,尚有樵人知”的诗句。

《论语》说:“知者乐水,仁者乐山。”山水之乐,乐在何处?说穿了就是山水的自然特征与智者仁者的品性具有某种类似性,能让他们浑融无碍地投入其中,融为一体。于是,无论是高僧还是隐士,他们所隐逸的山林,所放眼关注的奇岩怪石,所曾经穴居的石洞,也就折射于令后人悠然玩味的文化情趣。

品　洞

人类有一种“洞穴情结”,因为人类的祖先最早是过着穴居生活的,“上古穴居而野处”。这虽然离我们太遥远了,但对洞穴的好感还是在我们一代代人的下意识和潜意识中遗留了下来,以至于一看到洞穴,我们总要钻进去瞧瞧。许多人在洞穴里是以居住的眼光来打量和评估周围一切的。在金庸的武侠世界里,不少高手或者在洞穴里获得武林秘籍,或者在洞穴中练成绝世武功,或者在洞穴里疗伤养病,或者在洞穴中上演一段轰轰烈烈的儿女情长……显然,在金庸的眼里,洞穴也是一个慰藉灵魂的地方。

舟山的洞穴大多是海蚀洞,呈开放性,比起大陆的地下溶洞,虽神秘不足,但险峻有余。若以此特点而论,则首推普陀山的梵音洞了。梵音洞位于普陀山最东部的青鼓垒山,青鼓垒又称惊鼓擂,它像一把剪刀插入普陀洋中,日日夜夜惊涛拍崖,潮水如同战鼓一样擂响。洞口在悬崖的半壁上,离潮水拍击的礁滩有近百米,两边是呈“八”字形的陡峭危壁。两陡壁间架有悬空石台,台上筑有观佛阁。欲观梵音洞者,须从崖顶沿着一条石阶而下,那石阶盘绕弯曲,是从峭壁上开凿出来的,似乎每踏下一步,都有可能滑下海去。扶着石阶旁的栏杆走到观佛阁,已是虚汗淋漓,但谁也不会抱怨,哪怕是最胆小者,虽战战兢兢却也不敢半途而废,因为都为一个虔诚的愿望盼着。不知从何时起,传说这里能看到佛的现身法相,而且每个人看到的佛都不同,即使是同一个人,也会随看随变,极其奇异。许多人都是奔着这个愿望来的,到了洞前,就一起睁大眼往里瞧去,倘若没看到什么,是绝不敢轻易吱声的。

梵音洞的险峻,是造就佛相现身一说的外在条件。因为大自然的灵异,会给人一种超乎寻常的感受和力量。对于这一点,清人方允猷的诗,说得很清楚:

想象如来极目希,梵音灵洞得稀微。
水帘半卷黄金面,宝盖深笼翠柳衣。
潮鼓尽成仙鼓乐,山光俱是佛光辉。
忽然一阵香风起,疑是雪花鹦鹉飞。

并不是所有的洞穴都能产生这种异相,普陀山这么多海蚀岩洞,留下过许许多多的传说——就说那梵音洞西的洛迦洞吧,民国初曾有僧人在危石上架木结棚,如鸟筑窝,于洞侧梵修;飞沙岙西北的古佛洞,清末苦行僧仁光在此坐化,圆寂后身躯经久不腐,其徒将仁光僧身躯泥漆贴金,供奉洞中;百步沙上一老树,树下有一洞,洞中有一仙人井,距沙滩仅数步之遥,井中之水居然淡醇爽口,还久旱不涸——但这么多奇奇怪怪的洞穴,都抵不上梵音洞给人的精神留下的铭记深刻,当然还包括与梵音洞一样因为“现身”而闻名的潮音洞。

潮音洞在岛东南的紫竹林庵前，不肯去观音院下的入海处。相比梵音洞,去看潮音洞就方便多了。洞半浸海中,洞内昼夜海潮奔腾,声若雷轰。“一触迅雷轰,再触巨钟从,天地殊晦暝,林樾相震动。”清代裘琏的这两句诗写出了那巨浪吞吐的气势。洞顶有两处缝隙,称为天窗,若遇大风天,浪沫就直冲天窗之上。如是晴天,洞内则幻现七彩虹霓。因为有着这种神奇景象,这潮音洞,也与“观音现身”结下不解之缘。宋朝起就有香客在潮音洞叩求,甚至有纵身跃下山崖,舍身离世的。清代时,舍身现象愈来愈烈,定海县令缪燧遂在潮音洞旁立《舍身戒》碑以禁之。

一切文化,终究是人格的张扬。佛教本是劝人为善的,释迦牟尼舍江山、舍爱妻、舍爱子、舍弃个人的一切,入山修道,为的是又返回来普度众生,他的“出世”是为了更好地“入世”,因此,那些跳崖舍身者,不仅官家要禁止,佛家也是不赞成的。但如果换个角度看一看,就会发现那些舍身处往往都是十分空灵的风景地,是能调动人的悲壮情愫和豪迈情怀的神奇之地。

当然,也不是所有的神奇之地都会产生舍身故事。就舟山洞穴之壮美而言,朱家尖的龙洞毫不逊色于梵音洞和潮音洞。龙洞号称“东海第一洞”,在一切皆已商业化的今天,诸多的“第一”已毫无价值可言,但龙洞的“第一”却名副其实。龙洞位于情人岛上,那是一座突入海中的狭长形小岛,从朱家尖去情人岛,原是要候潮涉水而入的,不过如今已架起一座悬索桥。龙洞就在情人岛的东边,它的右侧有一条长宽皆为五十米的断裂带将山体拉开,千万年的汹涌波涛将断壁冲刷得一片溜滑，又将一块礁石冲刷成一条探首欲走的蛟龙。这蛟龙的龙眼、龙唇、龙角、龙须都栩栩如生,好像是从山洞的一头穿入,欲从另一头破壁而出。人想走进龙洞需等到退潮之后,这时洞底是一条乌黑闪亮的砾石滩,但欲观龙洞的险峻壮观,还是得在涨潮时,沿一条石阶慢慢下到悬崖中部,扶着栏杆俯瞰浪涛中的蛟龙。那蛟龙一遇到水便如活了一般,沉浮出没于海水之中。相比于这龙洞的活泛,龙洞的传说就显得太一般,无非是青龙作恶、菩萨施法、缚龙于此,等等,显然是现代人的臆造,教化有余而缺乏令人回味之处。

朱家尖还有一处名气小得多的海蚀洞,若论奇特,在舟山也是独一无二的,那就是乌龟洞。极少有人到过此洞,因为太不方便了。乌龟洞在樟州沙外海面上的一座孤悬小岛上。那小岛酷似一只浮游的乌龟,故称乌龟山。小岛四周有四个天然石洞,一个叫葫芦洞,一个叫水月洞,一个叫童子洞,一个叫望沙洞,皆是见形取意命名。四洞连为一体,合称乌龟洞。所谓奇特,是说这四洞连成一块处,有一可容纳近千人的大厅,厅中有一石,石上有一左脚印,侧旁又有一手掌印,也不知何年何月何人留下来的。在石洞里听潮音,那潮音有一种震雷从头顶滚过的感觉。更奇妙的是,潮水涨上来时,四个洞口都被海水半淹,唯有大厅露出水面。那是决不能冒险的,因为谁也不敢担保潮水不会出意外,所以到乌龟洞的人极少,就是去了,也要赶在潮水上来前早早离开。

在大自然的鬼斧神工面前,人的想象简直是个侏儒。朱家尖的喷水洞在人迹罕至的莲池山麓,许多到过朱家尖的游客都没能一睹它那诡谲的面目,就连一些本地人也不能说准它的方位——由大青山东南坡沿山坡盘曲而下至猫跳村,折西南行至六七百米处,便见喷水洞置于海崖礁石丛中。不过且慢点高兴,你就是找到了那里,也不是一定就能看到它那吞潮吐水的奇景。就像一首华丽的乐章总是有许多背景音乐做铺垫一样, 喷水洞的铺垫是大风大潮。风潮袭来,往往是人们龟缩于水泥建筑里不敢走向大自然的时候,这时候喷水洞的演出便开始了。先是层层叠叠的波涛涌来,扑上砾滩,一头钻进喷水洞空旷的洞穴,撞击七米深处的洞壁,没等一次涌涛退尽,另一次涌涛又呼啸而至,愈来愈多的海水在洞穴里回旋翻滚,寻求出处,水击洞壁的隆隆之声一直传到了几里之外。它激越、高亢,如擂响战鼓。可那潮水在洞中依然前推后拥,积蓄力量,终于它找到了发泄之处——洞顶的那个小洞,从那里迸射出如碗口粗的水柱,腾上二三十米的高空,然后如天女散花般纷纷扬扬地散落下来。如果说晴天,那散落的水珠在阳光的照耀下还会呈现一道七彩霓虹。自然,那令人目眩神迷的彩霓就更难得一见,因为大风大潮天又是烈日高照毕竟是少有的日子。朱家尖的喷水洞胜过穷尽人工之力的世上所有喷泉,但要见到它,不仅要有勇气,而要有耐心。十几年前我曾在一个台风天见过它,不知现在是否还能够重睹。

与朱家尖喷水洞有着异曲同工之妙的是桃花岛弹指峰旁的一个潮汐洞。至今它还没有一个洞名,当地也没一个路牌指引,只知道沿着弹指峰旁的一条山间小道东行约二百五十米便能找到它。和喷水洞一样处于崖边礁岩上,和喷水洞一样从洞顶直贯海滩深沟,和喷水洞一样底大顶狭,和喷水洞一样浪涛入洞时隆隆作响,和喷水洞一样水柱从洞顶喷射水花四溅,只不过它是一个缩小的喷水洞。

在桃花岛,最有名气的要数炼珠洞,其实那只是一个石缝,出名就因为石缝间夹着一个被潮水打磨成圆球的石蛋,又被赋予龙珠的美名。那炼珠洞前天天人流如潮,但照我看来,就算仅从桃花岛而言,炼珠洞也难算是海蚀洞中最出色的。最出色的总是属于那些至今还不引人注目的地方。比如地下迷宫,那是老鹰窝山下一个二百米的海蚀山洞,有七个洞口,四条通道,总面积二千多平方米,在舟山属于屈指可数的了。这迷宫若好好开发,定会成为一处景观。

当我们在这些已为我们所知的神奇的海蚀洞里游览的时候,我们不能不想到它是怎样而来,它的存在已有多少年代了？我们知道,地质地貌的演变是以地质年代为单位的,这单位长则亿年,最短也是以万年计算。海蚀洞是在大自然日积月累的销蚀中形成的,这销蚀来自于风雨霜雪和阳光的耗损,更来自于海浪的剥蚀,是它们使得坚硬的基岩海岸每时每刻都在发生细微的变化。只是这种变化十分缓慢、漫长,不易为人们在短时间内觉察。

我们不妨猜想,最初在基岩海岸边,海浪日复一日、月复一月、年复一年的撞击,使岩基凹进一个槽或洞穴,随着槽或洞穴上部岩体的破碎塌落,海岸后退形成海蚀崖。从悬崖上崩塌下来的岩块,堆积在海蚀崖坡脚。这些岩块被波浪冲刷带走,并把它们滚磨成碎块,波浪携带这些碎块去撞击海蚀崖,再形成新的凹槽——海蚀洞穴,又产生海蚀洞顶部岩体崩塌,随后再一次形成新的海蚀崖。因此,我们今天所看到的那些神奇的海蚀洞,只不过是曾经有过的海蚀洞穴中最年轻的一部分,或许最出色的海蚀洞,我们已无法见到了。

在舟山,有许多海蚀洞还没有人或少有人进去过,因此笼罩着神秘的色彩。嵊泗的花鸟岛有个迷雾洞,洞口仰天,洞底直通大海,洞内雾气迷漫,常年不散,如《西游记》中对水帘洞的描写,“白云浮玉,光摇片片烟雾”。这雾从何而来?大洋山岛的通天洞、通海洞,系花岗岩球体叠置而成的缝隙洞,据说上达山巅,下通海面,是否确实如此?桃花岛的盘龙洞,洞顶有一直径约二米的洞口,犹如天窗,洞中终日寒气森森,至今无人敢走进洞去。至于海边悬崖下那些一半淹没于海水之中的无数洞穴, 里面究竟有多深, 有什么稀奇古怪,关于这些洞的种种传说又意味着什么?这种种猜测,只有待探险者一睹它们的真面目后才能见分晓。

品 滩

沙滩在现代人眼里是独具魅力的,似乎每个人一想到沙滩,就会想到海滨浴场,想到一望无际的碧海,想到在波涛汹涌间嬉戏的红男绿女,想到遮阳伞下伸展的光胳膊光腿儿。平日里遮掩得严严实实的身子,在沙滩上能够自由得像一朵花一样开放,而不用顾及旁人的眼光。穿着只够遮住羞处的背心短裤,更干脆的只在胸前罩两只饭盒似的布套,倘若是走在大街上,从前那一定会让人以为是疯子,现在则会被人当作商店雇用的模特儿,不管是从前还是现在,用毒毒的眼光盯住你那是少不了的,但在沙滩上,这种麻烦是没有的。

人们为什么酷爱沙滩,往根处想,就是为了想赤裸一回,想回归自然,女的展示秀丽,男的展示雄健,因此在夏日的沙滩上,总是漂亮的人儿多。

舟山已开辟为浴场的沙滩,有普陀山的百步沙,朱家尖的南沙,桃花岛塔湾金沙,岱山的鹿栏晴沙,嵊泗的基湖沙滩。百步沙比起其他浴场,更像是个小家碧玉,南沙全长一千余米,塔湾金沙一千三百多米,鹿栏晴沙三千六百米,基湖沙滩两千三百米,而百步沙全长仅六百六十米。不过,佛光普照,它至今依然还是舟山知名度最高也最闹猛的海滨浴场。

说它是小家碧玉,还由于在这小小的沙滩上,有一小坡延伸海中,坡岗上筑有一小巧玲珑的亭子,名曰师石亭。师石两字,意为此石可为人师,旁边一行小注说得透彻:形奇怪,俗气绝,耐风雨,质坚洁。能挡怒潮,能磨顽铁。如斯如斯足可师, 卓哉米颠拜而悦。此诗作者是现代文人湖南长沙的徐伯翘,他镌题时当然不会想到此处有朝一日会成为赤裸裸的浴场,不过,人本来就是赤裸裸而来赤裸裸而去,扒去了所有伪装,站在这里聆听师训,倒也十分恰当,更多了一分幽默。

其实,有这样的小景点缀沙滩的,不仅是百步沙,鹿栏晴沙内也有一小屿,远远望去,它像一只硕大的泥螺慢慢爬向海中。小屿上有刑马缆旧址,据说是隋朝末年,隋炀帝派骠骑将军陈棱率兵征琉球,途经岱山,在这里安兵扎营,杀马祭天七昼夜留下的。如今旧址已荡然无存,传说却因一部名叫《徐福东渡》的传奇剧在这里拍摄而新鲜。既然比隋炀帝更早的徐福都在这儿祭过天,刑马缆自然是毫无疑义的。将在海水里泡软的身子懒懒地靠在刑马缆上,发一回思古之幽情,任思维若天马行空般游荡,倒也不失为一种难得的乐趣。

鹿栏晴沙之奇,除了这个典故,更在于它的“铁板沙”的俗称。若问鹿栏晴沙,岱山少有人知晓;若问铁板沙,则十有八九能为你指路。鹿栏晴沙是文人想出来,因沙滩位于鹿栏山下,一个晴字谓其天高云淡,日光充足,而铁板沙则是当地的百姓说它沙质坚硬,似乎更贴近这一沙滩的特色。舟山诸多沙滩中,能行驶汽车不至于陷下轮胎的,唯有这铁板沙。

塔湾金沙该在月夜去,最好是在圆月当空,身袭如银的月光,沿那条悬空拉起的木浮桥,拉着桥旁的网绳扶索,晃晃悠悠地走过去,脚下是涨起来的潮水,一直走到高出海面的金沙滩上,那种感觉如一只小燕在空中飞翔。塔湾金沙的木浮桥也是舟山诸多沙滩上独一无二的, 其他沙滩都不需要设立这一通道。这是由塔湾金沙独特的地形所决定的，它南北两侧各有一向海延伸一千多米的岬角，如一条手臂牢牢抱着整个塔湾，将塔湾环抱成湖，使其静澄明美，如婴儿般安详。如今的浴场入口处就在岬角下，近处的沙滩由于潮水冲刷而形成浅浅的海沟，远处沙滩则如少女的乳房微微隆起，涨潮时只能借助于浮桥才得以走上沙滩。此时月明星稀，海面反泛着一片蓝光，愈加显得如绸缎般温柔，站在沙滩上，三面环海，躺下，水声从三面涌来，真叫人顿时忘却了俗世。

但人终究还是留恋俗世的，于是，朱家尖的南沙又给我们另一种感受。因沙雕节的喧嚣，南沙在外声名已远远超过其他的沙滩，直逼普陀山的百步沙了。许多人已习惯于在南沙堆沙雕，尽管所有的沙滩都可开展这项活动，但似乎只有在南沙操弄才地道，才有趣味。幸亏沙雕是速朽艺术，玩过了，潮水一来，也就抹平了，否则沙雕上不知该留下多少涂鸦之作。许多人还没意识到，沙雕最叫人激动的是它毁灭的一刹那，若你在沙雕上筑一座城堡，然后静心等待涨潮，潮水涌上来了，城堡轰然倒塌，转眼一瞬间，一切不复存在，这是尽显沙雕魅力之所在。

朱家尖拥有华东地区最大的沙滩群，东沙、南沙、千沙、里沙、青沙五大沙滩湾湾相连，绵延五千米。五座沙滩中，最长的是东沙，有一千三百米；最短的是青沙，仅五百米。东沙之奇，在于春夏之际海面常起大雾，浓雾袭来时，人在沙滩行，耳闻浪涛声，却不见海。滩后丘陵地一片黑松林严严实实遮蔽着沙滩，站在黑松林里眺望海浪冲击两岸岬角里的礁石轰起的千堆雪浪，是盛夏酷暑里的一大享受。这样的沙滩森林如今已很罕见，除了东沙，在舟山的只有六横台门龙头跳沙滩的古森林，数百棵胸径一米以上的黄连树、沙朴树长在沙地上，遮天蔽日，其中有些树树龄已达二百年以上。相比之下，龙头跳沙滩森林更有一种原始情调，台风刮倒的几棵大树横亘在沙滩上，森林里长满茂密的灌木和杂草。在附近村民眼里，这沙滩森林似乎有种神奇的力量，于冥冥之中保护着他们的生命，关于沙滩森林的传说是有多种版本的，但各种传说都在教导人不能砍伐森林里的一草一木。这种近乎宗教的力量，使古森林在伐木最狂热的二十世纪五六十年代也逃过一劫，当然破坏也是有的——例如由于沙土流失，台风连根拔起了几棵邻近沙滩的大树——但比起人的破坏来,自然的破坏是极其微小的。

沙地能长树,也能长许多蔬菜瓜果。舟山最有名的沙地作物是岱山的沙洋晒生,它经传统工艺加工而成为一种风味独特的小吃。沙地西瓜比种在其他土壤上的西瓜都要甜,注册商标后的朱家尖佛瓜现已名声远扬。从沙地收获的番薯、马铃薯吃起来粉嘟嘟的,萝卜又脆又甜。沙地蔬果的风味得益于沙地里难以蕴含水分,雨过天晴时沙地也是干的,水分迅速蒸发和流失。这也使在沙地里种植蔬果比在其他地里种植要不容易得多。但正是因它不易,才愈显珍奇。

沙滩上也有许多美味。朱家尖的千沙沙质松软,很适宜于沙蛤生长,你若拿一把小铁耙，在沙下约十厘米处轻轻拖拉，便能翻出藏匿于沙中的沙蛤。要是在雨天,沙滩上有许多小孔,那便是沙蛤为透气钻的孔,你只要顺着小孔伸进手去，就能捉住沙蛤了。沙蛤是一种表壳上有着美丽斑纹的小动物,极其鲜美。民间传说它曾是唐文宗时的贡品,后来唐文宗食用一只大沙蛤时,大蛤忽然张口,露出一尊观音梵像,自此唐文宗不再食用。这显然是古人不愿沙蛤都被挖光吃尽而杜撰的，蕴藏着似乎是现代人才该有的环保意识。现代人却是边吃沙蛤边说唐文宗,吃得沙滩上都已很难找到沙蛤了。杜撰这一传说的可能是个僧人吧,或者是个虔诚的佛家信徒。沙蛤的美丽让人觉得它是有灵性的东西,杀戮它显得有些残忍。何况朱家尖还曾有皇家所赐的僧田,岛上里沙旁曾建有西莲花池,因此产生这一传说也就极其自然。

站在沙滩上能够领略汹涌波涛的有两处,一是普陀山的千步沙,一是朱家尖的青沙。千步沙的潮水来似飞瀑,止如曳练,大风激荡之时,如同雷轰,炫目震耳,倏忽诡异,不可名状。观潮能使人心潮澎湃,听潮则令人联想翩翩。那潮音变幻无穷,潮进时如战鼓重擂,惊心动魄;潮退时则像民乐合奏,悦耳动听。古今文人在这里留下过不少诗文,如宋朝陆游有《观潮》,明朝屠隆有《千步金沙》,而照我看来,形容最贴切的是清朝孙渭的诗句:“水气云絮飞，波声雷驾车。”千步沙听涛也有两个佳处，一是岸边的望海亭，于大潮汛的夜晚独立亭内，皓月当空下，听静穆的沙滩上唯有潮声如雷；另一佳处是躺在法雨寺的禅房里，一觉醒来，涛声已浸透枕边，一声声悠远悠远，仿佛是从千里之外传来。

在朱家尖青沙观潮，虽没在千步沙那样感受到气势磅礴、雄伟壮观，却也给人留下另一种神奇的观感。青沙位于大青山南麓，山影倒映，沙滩海水尽染青色，故名青沙。因地势的作用，当东南风起时，潮水扑到青沙岙，会激荡起浪花烟雾，有时高达数米，此时青沙滩上水雾弥漫翻滚，人若置身其间，不辨东南西北，朦朦胧胧。千步沙观潮能领略阳性之刚，青沙观潮则给人以阴柔之美。

嵊泗有两大著名的沙滩，基湖大沙滩和南长涂沙滩。基湖沙滩的形状像把梳子，漫涌的海水则像东海女神的秀发——在嵊泗，导游会这样告诉你。其实，这并不是基湖沙滩独具的特色，舟山的许多沙滩都呈梳子形或者说是弯月形，基湖沙滩的特色在于水清，由于泗礁山岛靠近外洋，这里的海水比起别处来就更为清澈了。

显然，那些尚未被辟为浴场的沙滩更具野趣，比如秀山岛上首尾相连的三大沙滩群。它们的名字连一般的舟山人也难以叫出：吽唬，三礁，九子。小小的秀山岛上，沙滩面积有七百多亩，苏东坡诗曰：“兰山摇动秀山舞，小白桃花半吞吐。”一个“舞”字写尽秀山岛潮水涨落、山影荡漾的情态，试想倘若没了那些大大小小的沙滩，秀山还能“舞”起来吗？不过，它们就像一个还没被耕耘的处女地，将许多激情悄悄藏匿在深处。游人的足迹很少去那儿流连，反而使那些沙滩能够呈现出它本来的面目：空旷、寂静。

有着本来面目的沙滩，现在已经不多了，但愿能够留几块下来。

（选自《舟山文学精品选》，中国青年出版社2014年版）

城北蔡家

◎ 黄立宇

记忆中的城北老院,共有九户人家。

蔡家是一个例外,蔡是女主人的姓,叫蔡杏花。

蔡杏花结实而矮胖,风格泼辣,古道热肠,待人热情非凡,什么时候都想帮你一把。

几年前,我在九家塘附近碰到她,她在卖"白斩"。"白斩"是个笼统的说法,主题是白斩鹅肉,当然也顺带着卖点红烧大肠、猪头肉什么的。所以说到底她也不是"白斩",而是那种很见酱油功夫的烤鸭。

老邻居,又是长辈,多年未见,意外相遇,倒也亲切。但后来每每经过那里,必被叫住,然后必要切一点"白斩"给你,塞你怀里来,你不接,事情便很严重,你就会被认为"看不起阿姨"。

这个蔡阿姨,早年无业,与我母亲一道,在南门飞机场晒鱼鲞。

这是一个国民党溃败时期匆匆建造又废弃的军用机场, 一个比较开阔的空旷地而已。它靠近码头,后来成为水产公司的晒鱼场。时过境迁,曾经的飞机跑道变成了一条马路。无论是晒场还是马路，人们都坚称它为飞机场，一说飞机场，大家都听得明白，尽管它周边仍然是一片辽阔的区域。

从飞机场收工回来，母亲和蔡杏花时常会偷一些鱼鲞，塞在她们宽大的衣襟里带回。

有关这段生活，在我的小说里有所描写。小说写到一架军用直升机正在那儿临时降落的情景，这是一件稀罕事。许多人都跑去看，人群中间肯定少不了我。那天我正巧在外婆家。那场景留给我的印象非常深刻。高速旋转的机翼掀起一股狂风，黑压压的墨鱼鲞像树叶一样被吹得四处飘散，一群青壮年妇女手脚大乱，裹着头巾的母亲置身于一群黑蝙蝠般飞舞的鱼鲞之中，向空中投去茫然失措的一瞥。

蔡杏花的丈夫姓王，叫王国光。

以前有一种国光苹果，徒具光鲜的表面，吃起来口感“糊其其”。

所以，我们连带着把这个王国光，叫成烂苹果。

那个时候，对小孩来说，父母的大名是天字一号机密。长辈的名字要是像口香糖一样，反复嚼在哪个小屁孩的嘴巴里，还要当着你的面，冷酷地说出来，一边挑衅地看着你，那可是奇耻大辱。

我们说，烂苹果！王国光的两个儿子表情开始复杂起来，他们倒也认真，立刻道，不许骂我爸！我们说烂苹果是你爸吗，他们说不是。我们说，不是怎么就骂你爸？

这两个儿子纠结万分，陷在逻辑混乱里不能自拔。

不过，当面我们都尊称王国光为小王叔叔。

这个小王叔叔，前不久我还碰到他，他已经是一个风烛残年的老人了，我叫了他一声小王叔叔，他看了我半天，仿佛从前的日子慢慢地在我脸上升腾起来。他伸出一根手指，点着我，又收回去，给自己摸了一支烟。他就笑了，找到了答案。

王国光当时在老契电厂上班,不经常回来。每次回来他都会带来许多河鲫鱼的鱼干。

小王叔叔伸出手掌,向我们描述这些河鲫鱼生前模样:都有手板面宽。

这个没有人表示怀疑。他的捕鱼工具是一根自己做的鱼叉,两寸宽、三尺长的竹片,头上夹着四枚铁钉,事情就这样成了。老契电厂附近都是一些农田和河流。我们的小王叔叔拿着鱼叉,如果是晚上,还要带上加长型的能装四节电池的手电筒,他沿河走去,走着走着就看到一群梦游的鱼了。

因为众所周知的环保问题,这样的情境已经成为童话。

由于蔡杏花好客,我们都吃过小王叔叔的鱼。蔡杏花的好客是这样的,小王叔叔回家的时候,如果在她还没有过目的情况下,就把鱼私分给人家,那蔡杏花是不能接受的。要等她收工回来,一条条地看过,心里有了盘算,再热情洋溢地分到每家每户。

小王叔叔的鱼有一个特点:他的鱼,背脊上都有四个小洞眼——

大家都知道,那是小王叔叔神速而有力的一记。

蔡家有两个儿子,老大叫王九江,这很好理解,从字面上落在他们的原籍。老二的名字气魄还要大,叫王九州。这叫立足家乡,胸怀祖国。如果再出来一个儿子,便是放眼世界了。但我想不出,应该叫九世,还是叫九球呢,都不合适。我想王国光一定有办法。

九江和九州都比我年少。我九岁那年,搬到城北的那个大杂院,他们还是两个小碎人,整天在床上蹦跳——我觉得小时候看人看物,还有对时间、距离的感觉,跟成人是大不一样的。这兄弟俩仅仅比我小了两三岁,但我居然觉得他们都是小小人,自己已经可以把手插在裤袋里,对这个世界说三道四了。

那一年夏天,我的外婆来了。她是典型的三寸金莲,走起路来的风姿,与竞走运动员有一拼。掐着一方丝帕,手还要放在腰后。现在想起来,那好像是整整一个旧时代向我扑面而来。

外婆在城北住了一阵。她一直不明白，为什么蔡家的两个儿子，在本埠方言里，一个叫舅舅（九州），一个叫舅公（九江）。这在外婆看来是犯了大忌的。本来嘛，平头百姓家的孩子，取个贱名，阿狗阿猫的，不生病，好养活。但外婆没有把心中的疑惑说出来。临到离开的那天，她已经上了三轮人力车，终于还是放心不下，下车拉过母亲，像是托付一件关乎身家性命的大事。

我看见母亲的脸庞像瞬间开放的花朵，然后才慢慢地蹲下去，发出尖利的笑。

蔡家还有一个女儿。她的名字完全跳出了原来的格局，叫春兰。

九州、九江和春兰都是他们的外公带大的。

这是一个矮个老头儿，背驼得很厉害，走路时，脑袋一直冲在最前面，两脚左一摆右一摆，仿佛现在电影里模拟的史前动物的做派。

大家都叫他蔡老师。这个称谓是否与他曾经的职业有关，不得而知。

蔡老师喜欢走路，喜欢穿街走巷，整天手里牵着他的小外孙女，奔走在这个小城的迷魂阵里。

在我看来，似乎蔡老师的驼背，让他躬身携幼的身影显得如此的恰如其分。蔡老师一边颠儿颠儿走，一边嘴里还模拟着街头常见的毛泽东思想宣传队的鼓乐，咚得儿咚！咚得儿咚！

蔡老师的嘴巴有点漏风，听起来的效果是：穷得儿穷。

他的女儿说，你嫌我们家还不够穷吗？

蔡家确实很穷，比我家还要穷，但人家穷得有节奏，有起伏，有想象力，经常有豁出去放开来吃一顿的壮举，而我们家是一贯的节俭，死气沉沉得令我们绝望。比如夏天来了，小店里西瓜到货了。我对母亲说，外面西瓜五分钱一斤。母亲说我知道了。就好比一个士兵来报告敌情，首长说知道了，这就没有士兵什么事了。

她不知道这西瓜切开来，咬下去，会是多么的甜！

但是蔡杏花知道，她捧着西瓜进来了，全院子的人都看着她，带着批判的眼光。

蔡杏花说,吃呀吃呀,大家都来吃呀。

这时候,现场的人都有点胃痉挛,有点矛盾重重,是要上前去分享一块呢,还是立场坚定旗帜鲜明地视若不见。我肯定是跑着过去了,我母亲绝望地叫了我的名字,我不敢回望,她叫一声,我停一下,然后决然地继续向蔡家走去。那天,我分到一小块西瓜,我把瓤啃完,西瓜皮放在那里了,我的皮里还有一丁点儿红,他们都看着我,不可原谅地看着我。我又拿回来啃。

这个院子,没有几家是厅堂齐备的大屋,经过几番历史的风云涤荡,原主人大都作烟云散,他们的房子收归到房管所的名下,然后再进行无序的搭建拼接,形成连片的民居,原有的大屋,也挤着两三户人家。

蔡家没有厅堂,进门很小,直接就是房间,前后两间。后间的窗外,是一条狭小的过道,从过道里出来,到我家的后门,又是另外一个空地,相当于前院的后道地。后道地有水井,井的旁边有一排杨柳,依着一堵墙,墙那边便是泉大酱园。其实,前后左右的院落也都差不多,互相犬牙交错,在一起挤挤攘攘,形成无数夹缝似的小弄堂,和前后曲里拐弯的院落,倒也气象万千。

我们租的都是公家的房子,房管科的人一趟一趟地来收房租,当时还是比较体恤百姓的疾苦。房主说,这个月没有,下个月一起交吧,居然也行。到了下个月,你要是还想拖,那就给他编点故事,如果还能顺几滴眼泪下来,事情就这样成了。一般手里还有几个钱的,都会乖乖缴上,实在不行,拖个三五个月也有。

但像蔡家这样长年靠拖欠房租过日子的,还真是少见。

话说那天,王国光正在吃螃蟹。他吃得很专心,使用的是一套细致入微的工具,包括他长期和钥匙一起挂在屁股后面的一柄小耳勺,我们看得稀奇,当然也嘴馋,这时谁大喊了一声,房管科的人来啦!

他的身子突然僵住,手指一松,蟹壳掉在了地上,空气凝固了。

王国光极缓慢地抬起头来，从他的喉咙底传来试探的声音：谁在开小王叔叔的玩笑？

没人开他的玩笑，房管科的人已经站在他的跟前。王国光说，你别这样看着我，你看我没有用，这是我昨天晚上放蟹笼“放”来的，要么你也拿只过去吃吃？

那件事没有导致实际的后果，但几天之后，房管科的人在附近剃了一个三七开的西式头，他刚刚从剃头店出来，便迎面撞上了蔡杏花——那天蔡杏花豪气万丈，刚从酒厂批发了一种老酒，让他撞了个正着。

房管科的人说，好，很好。他没有忘记去安抚一下自己刚剃的西式头，这使他下面要说的话，显得格外的深思熟虑。他说，你们拖着国家的钱不缴，今天拖明天，明天拖后天，暗地里贪图享受，迷恋资产阶级的生活方式，这是什么性质的问题？他停顿了一下，然后道：这是在挖社会主义的墙脚！

这句话比较严重，而且我们都听得懂。

在我的理解中，似乎一切美好的事物都是资产阶级生活方式，比如陈医生的鸭舌帽，隔壁教授家的破沙发和沈家阿婆怀里的黑猫；比如电影里的敌特分子，总是有啃不完的鸡腿；比如眼前的这位房管科的年轻人，他的三七开的西式头和捋发时暴露出来的上海牌手表，这些都是我理解中的资产阶级生活方式。同学送我一缸小金鱼，母亲也批评我是资产阶级生活方式。她是个半文盲，但这样的长式句子表达起来，居然没有问题。

那天，房管科对蔡家下了最后通牒：分期还清。

蔡杏花为此卖掉了一只五斗橱和一只手表。

卖掉这只五斗橱的时候，她哭得比较汹涌。按理说，卖手表的事应该远远大于卖五斗橱，但卖掉手表时，我们无法看到她的悲伤，她卖五斗橱时，如丧考妣的模样我们都看到了。邻居们围着她，也围着这只绛红色的五斗橱，陪着她一起伤心——这给我一个奇怪的图景，令我有强烈的出殡的感觉。

后来，九州跑出来，哭声都停止了，九州让大家把这只五斗橱放下来，他有一种大人般的镇定，他说放下来，他们居然是真的放了下来，他一个又一个拉开抽屉,在其中一个抽屉里发现了一颗有花芯的玻璃弹子。

他对九江说,果然。

在城北的那段早年的时光里,我和九江结下了深厚的友谊。

两人的关系是这样的,九江的个子很快超过了我,我还在原地踏步,虽然我也是在长个,但是那个微弱的区别,无法与外人道。但是我的年龄又比九江大,心智好像也成熟一点。所以,在这个关系里,我一直占据着主导的位置。我说去林场捉金虫好不好?好。我们去河边玩水泥船好不好,好。

我的所有的建议都会在他那里得到热烈的响应。

我觉得当时我们都像原始人,夏天躺在门板上,像远古人类一样对天地宇宙作出自己的思考。

没有十万个为什么,只有胡思乱想。

有人告诉我,有一个地方的海深得无底,就像宇宙无边。这可把我的小脑袋想坏了,我在想啊,如果我往那个海里扔一块石头,那么这块石头始终在下沉?而地球又是圆的,这些石头又从地球的另一端的海面上,一个个泡泡似的跳出来?不可能,但是我很愿意相信,这很挑战我的想象力。

九江是个傻瓜,是我的忠实信徒,而他的弟弟一直不理我,也不理别人,向来恶毒地看这个世界。

我做过矿石收音机,还用雀牌面友盒做过耳机,躲在被窝里听,听"美蒋女特务"在呼唤岱山空军投诚,什么路线,什么右翼摇三摇,我让九江听,九江听得心惊肉跳。我让他发誓,决不能让第三个人知道,否则公安局会拿着扫雷器一样的东西找到我们这个院子里来。这个巨大的秘密把九江压得透不过气来,他寝食难安,形迹可疑地在院子里走来走去,实在扛不住了,就去掐鸡的脖子。

他弟弟说,你疯了。

不久,他的父亲,我们亲爱的小王叔叔从电厂的码头边捡到一只海绵人字拖鞋,据说是对岸三民主义的宣传品。一只海绵拖鞋有什么用呢,没有用。

但这是一次奇遇般的经历，小王叔叔觉得有必要捡回来与大家分享，并对祖国的宝岛作非常有限的想象。那时候，我们还没有见识过海绵拖鞋，我们夏天穿的都是木屐，木屐在石板地上噼噼啪啪地响，在我此刻回想的充满暮色的情景里此起彼伏。

蔡家在香港、台湾有亲戚，这是谁都知道的事情，虽然并不一定在他们家庭成员的履历表上体现出来。在那个两岸远未解冻的情况下，一只彩色的海绵拖鞋也足以让小王叔叔作遥远的念想了。

后来，那只诡异的拖鞋一直被扔在他家的屋顶上。

每次看到它，我就会想到我自己的舅舅。两个都是国民党部队军官，一个在台湾，一个在东北，后者战后被俘，关押在东北劳改农场。关在劳改农场的舅舅，在给我母亲的信中，巧妙地引用毛主席的诗句：天高云淡，望断南飞雁。那时我还不能领会他对家乡小镇的怀念。

武斗开始了，以我母亲和蔡杏花为头的几个妇女，把院子的大门给封了，叉字形的钉了几块木板，在保护家园保护孩子的大是大非面前，女人似乎更具有革命性。之前经常有头戴钢盔手持铁棍的人闯进来，这个情景犹如我现在了解到的第二次世界大战的历史。像犹太人一样，母亲让我们夜晚躲在桌子底下，桌子上面盖着两层防弹棉被。听到外面嘘嘘的子弹声，我们只是觉得好玩，兴奋得要叫出来。

第二天起来，都在说一个叫长脚的人，他一大早在林场打太极拳的时候，被流弹击中。

这样的消息每天都有。

蔡老师也打太极，他打太极不像打太极，像推盘，推过来推过去，而且他从来不去林场，他只在我们的院子里练。这件事发生以后，他一连几天都没有打他的太极。

他改用击掌，跟院子里的一棵树过不去。

封了院门，并不妨碍我们外出，每户人家都另有一个后门，但是我们又都很享受这种坐井观天的感觉。教育闹革命,我们都不用读书,大人的单位里派别纷争,所以不如回家抱孩子。在这样一段难得的时光里,邻里关系空前融洽,又极其无聊。有一天,突发奇想,全院的人都参与了一场声势浩大的游戏,躲猫猫。我们叫“摸瞎子”。其实,负责摸的那个人才是“瞎子”,被红领巾蒙上眼睛的人。他抓到一个人,还不能立刻摆脱自己的困境,还要摸,用手指在别人脸上弹跳,辨别以后,大声地叫出对方的名字,始为一轮。

第一轮,行动迟缓的蔡老师就被摸到了,而且他的脸上有一个著名的疙瘩,一摸一个准,他害怕暴露自己的身份,拼命挣脱。摸到他的是我的二姐,二姐迅速去掉脸上的蒙布,抄起墙角的一只簸箕,往蔡老师身上扣,往哪里逃!我至今还记得,当时蔡老师像一只公鸡那样在簸箕里咯咯大笑。

第二轮,蔡老师开始轮值,他像打太极拳一样,在空中摸索,似乎在拨开一些虚无的东西。人们总是跑到他的脖子后面大笑,像魔法师一样低沉地说,我在这里。然后他华丽转身,引起一阵哗然。

但是意外发生了,蔡老师很快摸到了一张脸。他摸了好一会儿,竟无法判断。这个人是居委会方主任。她是从谁家的后门进来的,来传达毛泽东的最新指示,晚上还要组织夜呼队,但他一进来,就被蔡老师捉住了,蔡老师一开始摸的时候,方主任还觉得这是一个游戏,不好翻脸,任他乱摸。但这张平时满脸横肉的脸,在手的记忆里,居然是没有的。蔡老师的一双老手,在主任的脸上弹跳了半天,最后捏住了她的耳垂。仿佛就在蔡老师要高声叫出的时候,方主任一把拉下他的眼障,死老头,摸你妈的老匹!

武斗结束,我们又回到了荒芜已久的校园。

老师们都有点垂头丧气。有一个差不多是我们邻居的女教师,不知为何,被冲进来的一群红卫兵当场摘去毛泽东的像章。后来听说她被判刑了。让大家难过的是她的孩子,她的孩子在池塘里淹死了。

九州闻之放声大哭,我不知道他在哭什么,这样的消息每天都会有,我们都麻木了。

有一天，学校宣布一项规定，男生在校时不能穿背心。但没有说明为什么不能穿，什么前提下不能穿，开始我不太明白，九江也不明白。有一天，九江对他同桌的女生大叫起来，呀，你流血了！女生知道自己流血了，正在那里发抖。老师让她快上厕所，九江不明白，为什么不是去医院，而是上厕所呢。

时间仿佛停止，世界正在悄悄改变。

我们不再探索自然宇宙的奥秘，我们开始对自己的身体感兴趣。

我们这个大杂院，相邻有一个独立小院，住着一个还俗的尼姑。我们的院子挨着她的卧室的窗，那里有一棵文旦树。因为有一棵树，所以经常有人在那里小解。尼姑因此难得地到我们院子来交涉过，她很艰难地表达出，小便倒在其次，要紧的是，有人还要拿出家伙来故意对着窗口晃。

她表达得很艰难很委婉，我们领会起来却一点问题没有。

大家都在笑，笑得最豪放的，是一个我们叫他酒保的人。酒保总教我们一个动作，用右手的食指去捅左手比画的洞。看着我们的一脸懵懂，他似乎得到了回报，开心得要死。那天，他指着一个说话像鸭子的孩子说，你长大了，给你一个女人你就会生出小人来。那个孩子的脸红得像张飞一样。

这话我们都听不明白，但令我深思：他和我们有什么不一样吗？

在我的童年记忆里，从前留下来的房子都铺有地板，可我们一点儿都不觉得地板好，因为这些地板差不多都已破损不堪，散发出资产阶级生活的“糜烂气息”。那时候老房子的地板都很烂，撬开来有时还可以看到麻雀的尸体——我们也很奇怪，为什么被绑着一条细线的麻雀，在我们的手中逃亡的时候，想到的不是往天空飞翔，而是拼着命地往地板里钻？一条线就让它如此悲哀？相比于地板，我们似乎更喜欢“水磨厅”，“水磨厅”是洋泾浜英语，即水泥地的意思。我家连水泥地也没有，只有坑坑洼洼的夯实的泥地。

蔡家的地板，虽然打了许多铁皮的补丁，但是出奇的干净，铁皮补丁被擦得锃光瓦亮，在隐晦的角落发出幽暗的光芒。我没事就躺在蔡家的地板上滚来滚去，美其名曰，和九江一道做作业。作业当然是做的，但更多的时候，我们总在讨论一些宏大无比的问题,比如毛主席过生日吃什么。这真是一件令人犯愁的事,因为答案肯定不是鸡蛋和面条。我想了半天的结论是鸡腿,我想不出比鸡腿更好的东西。但只有电影里的坏蛋才吃这个东西,再说这也是资产阶级的生活方式,毛主席万万不能。

九江笑翻了,一直滚到床底下,像上了发条的铁皮鸭子,停不下来。

九江这样的肆无忌惮,皆因我的存在。我是他母亲眼里的“邻家好孩子”,蔡杏花时时要举我的例子来激励他。九江在他母亲那里,简直就是一头笨猪。其实他在学校也不是成绩差得离谱的人,但是蔡杏花总有千万的理由,把九江骂得狗血喷头。蔡杏花的暴躁性格,与她在外界的热情似火其实是一路的,她回到家里,如有不如意处,便冲着她的家人发飙,把所有现实的委屈都发泄到家人的头上。小王叔叔总是很冷漠地看着她。

那个时候,我想他一定在怀念电厂附近的河流和那里的鱼。

小王叔叔经常不在家,所以,我们经常能够听到的,是九江的鬼哭狼嚎。

所以对我的到来,九江简直感激涕零,因为他将得到一段安详的时光。蔡杏花把橘子拿出来,把小糖拿出来,供我们分享,九江的脸上简直浮上了幸福的红晕。这时候,蔡杏花白了九江一眼,九江心领神会,把好东西都推过来,堆在我的面前。然后在我的鼓励下,他会迅速地吃上一只橘子或一粒小糖。

他的母亲真是一个勤快人,一块抹布总是捏在她的手里,在这个家庭的每个角落飞舞,并且不时地打扰到我们。那个夏天,蔡杏花总是穿着王国光的老头衫和一条松松垮垮的花短裤,在我们的身体上跨过去,跨过来。透过她的松松垮垮的花短裤,我似乎能够窥到些什么,但窥的结果并没有让我明白更多。

后来我再到九江家去,似乎是专等着这一幕的发生。

有一天,蔡杏花在井边洗完衣服,到这边窗前的竹竿上晾衣服,有意思的是,她并没有把一盆衣服端到这边来,而是晾出去一件,再跑回去一趟。就在她全身扑出去晾衣服的时候,我看到了一个芭蕾舞剧红色娘子军的舞蹈动作，她的一只腿冲我们这边高高地翘起来，平衡着从窗户出去的身体。

当时，我发现九江也有点专注的意思，盯着他母亲的那个地方，目不转睛。

虽然她晾衣服的时间很短，但这个过程，在我此刻的记忆里无比漫长。

那年秋天，母亲被查出“胃癌”，我随母亲在上海检查了半个月，好在虚惊一场。

半个月时间，我们住在上海提篮桥监狱附近的一所石库门里，我在那里和一个上海的胖女孩有了那么一点意思，后来我们又通了大半年的信。那段时光，我每天在那棵文旦树下，等待邮递员的到来。

经常是这样，邮递员没有来，来的是一个提着神秘箱子的男医生。

那段时间，那个医生频频出现在我们的院子里，他脚步匆匆，直奔蔡家。大家都在议论，这件事与蔡老师有关，他的脖子后面长了一个疮。长一个疮能有多大的事呢？但蔡家人的脸色愈发的沉重，邻居们也窃窃私语，他们夹杂着手势在交流着，这让我知道此事不简单。

这件事远远超出我的想象。在对遥不可及的爱情的眺望中，我渐渐对胖姑娘失去了耐心。那天，在邮递员拍着我的肩膀的时候，我正趴在蔡家的窗台上，拼命往里瞅，想看看那个医生如何在捣鼓那个疮口。

过程是这样的，那个医生先是穿好白大褂，把他的手表撸下来，放在一边。我想不出他这么做的理由。当多时不见的蔡老师，被家人扶到窗前的一把椅子上，而揭开的一小部分窗帘，正好让光线照在他的身上。这是他们家最明亮的地方。这时，医生打开了他那个放在一边的手提箱，里面都是一些奇怪的器具。我只认识其中的一把长嘴剪刀，但那个医生一直没有打算使用它。

医生慢慢解开蔡老师脖子上的纱布绑带，一层又一层，空气已经凝固，秘密正在打开。

纱布揭到最后，蔡老师由此支撑着的脑袋耷拉下来，纱布上出现渗透的已经干掉的血迹,并互相粘连,撕开它的时候,蔡老师的肩膀跳了一下,我听到他发出虚弱的呻吟。我目睹的场景不断被医生的背影所遮挡,他在我眼前摇来晃去。只有在他需要光明,或者去拿什么器具的时候,我才看得见。我发现,他的那些奇形怪状的器械有的已经沾上了血迹,而在另外一个白色的搪瓷方盘里,有几条蛆虫在蠕动。蔡老师的脖子后面差不多已经烂光了,巨大的疮面,如重瓣的花朵,一支夹着医用棉花的镊子在那里进出。在看到那个疮口之前,已经有无数的声音和手势描绘过它,但是当它真实地在我眼前呈现的时候,我还是吓了一跳。

我在窗前慢慢地蹲下来,用胳膊拢住自己的脸,我完全吓坏了,禁不住的泪水滂沱,先是由鼻腔里发出一段明亮的小号,最后号啕大哭。当同样悲伤的蔡阿姨来到我身边的时候,我逃走了,一边跑一边哭,我无法让自己平静下来,整个下午,我都躲在院门旁边的电线杆后面,在那里暗自神伤。

蔡老师死了,他的脖子烂掉了。他出殡那天,我在学校里上课,脑袋里反复浮现果熟蒂落的情景。

(选自《布景集》,百花文艺出版社2015年版)

海岛时光

◎复　达

现在，我坐在“海岛时光”里，遐想。

“海岛时光”是一家咖啡馆，面海，海边大道在它门前横穿而过。透过窗外黑蓬蓬的天空，那黑蓬蓬的天空下，是黑蓬蓬的海。隐隐约约的，海浪拍击堤坝的声响传入耳边，如吟如诉。温馨的灯光下，咖啡的色泽有点若隐若暗。加点奶，轻轻搅动，一圈圈黄白的线条慢慢回旋，飘逸出一种令人沉思的韵味。“海岛时光”，让我产生一种穿越时空的意绪，这意绪渐渐发酵。

蓦地，感觉海岛时光在咖啡中摇曳起来，时空交错，在模糊中渐趋清晰。

现在，我穿越在海岛时光之中。

有海就有岛。岛是海不灭的儿子，生生不息地沉浸在海的怀抱里，无时无刻不感受着海的仁爱。这些陈列海中的大大小小、高高低低的山头，从一座岛到另一座岛，海将它们阻隔开来，以独立的姿态一一呈现在我们面前。

每一座岛都有自己特有的时空。

当地球板块移动后，海岛随之产生，该有多少时光？

我只能将目光专注于我自己的岛,这个叫作岱山的岛。

我来到了老家。老家在岛的北部,一座叫北畚斗的水库在山岙间。小时候,我一直不知道水库边上有个新石器时代的遗址。那些被挖掘出来的石斧、石镰、石刀等,倘若让我捡到,我或许会像许许多多的人那样,以为它们无非是一块不规则的石片而已,会随手丢掉。可就是那些看不上眼的石片,让这方地域沉积了几千年的时光。

我与北畚斗遗址有什么关联?没有关联。可我又分明看到了自己与几千年前的联结。几千年前,先人已在岛上生存,他们拿石斧、石镰等工具生产生活。没有当初的人迹,怎会有今日的我们?

然而,这小小的岛上怎么会有先人居住?先人从哪里来?是土生土长的还是大陆上的过客?倘若土生土长,这岛上有酝酿人类的土壤吗?或者从海底繁衍而来?倘若是大陆上的过客,几千年前,有这般乘风而来的船只吗?我的脑海里总是充满了疑惑。

但是,挖掘出来的先人遗物却明明白白地告诉我,他们就在我老家的边上生存过,是我曾经的邻居。

因为出土的文物,我的岛便有了可以推算的历史。岛的时光就从那时为一个起点,一路延续下来,却又时断时续似的,犹如岛与岛之间的距离。

我迎面遇上了徐福。

徐福率三千童男童女乘风破浪下东海。他哄骗秦始皇,说东海有蓬莱、瀛洲、方丈三神山,山上有长生不死之药。秦始皇兴奋,立即恩准。他的船队就来到了后来被誉为“蓬莱仙岛”的岱山岛。唐开元年间,岱山已被命名为蓬莱乡。这要感谢徐福,和他东海三神山的美丽谎言。

可是,当时的岱山由两座岛屿组成,东岱山和西岱山,一条海峡将两座岛阻隔了开来。直至民国时,两座岛间的海峡才因沙土淤积而相连。

徐福所到达的岱山是哪座岛?

他竟然捋着长须,含笑不语。

那称作蓬莱的神山是不是岱山?还是他的船队因大风影响,就近避风靠泊,误将岱山当作了蓬莱神山?

他依然含笑不语。

我眺望岛上的最高峰磨心山,山上绿荫蔽日,白雾缭绕;又看看他登岸的鹿栏晴沙,阔大的沙滩浪涛翻卷,洋洋洒洒;岛上的景象的确有种仙岛的韵味。

我理解了徐福的不语。

这样的时光,只可意会,不可言传。

有了蓬莱仙岛的名讳,海岛时光便披上了一种光彩。但是,那已是后人作为宣扬的标榜。自然,徐福的心里必定美着呢。

一口口的土灶呈现在我的眼前。

沿着海岸线,一长排的土灶如一座座小小的土墩散布着,一只只大镬子扣在一口口灶上。烈日下,十几个赤膊的盐民挑着木桶,担着海水。又有几十个盐民提着大铁铲,铲着镬子中的海盐,或将海盐堆叠在离土灶不远的地方。每口土灶前,都有一个个妇女拨弄柴火,灰头土脸。镬子里的盐粒在灼热的阳光下泛着亮晶晶的光,刺得眼睛生疼。柴火弥漫出来的热气,额头上流下的汩珠,时不时让人睁不开眼。几个穿着官服的盐监像狼豹一般,盯着这些煮盐的动向,唯恐他们偷懒,更怕他们逃走。

这是宋代时在我岛上用海水煮盐的一幅情景。我难以想象那个时候煮盐的辛劳。我所听说的是,岛上煮出的盐,后来进了贡,成为贡品。史料却无记载。是不是贡品,似乎没人去追究。那些煮着盐的盐民,他们知道这般含辛茹苦又如画地为牢般生存状态下所煮出的盐,最后进贡给了皇上?倘若他们得知如此,心里有没有兴奋,并为之充满干劲?

这样的情景一直延续着,盐民的汗水融化在咸涩的海水里,一起成为亮晶晶的盐粒。

直到清嘉庆年间，一个叫王金邦的盐民发现扁担上长出了白花花的盐粉,若霜,他感觉奇怪。扁担放置在盐堆边,炽烈的阳光下不可能会染上霜。他想起了,毛竹制成的扁担上溅进过海水,阳光长时间地照射,不就成为盐粒？他想到了,要是用木板来晒盐,不是更省力,产量也将大大提高？他就将门板那么长、比门板又宽阔一些的木板的四周拦上边沿,倒入海水。几天后,木板上呈现出白亮的晶盐。盐板晒盐于是晒出了一片天地。

从海水煮盐到盐场晒盐,时间跨越了一千多年。一千多年的时光里,竟然没有一个像王金邦那样的发现？是盐民们浸泡在汗水里无暇顾及,还是目不识丁的状态磨钝了盐民的思维？那些一代代的盐场巡检、司令等官僚只顾着收税,用棒子揍人,为何未曾为盐民减轻劳力而着想？

据史料记载,到一九一四年,岱山岛上的盐户达到二千二百八十五户,盐板近十九万块。可见,一个王金邦带动了多少盐户的生产,也更加奠定了盐业在岛上的支柱产业地位。

但真正令盐民解放生产力的,自然还是二十世纪八九十年代。从盐板到留枝滩晒盐,再从沥青到用薄膜晒盐,又走过了几十年的时光。现在,一块十几亩的盐滩,两三人干活就行。

而盐滩,最多时达到三万多亩。随着经济的发展,目前一万多亩的盐滩已被征用填没,晒盐的时光已逐渐萎缩。

我仿佛是偷偷地来到了岛上,做贼一样。

岛上一片荒凉,曾经的房舍有的坍塌,成为断壁残墙,有的爬满了爬山虎,幽灵一般。一个个的村落杳无人迹。

却遇上了三五倭寇。

我气愤不堪,大声质问:是你们在我们的岛上烧掠抢杀,无恶不作,扰乱了海岛的安定,以致朝廷将岛上的人都遣往内陆,该当何罪？

为首的一个倭寇哈哈大笑，说：是你们中国人带引我们来做贸易生意的,贸易做不成,还要消灭我们,我们不得不抵抗呀。要怪也只能怪你们中国人，怪你们的朝廷。有本事，就来消灭我们，把我们赶出中国啊！说完，又是哈哈大笑，一副不可一世的可恶模样。

我愤恨至极，可又拿他们没奈何。冷静一下，觉得那倭寇的话虽狂妄，却有令人深思之处。为何朝廷不开展海上贸易？为何又怕了倭寇的骚扰，将东南沿海实施了“禁海”政策？堂堂明朝，不是有郑和下西洋的辉煌成就，何以还惧怕小小的倭寇在沿海侵扰？

这一“禁海”，可是一百七十多年的时光啊！

直到改朝换代之后的明嘉靖四十年(1561)，原先居住岛上后成为大陆上的和世居在大陆上的居民才陆续来到岛上，开垦定居，捕鱼晒盐。

一切都百废待兴，一切都从头开始。

可是，近百年后，清顺治时又以海岛不可守为由，再次将岛上的人迁徙大陆。又是二十来年的时光啊！

海岛，成为大陆的弃子。

朝廷何以如此对待海岛？大陆何以将海岛阻隔了出来？海岛可是大陆的屏障，坚守了海岛，也就守护了大陆，或者给大陆作为前哨，作为第一道防线。海岛又是大陆走向深色蓝海的桥头堡。海路的四通八达，铸就了与世界沿海各国的往来航路，海上贸易的繁荣才能带动内陆经济的发展。这一些，难道朝廷不懂？大陆不知？朝廷必然熟知、了然，大陆也一定深深感受到，却偏偏将大门封闭起来，将岛上的子民迁徙出来，让海岛成为无人问津的野渡一般。我只能一声哀叹。

后来，自是也有了海防。然而，海防再坚固，也还需有海防那般巍然的人来坚守。诚然，与我的岛相邻的舟山岛上发生的定海保卫战，呈现了葛云飞、郑国鸿、王锡朋这般可歌可泣的人物，但是他们仅仅是总兵，当他们向宁波的上司求援时，贪生怕死的上级玩起了阴谋，口头上答应调兵，暗地里却迟迟未调遣，反诬葛云飞是“为他日论功”，并说，“如果定海城失守，惟葛云飞是问”。落得葛云飞他们孤军奋战，国内率先打响的鸦片战争保卫战终以失败告终。假如宁波的守军浩浩荡荡地驰援,海陆夹击,仅几艘战舰的英国军队,说不定会被打得落荒而逃,至少不敢轻易冒犯。历史没有假设,中国沿海的口子就在海岛上被血淋淋地撕开,从此中国社会的性质被改变。

当英国侵略者攻占定海后,他们的触角便横伸岱山岛。少量的守军和义士在南浦这个港域予以奋起反击,即使被攻破防线,也在岛上依旧伏击刺杀上岸的"红毛鬼子"。"红毛鬼子"竟将南浦边上一个商贸繁荣的村庄用火烧了,后人便把这个已烧成废墟的村落叫作"火烧浦",记录了英国侵略者在岛上犯下的一桩令人难以忘却的罪行。

岛又成为被外人率先蹂躏的地方。伤痛的岛却并未沉沦,总在默默地自发地反抗,一阵又一阵,如海边的浪涛。岛,便依然屹立着。

我来到了岱衢洋边,眺望洋面上繁忙的景象。

当时光从清末横跨到二十世纪七十年代时,岱衢洋给我的岛添上了浓墨重彩的一笔。

每年的春夏之际,浙江、福建、江苏和上海的渔船纷至沓来,岱衢洋上的渔船竟蜿蜒十余里,密布洋面,就为了捕捞大黄鱼。这大黄鱼每年春夏时节总是奋不顾身地成群结队游弋到岱衢洋,交配、放仔。也因为这大黄鱼,造就了岛上"蓬莱十景"中的两景:横街鱼市和衢港渔火。

位于岛东北的东沙角,一个环海的弹丸之地,乾隆年间便已露出鱼市发达的雏形。鱼汛之际,渔船麇集,人员增至二万多。岱衢洋给它支撑了一片辉煌的天地。渔民的补给,鱼货的出售,因了就近的便利,纷纷云集在东沙,将一条小小的街道挤得水泄不通,热闹非凡,"横街鱼市"就此形成。东沙也因此成为舟山最早的市镇之一,闻名遐迩。

在岱衢洋,每逢鱼汛夜晚,点点渔火如火树银花,灿烂闪烁,汇集成一个画面,便是洋洋洒洒的一港渔火,将海面映照出一番恢宏夺目的景状,雄镇海上。清诗人刘梦兰不由赞道:"无数渔船一港收,渔灯点点漾中流。九天星斗三更落,照遍珊瑚海上洲。"将"衢港渔火"的美景贴切而形象地表达了出来。

然而,我也隐隐地听到了船上传来的锣鼓声响,急促,连绵不绝,犹如赛场敲鼓,看哪一家坚持到最后。船上怎么会有敲鼓声?乃缘于大黄鱼的头中生有鱼脑石。锣鼓一敲,鱼脑石便震动,大黄鱼立时感到震耳欲聋,头昏脑涨,不由游上海面,钻入渔民撒下的网袋之中,被一网淘尽。

我不知道岱衢洋的大黄鱼是被太多的渔船捕捞完,还是被渔民的滥捕乱捞甚而赶尽杀绝的手段而遭绝迹,也不知是围海造地、筑堤拦坝影响潮流,以致大黄鱼找不到洄游路径,还是大黄鱼变得聪明,不再游到岱衢洋交配产仔?总之,岱衢洋的大黄鱼渐渐地销声匿迹,依托岱衢洋的两大景点也随之消隐或者衰落。

可是,填海还在继续,渔船的吨位越来越大,网眼则越来越小,渔民穿梭海上的时光越来越长。

捕鱼作为靠海吃海的行当,自岛上有人居住起,就应运而生,一直蔓延在海岛时光里。它养活了多少岛上的人,也促成了渔民在岛上最先富裕起来。它还将延续下去,世世代代,与海岛时光同生同息。

我不由闭了下眼。再看岱衢洋,昏黄的海面一望无际,空空荡荡。

当隆隆的炮声从海上传来,我知道,海岛的苦难时光又开始了。

东沙角成了日本军队的司令部。据说只有二三十名日本兵,却把持了整个岛屿。许是怕了日本军队的淫威,岛上那些向来逆来顺受的民众不得不继续逆来顺受。当听见皮靴“的咯的咯”的响声时,许许多多的人心里发慌,犹如会碰见魔鬼一般,唯恐躲避不及。日本军队放火、杀人、奸淫妇女的行径,又有哪一个不明了的?

当然,也有岛上的地下游击队,却如大海边的几脉微波,只掀起几朵浪花。

岛上的人只能将仇恨记在心底。

而那些敢于暴动的盐民呢?

我清楚地记得,当二十世纪二十年代中期岛上成立盐民协会时,几千个盐民汇集一堂,浩浩荡荡地游行请愿,要求提高盐价。与此同时,在另一个岛上——衢山岛,盐民们控诉盐霸的滔天罪行,结果将那盐霸活活打死。时隔九年,几千个盐民不忍盐价的暴跌,又群情激愤地游行,火烧秤放局(相当于盐务局),打死秤放局局长"缪大头"及盐警、场员十余人,迫使他们放弃了"渔盐变红,产盐归堆"的政策。

但面对日本鬼子的枪口,那些整日浸染在卤水里的盐民们也只有默默忍受了吧。

苦难还在继续。

国民党兵败如山倒的时候,海岛成了反攻大陆的基地。单是建设机场一项,就强征了二千五百亩盐地,令多少盐民丢失饭碗。而主跑道的建成,仅花了三个多月的时间,岛上有多少民众被迫日夜辛劳地干活?谁也说不清。"做做飞机场,吃吃六谷(玉米)糊",就是当时流传着的一句俗语,将那种又苦又累却又吃不饱肚子的情景深切地反映了出来。

好在到了一九五〇年的五月,国民党军队撤离了岱山。令人难受的是,三千多个年轻民众被抓壮丁,从此天各一方。望洋兴叹,待到相见,却已两鬓苍白,相拥而泣。

海岛时光不紧不慢地行进着。

我走进了梅雨时光。这春夏之交的一段时间,仿佛季节之间总是难以顺利对接。要么是春天留恋着,不想过渡到夏天,要么是夏天推搡春天,迟疑不决似的,就似细细的雨不停地落着,在雨中才逐渐变换,成为一年中令人烦躁的时节。时断时续的雨,带来的是阴霾的天,这样的天气本就让人压抑,却还有雾。海雾弥漫,航路不通,岛便笼罩雾中,孤自沉寂。更令人烦心的是,南风一起,窗户都得紧闭,唯恐那南风吹刮进来。即使如此,地面上还是潮湿一片,一个个的脚印清晰可见,角角落落也染上了斑斑点点的霉迹。于是,待梅雨季一过,家家都把橱里的衣服、被头等拿出来晾晒,一串串的色彩缤纷。人也在那个时候舒了口气,仿佛走出了一片阴郁的天地。

我走进了炎热的夏日时光。岛上夏日也热,热的却是白天。太阳与大陆一样,也热辣辣的。人在太阳底下,同样汗流浃背。夜晚一降临,海风一吹拂,地上的热气似乎都跑到海里去了,凉爽的感觉便慢慢地升腾上来。夏日里,渔港是最欣喜的。整个夏季,所有的渔船都进入伏季休渔期,一一靠泊在渔港里。渔港便饱满,丰富多彩起来。像母亲那般,渔港张开弯曲的臂膀呵护渔船。一艘艘的渔船就肩挨肩,昂着高高的尖头,威武却又静静地布排在港湾里。那是一幅最具海岛气息的画面, 鱼腥的味道仿佛在无声中默默地弥漫着。炎热的夏日,也是盐民们最喜爱的时光。这些曾经整日浸泡在卤水里被称之为“红脚拐”的盐民,现在早已穿上了塑胶的长靴,在灼热的盐滩上放卤、打盐花、推盐、挑盐、堆盐坨,汗水顺着草帽的沿口流下来,湿了衣衫,望着白花花的晶盐,心里的高兴早已融化在汗水的流淌中。一格格的盐滩一望无际, 阳光下透着清亮的面目, 一座座堆积成梯形状的盐坨泛着灼人的光芒,将岛上的晒盐风光不尽地渲染出来。两幅情景,已足以反映岛的夏天特色。我不由擦了擦汗,笑了。

我又走入了秋天的时光。那些经不住秋燥的树木渐渐地枯黄了叶子,给山头、街路点染出秋的色彩。渔港里的船只已寥寥无几,水泥或者石块砌成的堤坝像是没了精神, 呆呆地横伸在岸边。菜市场里的海鲜却品种多样起来,白蟹、小黄鱼、带鱼、鲳鱼等纷纷占据了摊位,菜市场像是因此更为丰盈闹猛。秋阳并不那么灼热,盐滩便渐渐冷落,那卤水有一搭没一搭地缓缓聚积成盐粒,细细的,浅浅的,东一摊,西一摊,却也泛着亮晶晶的光。秋的时光里,岛上的一切呈示出舒展、丰富的景象。

我还行走在冬的时光里。我渴望下雪天,雪却吝啬似的,几片雪花偶尔飘扬一下,吊得人们的胃口高高的。对岛来说,雪是一种奢望。海风却刺骨的冷,如无数看不见的细针,密密匝匝地戳在脸上,脸上慢慢地被刺得灰白。海岛上冷的是风,东北的人便住不惯。好在山头、路边和海堤上的树木并不萧条,依旧浓绿,这些松、香樟、木麻黄等树种在寒冬更显一种傲骨般的姿态,将冬天创设出一番绿的意境。盐滩像是被冷落似的,一格格的滩地显出冷清清的模样。渔港也空落,渔船们还在忙着冬汛生产,唯有过年时,才不约而同地回到自己的港湾,渔港一下子热闹起来。每天早晨,渔民们会站在渔港边,看海,看船,聊着天。夜空下,海边大道上步行的,跳舞的,谈情说爱的,骑自行车的,打太极拳的仿佛都蒸发了一般,一下子空落起来,唯有黄晕的路灯洒着散淡的光线。海岛的冬天,自有其特有的韵味。

四季的时光穿越在簇簇浪花里、阵阵海风里,穿越在渔船的乘风破浪里、盐场的卤水结晶里,穿越在幢幢建筑里、大街小巷里……

抬头望窗外,这“海岛时光”外的海边大道早已没了人影。透过浓浓的防护林,我仿佛能听到海浪拍击堤坝的响声。

这里原是一大片盐场,两千多亩。十年前,当拥挤的旧城再也容纳不下人口的增长时,与旧城相隔了一条公路的这片盐滩就成为新区的规划建设所在。填土,铺管,建道路,照着规划的蓝图,大兴土木的情景勾勒出一番新的气象。

当三纵六横的道路建成后,新区的骨架便呈现出来。“蓬莱阳光”“碧水豪园”“华枫花园”“太阳城”“茗都华庭”等一个个小区拔地而起,学校、菜场、体育馆、行政中心等一一配套建成,几幢二十多层的高楼成为地标性建筑,将新区点缀出一种傲岸的情状,屹立在海边。

十年的时光,新区业已打造完成,一派大气中不乏精致,一番小巧中蕴含清丽。当然,也经历过艰难,比如征地的难度,比如商品房遭遇台风侵袭后的质量问题,但都已过去。新区的时光已翻过了一页,或许它还需完善,正在进行之中。

旧城自是也在时光里变化着。一幢幢的高楼鹤立鸡群般拔地而起,街面亮化、美化起来了,长河的水渐渐清澈起来了,文化广场上的文化活动频繁了起来,人们在广场上的自娱自乐也多了起来。除了老的楼房、平房和狭窄的几条老街,旧城也早已模样翻新,深深地刻上了时空交错的烙印。

我的心里激动了一下，那种喜悦的情怀洋溢在心坎里。时光的穿越将我带入了一片新的天地。作为岛上的一员，我目睹了县城的变迁，它犹如磁石一般紧紧地将我吸附住，而我却又那样甘愿被吸附，情不自禁地投身其间，哪有理由再航向彼岸？

我又穿越在五十多年的自身时光里。

六七岁时的那个夏天，我穿着双淡绿色的小凉鞋，怯怯地望着从汽车路上走过的一长排游行队伍。那游行的人群，每个人都扛着枪，背着子弹，雄赳赳气昂昂，像电影里上战场的部队。

长大一点的时候，我知道了农村与城镇的区别。城镇里的人都可凭票买东西，可招工；农村里的除了布票、火柴票等，其余的几乎没有，只能在自家的土地上获取。面对城镇里的人，我曾产生过自卑的心理。那自卑的心理在我就读城镇中学时更为分明，它让我有一种低人一等的感觉，却也让我拥有一种抗拒的意识。当有同学说我们农村人用稻草擦屁股时，我当即拒绝与他来往。

高考恢复，我终于有机会跳出了农门，我的命运从此得以改变。

虽在一所师院的分校里读书，但二十世纪八十年代初的文化思潮一样催生了我们潜意识中的那种"愤青"观念。我们不仅掀起写作热潮，举办文学社，还因为食堂所卖的番薯缺斤少两而写大字报，大有一种抗争的态势。还因为所谓教育学的理论脱离实际，发动其他班级的学生一起进行罢考。年轻的心既好学，也充满了思辨和过激。

我在两所乡办中学的教坛上整整耕耘了十年，先是容不得别人管理，使得几位校长不愿在学校待下去，后又安于现状，认真地做着好教师，赢得学生的信任。当然，还不乏在学校里喝酒、打牌的时光，将浓浓的黑夜排遣在盐滩里。

走上从政之路后，一步步谨慎地走了过来，有甜酸苦辣，也有担当作为。再若干年后，将退休安闲——这是我所看得到的时光。

我想穿越未来的时光。

可是,未来的时光又哪能穿越?

我只能将目光盯在某一处、某一点上,试图找出其中的踪影。

岛的南边与一座小岛架了一座桥,彩虹似的横跨,将两座岛连接了起来。当初,架桥的缘由那小岛上建了家大型船厂。可是,岛上的人们更希冀将岛与陆地连接。于是,近百年的梦想逐渐形成了一种意志。那座小岛与另外两座小岛间便也已填土、筑坝,连接在了一起,潮流的通道被硬生生地截断。又一座更高更长的大桥架设在了对面两座岛的山头上,悬索斜拉的,气势雄伟。岛与岛之间的桥梁正一座又一座地将岛相连,结束了岛的孤立,不久的将来,我所居住的岛就可与舟山岛连接,与宁波贯通。如此,独立的岛是不是成了半岛?快艇、车渡、轮船这些原本载人的交通工具都将成为历史,外来的人又怎能体会乘船的滋味?岛,或许将失却原始的、本质的东西。

岛的北端又在规划建设一座大桥,与另一座小岛相连。那座小岛上的一千多户人家至今已整体搬迁,为着建设一座大型绿色石化基地。大桥一建,基地一成,那小岛又将成为我的岛的一部分。岛的面积在不断地扩容。就像温州市的洞头县,大桥一架,便失却岛的含义,成为温州的一个区。

还有岛东北的巨大围垦,一旦成形,岛的面积将扩大二三十平方公里,澳门一般的大。围填出来的土地,多将成为临港产业所用。土地是增加了,海却会疼痛。潮流将不知如何改道,小鱼小蟹又将去觅新的繁衍生息之处。那个现在东北角的东沙古镇是否还能以海的气息来支撑,我也不得而知。

未来的海岛时光,我难以穿越,也穿越不了。

拿小匙轻轻搅动了一下咖啡,杯里浑黄的色彩起了微漾。啜上一口,细细品味。忽感这海岛时光如咖啡,时而浓苦,时而甜美,时而醇香,时而清淡。

望窗外暗黑的夜空,又感觉海岛时光有时狭窄,像一条无尽的隧道,穿透不了,有时又广袤无垠,洋洋洒洒,如浪涛那般。

海岛时光就是一缕阳光,洒在岛上,给岛以温情;就是一阵海风,拂过岛上，给岛粘贴上咸滋滋的特色；就是一阵雨水，落在岛上，将岛滋润出一轮轮的岁月；就是一艘艘的船只，从此岸边驶向海中，驶往彼岸，犁出一脉脉的浪花。

穿越了几万年、几千年、几百年的海岛时光，我作为海岛的儿子，却只能简单地回眸，无法穿越它的过去，也难以望见它的未来。我的心里黯然一片。

好在我明了了一点，海岛时光原是永恒的，却又在变化之中，我又怎能穿越？

我端起杯子，慢慢地又啜了口咖啡……

（原载《上海文学》2016年第5期）

胭脂盏

◎ 水东流

一

如果不是出嫁到这个悬水小岛，内陆长大的她，永远无法将胭脂的名称与这种小小的褐色的礁石贝类联系在一起。在喊过吵过哭过闹过之后，她终于睡着了，醒来的时候，室内已经一片明亮。新婚的丈夫进来说："你该起床了，妈妈已经烧好胭脂粥了。"

这是她第一次看到胭脂，灰黑中带有微红，在白色的米粥中非常醒目。她咕噜噜地喝着胭脂粥。婆婆问好吃吗？她说好吃。婆婆说："既然好吃，那就喝好粥后，跟我一起下海吧，铲胭脂去。"

这是她婚后第二天。这年她17岁。当我采访她的时候，她已经67岁了。她在这小岛上住了50年，铲了50年的胭脂。

这个岛真的很小，它像一个女人的身躯，细腰、长躯。细腰不及几十米宽，长躯也可以在半小时内走完。四周怪石林立，唯一可以上岛的路，是需要爬上去的。她嫁进岛的时候，是被背上岛的。因为一路上的坐船已经使她呕吐得晕头转向，一看这几十级石梯，她当场就昏过去了。

她就这样被背进了这个小岛。她是唯一一个嫁进岛又在岛上住了几十年的大陆女。

二

第一次下海的情景仍然历历在目。她放下喝粥的碗，婆婆看着她，叹了一口气，说：“换衣服吧。”这天她穿的仍然是昨天结婚时穿的大红的新衣服。这是她唯一的嫁衣，她很想多穿几天。可是婆婆的命令是不可违抗的。她脱掉了红衣服，穿上了婆婆递过来的一件破旧的但是洗得很干净的斜对襟灰色上衣。它的纽扣在左肩膀那边，一道斜杠从肩膀连接到左肋。这是妇女才穿的衣服。她彻底明白，从这天开始，她就是一个妇女了，而且还是一个渔村家庭妇女。

婆婆领着她向海边走去，她们的腰上带着中午吃的番薯干饭团。丈夫和公公也走向海边，但是那是另外一个方向的海边。他们要下船出海去。冬汛还没有开始，他们摇着小舢板在附近网些小鱼小虾。他们除了饭团，还带上了一壶酒。父子俩都会喝酒，但只有下海的时候，他们才会有酒喝。

丈夫看了她一眼，算是送别。她看着矮小结实的丈夫远去的背影，心想他们这一生，就像藤和树，经过昨夜的结合，已经紧紧缠绕在一起了。虽然昨天之前，她还不认识这个男人呢。

婆婆在前面走，她紧紧跟着。通向海边的小路，小得只能容得下一双脚。她无法与婆婆并列走。婆婆没有缠过小脚。她这种年龄的女人居然是天足，这让她对于海岛这样的海洋世界，第一次有了好感。她的母亲是小脚，她的外婆和奶奶都是小脚，在她三岁的时候，母亲、外婆，还有奶奶都先后说过：“幸亏现在没有皇帝了，否则你的脚要开始被缠住，哪能像现在这样活蹦乱跳的？”

转过一个弯，有海浪声哗哗地传来。这是她陌生的声音。她的家乡只有流水的汩汩声,那是安静的声音,没有这样大声喧哗的。婆婆转过身来,说:“快到了。你先看着我铲。”

海边的礁石,似乎被锐利的斧头,狠狠地劈过。没有一块礁石的表面是平滑的,而且上面还沾满了各种不是岩石的东西。她要学的第一课就是辨认胭脂。婆婆指着礁石上那蜂窝一样的东西,告诉她这是藤壶巢,藤壶就躲在里面。“啊呀这个我认识,我家灶头上就有它的壳,用来刮锅子的。”她说。婆婆点点头,似乎是在赞赏。婆婆又指着礁石缝里爬动的东西,告诉她这是芝麻螺,那是马蹄螺,另外那手掌一样的东西,是佛手。所以第一天其实她都没有铲胭脂,婆婆似乎也忘记了要她学会铲胭脂的初衷。她们捡了许许多多的芝麻螺、马蹄螺和藤壶,还有一只比一只大的佛手。

晚餐的时候,她的脸上开始有了笑容。她吃着自己采集来的贝类,还有丈夫捕捞来的小鱼小虾。她开始渐渐喜欢上了这种海岛生活。

三

第二天,婆婆说再也不要受藤壶之类的诱惑,要集中精神铲胭脂了。

因为胭脂可以晒干,可以拿到大岛上去出售,可以换取生活物资。

她嗯嗯地应着。她跟着婆婆又来到了昨天来过的地方。一夜的涨潮和退潮,似乎让那些芝麻螺之类的贝类,聚集得更多了。但是她坚定地不去看它们。再大的藤壶巢和真的像小孩手掌一样大的佛手,也无法吸引她的眼睛。

她的眼睛只盯着在礁石上爬动的“指甲”。它真的只有指甲大小。卵形外壳,灰褐中带胭脂红。难道这就是它“胭脂盏”名称的由来?胭脂盏肯定是连壳带肉的一种称呼,那么它的肉的颜色,是不是胭脂一样粉红?

她迫不及待地想要铲下一只胭脂盏来。可是她很快发现,这胭脂盏要比芝麻螺、佛手之类聪明多了,也难对付多了。因为它不容易被发现。它不会像芝麻螺等一样成群结队聚集,而且根本不懂掩饰,一览无遗。胭脂盏总是躲在不起眼的旮旯里,它还很善于利用紫菜等岩石上的事物作掩护。所以如果没有锐利的眼睛和耐心的性格，是找不到胭脂盏的。

其实，就算被找到了，要铲下它，她发现也很不容易。芝麻螺之类，只要伸出两个手指，就能一捻而得。胭脂却是以腹贴石，紧紧地吸附在光滑湿润的礁面。它的吸附力量是如此之强，以至如果没有特殊的用钢筋打磨的铲子，根本不可能将它与礁石分离。

所以铲胭脂盏的艰难，要远远超过捡拾其他贝类。在成年累月的铲胭脂盏的岁月里，她竟然渐渐地产生了一种只有她自己可以体会的乐趣。在婆婆去世之后，她仍然天天下海，她成了岛上乃至附近家喻户晓的铲胭脂盏女人。

四

胭脂盏只有指甲大，里面的胭脂就更小了。所以一天的劳动所得，数量其实很是有限。需要积累好多天，才能装满一只袋子。对面的大岛是逢七赶集，每十天一大集。在嫁到小岛四个月后，她肚子有点微微凸起以后，婆婆知道她再也不会离开了，就领着她来到大岛，教她如何出售胭脂干，让她领略市场价格。这次她们出售了五斤多胭脂干，得到了六元多钱和十多斤大米。大岛上有种田的农民，他们没有钱，就用大米来换。婆婆让她吃了一碗海鲜面，还给她买了可以做两件衣服的布料。她第一次感觉到婆婆比自己的母亲还贴心。

带着第一次铲胭脂盏获得报酬后的快乐，她和婆婆又一次来到了海边。这个小岛的周围都是礁石。这些礁石肯定在这里存在了无数年，因为礁石上都是海苔、牡蛎壳、藤壶壳和无数不知名的生物依附物。她现在已经能够熟练地找到胭脂盏并麻利地铲下它们。

岛的北边有一个龙洞，据说里面爬满了胭脂盏，但是婆婆从来不让她进去。婆婆自己也从来都不进去。这天她们来到了离龙洞不远处的礁石上，她提出要进去看看。婆婆的脸色立即变了。婆婆告诉她，这个龙洞里经常有“元宝”被潮水推出来。婆婆的婆婆也是从这里被推出来的。过了好多天,在问了丈夫之后,她才明白,所谓的“元宝”原来是不幸死于海难的遗体。婆婆的婆婆在进入龙洞铲胭脂的时候,龙洞突然涌上一股逆流淹没了她,然后又把她推了出来。

所以婆婆和她从来不进龙洞里去。在铲了几十年胭脂盏、婆婆也在一个夜里无声无息地去世后,她忽然明白,这是上苍故意要保持一部分胭脂盏,不让人们铲完。这个龙洞是岛上胭脂盏的最后据点。她要继续铲胭脂,就必须保护好这个龙洞。

不断有新媳妇被娶进岛。但是后来的新媳妇都没有人肯下海铲胭脂盏。整个岛上只有她以铲胭脂盏为生,并且像礁石本身一样顽强地活着。在公婆去世、丈夫去世、子女离开岛、所有其他岛民都离开以后,她仍然一个人每天坚持下海。她已经成为这个小岛的传奇。

五

暮春初夏的一个中午,我爬上了这个舟山群岛西南部的小岛。这些当年她爬过的石梯还在,现在的人进出小岛,仍然要爬这些石梯,除非肯绕很长的海路,从岛的另外一个新建的码头上去。

岛上有很茂盛的芦苇,一丛一丛的,在风中发出很响亮的簌簌声。还有许多非常高大的沙朴树。我从来没有看到过海岛上还有这样密集和高大的沙朴树。我是跟随作协来岛上采风的。如今这个岛的原居民,除了她,已经全部搬迁,小岛被新开发成了一个旅游度假区。我们吃住的地方气派舒服。所以当我一眼看见这唯一没有被拆除的三间石头房子,而且发现里面竟然还住着人的时候,不由得很是好奇。

第一次去拜访的时候,是中饭后,门虚掩着,但是没有人。到了下午四点钟左右,我发现石头房子里有炊烟冒出,就赶紧走了过去。我看到了精瘦的她,整个身子看上去不到70斤,但是手脚灵便,说话也很有中气。

她似乎已经习惯了被围观、被探听。“是不是又要听我和胭脂盏的故事？”她喝着胭脂粥，说，“你要不要尝尝味道？我是每天都要喝的。我的故事必须从这碗粥说起呢。”她说着，笑了起来，露出了残缺不全的门牙。黑幽幽的牙齿缺口似乎就是会蠕动的胭脂盏，而她的嘴巴就是坚硬的礁石。

（原载《青春》2015年第12期）

行在舟山群岛

◎ 郑剑锋

灰鳖洋上的天堂鸟

自长江而来，浩渺之水滔滔不绝地向东奔腾，汇入东海。舟山群岛，地处我国南北海运和长江水运“T”形交汇要冲，像一颗颗撒落的珍珠。千百年来，潮起潮涌，日落日出；海天之间，鸥鸟颉颃，鱼翔海底……

去东海上的五峙山列岛一探鸟岛的想法，由来已久。

借着仲夏宜人的季节，我们择机出发。

船行在碧波万顷的灰鳖洋上，机帆船的马达发出“突突突”的声音，犁着波涛向前突进。环视船的四周，是辽阔的海面；远处，可以见到隐隐约约浮现的岛屿。数十分钟后，若隐若现的岛屿逐渐清晰起来，像是零星地撒落着的棋子浮在海上。细细看，那浮岛上面有些长满了灌木，有些光秃秃的，一毛不长；大小各异的岛礁，像棋子似的在海面上等距离漂浮着，如形随影……

船长告诉我，这个美丽的地方就是五峙山列岛。

远远地，已能看到岛上鸟儿翱翔的影子；靠近看，嶙峋的礁石上成群的水鸟在此停歇。对于大海中飞翔的鸟儿,岛礁是它们最好的驿站。

船抵近海岸边,抛缆锁船后,五峙山列岛鸟类管理员引我们踏进了神秘的东海鸟岛。在舟山群岛,1390座岛屿上有1000余座属无人居住的岛屿。鸟岛属五峙山列岛,系无人岛,由大五峙山、小五峙山、龙洞山、馒头山、鸦鹊山、无毛山、老鼠山七个形态各异的岛屿组成,是全国三大鸟类保护区之一,也是浙江省唯一的省级海洋鸟类自然保护区。

馒头山是五峙山列岛上鸟类栖居最多的岛。沿着葳蕤的灌木往上攀登,只见漫山的草木上落满了点点滴滴的灰白色鸟粪;头顶,成百上千的鹭鸶、鸥鸟盘旋,发出阵阵警惕的叫声,似在通知其他鸟儿,有外人的到来。岛上,植被繁茂,海滩上,鱼虾贝类成为鸟类的营养佐餐。草丛间,可以看到一些鸟儿正在孵化鸟蛋。面对我们这些"不速之客","鸟妈妈"伸长了脖子,用眼睛机警地盯看,准备时刻保护它们正在孵育的下一代。

鸟是很有灵性的动物。一位从美国回来的朋友讲过这样一则故事:美国黄石国家公园曾经历了一场森林大火,大火过后护林员们开始上山查看灾情。有位护林员在一棵树下发现了一只被烧焦的鸟。虽然已经死去,但这只鸟却如雕像一般保持着一种姿势。护林员感到有些惊奇,便用树枝轻轻地拨了拨那只鸟,没想到几只雏鸟从已经死去的母亲翅膀底下钻了出来。原来,这只慈爱的"鸟妈妈"本能地知道有毒的浓烟会向高处升腾,为了不让灾难降临到孩子们的身上,它把几只小鸟带到大树底下,用自己的翅膀为它们撑起了一个保护伞。

"鸟妈妈"本可以展翅飞走,找一处安全的栖身之所。但它不愿把自己的孩子丢在大火中。当火苗蹿上来灼烧它的身体时,它坚定地立在那里,一动也不动。因为它已经下定决心用自己的生命来保护翅膀底下的孩子们。

不一会儿,从天而降的鸟粪,打到了我们的衣服、帽子、手背和脸颊,好不狼狈。

五峙山列岛不愧是鸟的王国。岛上共40多种鸟类,有世界濒危物种"黑脸琵鹭",也有世界神话之鸟"黑嘴端凤头燕鸥"等国家保护的珍稀鸟类。据称,岛上的鸟儿已从1986年的300多只,发展到现今的12000多只。中央电视台《乡土》栏目摄制组还专程来鸟岛拍摄了专题片。

我不禁想起了藏民心目中的“神湖”——青海湖。在青海湖的西北部也有座鸟岛,面积仅0.8平方千米。每年5、6月份来自我国南方和东南亚等地的斑头雁、棕头鸥、鱼鸥、黑颈鹤等10多种候鸟,成群结队飞来栖居,这是观赏飞鸟的最佳季节。无数鸟儿衔草运枝,搬土叼泥,搭窝建巢,产蛋育雏,忙忙碌碌。那里成了鸟儿们的“伊甸园”。每遇天敌,众鸟群起攻之,使之落荒而逃。

古往今来,鸟一直是人类的朋友。以鸟入诗的佳作不胜枚举:“众鸟高飞尽,孤云独去闲。”(李白《独坐敬亭山》)“仰看云中雁,禽鸟亦有行。”(杜甫《遣兴三首》)“感时花溅泪,恨别鸟惊心。”(杜甫《春望》)“月出惊山鸟,时鸣春涧中。”(王维《鸟鸣涧》)“入春解作千般语,拂曙能先百鸟啼。”(王维《听百舌鸟》)“天花落不尽,处处鸟衔飞。”(綦毋潜《宿龙兴寺》)“蝉噪林逾静,鸟鸣山更幽。”(王籍《入若耶溪》)“千山鸟飞绝,万径人踪灭。”(柳宗元《江雪》)“春眠不觉晓,处处闻啼鸟。”(孟浩然《春晓》)“云无心以出岫,鸟倦飞而知还。”(陶渊明《归去来兮辞》)“山气日夕佳,飞鸟相与还。”(陶渊明《饮酒》)……

以鸟咏志,抒发文人墨客心中的情思,又怎是几行字所能概括?

鸟粪又一次从天而降。这是怎么回事?突然意识到,在鸟儿的眼里,我们俨然成了鸟类领地的“入侵者”。是我们打破了它们原本平静和谐的生活。

10多年前,当地相关部门曾规划过东海鸟岛生态旅游区,除五峙山鸟岛“千鸟迎宾区”外,还准备配套开发垂钓区、水产品捕捉区、康体疗养区、船上村落活动区、农业观光采摘区、知青小庄度假区、人鸟对话区等区域。当初,这种主要以观赏鸟岛风光和了解鸟类的生活习性为主,同时引出休闲的开发项目,我心里是十分担心的,生怕生态环境被破坏。

10年过去了,我发现自己的担心是多余的,鸟岛的规划已得到了进一步完善。如果游客想看鸟儿在岛上的生存状态,不用上岛,便可以在鸟岛以外

7000米处的西堠门大桥旅游风景区慢慢欣赏。大桥风景旅游开发公司在山顶会所安装了一套远程视频监控系统,通过安装在鸟岛上的摄像头,便可以把鸟岛上鸟类生长、繁衍及日常生活等情景实时记录下来,并利用光感传输技术即时把画面数据传输过来,让远在鸟岛外的游客身临岛中。

我们一行人小心翼翼地在岛上走着,生怕不小心踩着了鸟蛋。看着散落在野花盛开的草丛里一窝一窝青色或褐色的鸟蛋，还有因我们的来临而紧张不安地在草丛里乱钻乱叫的雏鸟,听着大群的成鸟在头顶不住地尖叫、扑翅、盘旋。渐渐地,我的心里开始不安起来,不再忍心成为鸟类眼中的“侵略者”。

人与万物之间,若能彼此和睦相处、平等对待、互助合作,这个世间将是美好的!

我不由想起了一位朋友转述的一则故事:有一年他在旧金山,早晨到公园散步,看到一群鸽子里头,有一只鸽子走路一跛一跛的,很痛苦。他仔细一看,它的腿上被人绑了绳子。他对鸽子招手,它就过来了,便帮它把绳子解开。到第二天,这只鸽子带了另一只鸽子,走到我朋友面前。朋友一看,它带来的鸽子那个腿上也是被人绑了绳子,他明白了,鸽子知道他会帮助它,所以前来求助。鸟通人情,你对它好,你肯帮助它,它有困难,它会来找你,向你求助。

鸟岛特有的栖息环境,成了各种候鸟的理想栖息地。

我像逃离似的跳上了船,竟然顾不上此刻浪涛颠簸得厉害。

船儿渐行渐远,那一刻,我恍然想起了有人说的一句话:海洋是生命的摇篮。是的,鸟岛的自然形成,也是生态平衡的一个重要标志。

不禁心中默念:别了,鸟岛。愿这里永远是鸟类栖居的天堂!

六横岛感受古木沙韵

我曾惊叹于普陀山的千步沙百步沙，感叹海天佛国所拥有的独特海洋沙滩资源的宝贵;我也曾惊叹于朱家尖沙滩创造的沙雕奇迹,引得八方来客流连忘返;我也曾把嵊泗基湖沙滩所拥有的湛蓝海水,视为对海洋生命增辉添彩的绝唱。这些,都是海洋城市值得骄傲的财富。

当五月阳光洒落大地,我有幸再一次踏上了六横岛的土地。六横岛属于舟山群岛,回程的路上,同行的人问我,此行最深的印象是什么?我略一思索之后信口说出:古木沙韵。

对古木沙韵的感受首先来自于龙头跳,这里可谓是六横岛最吸引人的景区之一。龙头跳,这是一个集古树木和海滨浴场于一体的旅游区,海滨浴场上的沙山起着防浪堤的作用,那里种有沙朴树、黄连木、黄檀古树等,周围点缀着星星点点的野百合、水仙花及各种不知名的花儿,此地相传为东海龙王首跳之地,因而得名。车子把我们送到了景区外,迎面见到的就是一个农家乐休闲区常见的竹制门楣,上面写着遒劲有力的"龙头跳"三个大字。沿着小径,款步而走,便可见到大片草地中建有一些旅游配套设施。在草地外面就是沙滩。这是一个海湾,山峦围出一个小小村落。

眼前,一群学生模样的男孩和女孩在沙滩上挖着沙坑,男孩把脚上的鞋子埋入沙滩的深处后,让女孩像寻找食物一般发疯似的徒手往下刨沙。银铃般清脆的嬉笑声在沙滩上一层层地扩张,与不远处的海浪涛声融汇后成为一种自然和谐的音符。我想,如果再过若干月,这里定会更加的闹猛。一顶顶遮阳伞支满沙滩;一对对远方的来客兴奋地扛着救生圈投向大海的怀抱;一对对喁喁细语的情侣在海边嬉水;风吹树林摇摆出阵阵沙沙声;海面上一只只船缓缓进入眼帘又渐渐地消失……

站在海滩上举目四望,眼前是一幅风光旖旎、风韵天成的水墨画。海上奇礁怪石遍布,岸上古木参天,蓝天、白云、碧海、金沙,使人流连忘返,在一个海与天的大背景下,海与天的衔接、山与水的融合、礁与石的兀立、树与草的搭配、人与船的点缀、吊床与帐篷的叠加,色彩远近厚薄、浓淡明暗的变化都恰到好处。

伴随此行并热心为我们做向导的是洪建丰先生。他不时地给我们介绍着什么。

当风景融进人文的沉淀,我们常常就会有一种欣喜若狂的发现。远眺大海,吟诵“漫漫平沙走百虹,瑶台失手玉杯空”之诗句,让人心旷神怡,转望古林,回味“但见悲鸟号古木,雄飞雌从绕林间”之意境,不禁思绪万千……

而悬山岛铜锣甩是游六横的三个景区之一。原始渔村的古朴,成为来自城市游人吸摄力所在。这里的古木更加丰富,当地村民介绍,这里原来有几十户人家居住,井是后人为生存而开凿的,在我们登岸的地方,有一条蜿蜒陡峻的混凝土浇筑的台阶,在修这台阶之前,居住在这里的村民若娶新娘,常是背着娘子沿着崖壁嶙峋的石缝攀附而上的,体会当年的情景,我更多的是一种惊讶!这是人类对自然极限的一种挑战,也体现着人定胜天的信念。

铜锣甩海面上两块兀立海面的礁石十分吸引人的视线,那光净的礁石背部光秃秃的布着岁月的纹理,许是像极了龟背的缘故,人们把它称之为双龟巡海。在悬山岛,我惊诧于其古木的众多,这种对古树种的热爱使其有了延续百年以上的历史,也见证了海岛变迁的沧桑。

面对古树盘根错节茂盛的枝叶,我想这里的古木得以生存的依据,会不会也像海南民间,很多村民把上了年纪的树都当作“风水树”加以保护,因而避免了被砍伐的命运。

不管怎么猜想,我对自然生命的茂盛是十分满意的。在龙头跳景区的沙滩旁也有一大片树林,合抱粗的树木比比皆是。据说这是舟山群岛保护最完好的原始树林,树种为具有舟山地方特色的黄连木、沙朴树,共有数百棵之多,大的胸径在一米以上,高达数十米,每株树冠遮阴几十平方米,树龄均在百年以上。我惊叹于六横岛上处处可见的古老的树种。那延续百年树轮的参天大树,昭示着一个文明的过程,同时足以说明六横对古木的保护意识。

对于城市来说,没有古树就等于没有历史。树,才是一个城市里真正的原住民。我们留住古树名木,就是留住城市的根。

这一次,我才真正觉得不枉此行,也由此对六横有了一个新的认识,我仿佛时时处处能感受到那里所折射出来的古木沙韵。

失落的渔村

山是那么的沉寂。一边是海滩,另一边是座山。东沙镇的小岙渔村就在山上。

抬头看,山上错落有致的建筑鳞次栉比。我们从舟山群岛所属的岱山本岛北部环岛公路跳下车,通往山上的路在哪里?

“通往山上的路，我用了四天时间才拔完杂草，还原出过去的那条山道。”

76岁的张士悦站在院落里,手里拿着刷子,不停地沾上一些红色的油漆往旧窗框上抹。“老伯,你这是往哪儿用啊?”

张士悦一回头，嘴里还在嘀咕着山道年久荒废的事。他看上去个头高大、身体健壮、硬朗。

“卫生间上用的,旧了,给上上漆。”

说话的当儿,他又顾自干着活儿,嘴上却回答着问话。

张士悦有四间房,一卧一厨一厅一卫。过去,张士悦到外做些小生意,一直住在宁波小港。四年前,觉得该落叶归根了。他一个人回到了小岙渔村的家里。家里有独立的卫生间,里面贴有瓷砖,还安装上了坐便器。说不上豪华,却感觉清洁、干净。“过去也用煤气灶烧饭菜,现在用上了电饭锅。”在这山间的屋子里,张士悦住的屋子里生活设施齐全,水、电、通讯样样都有。

人虽居“桃花源”,却一点儿都不闭塞。

“儿女都在宁波,我是一个人自己回来的。”张士悦回山赋闲后的生活挺简单。早上4点起床,晚上6时半睡觉。早晨起床后,海边去转上一圈,甩甩手、弯弯腰……早晨空气特别好啊!

张士悦的餐桌上罩着网罩,里面放着中餐吃剩的:一盘红烧笋、一碗榨菜,还有香干、豆腐、紫菜虾皮汤。

屋檐下安装有一只电铃，奇怪的是这电铃的电线一直是连着后面一户人家。后面紧邻着的住户只一层楼。门窗紧闭着,门把上面积着一层灰。

“原先后面的屋子里住着一位邻家的老人,电铃是照顾老人用的,有什么紧急事,按下电铃我就过去,这电铃是后面那户子女给我按上的,不过老人已过世了。”

小岙渔村临近岱衢洋,过去盛产大黄鱼。在岱山本岛东北方向,属岱山东沙镇辖区。原本村中的居民多以打鱼为生,20多年前,整个山上住满了人,少说也有数百人。由于过度的捕捞,现今渔业资源衰竭,岱衢族大黄鱼濒临灭绝,如今的渔村实际上已经没有人再出海作业,渔民都已转业。

年轻人走后,山上渐渐缺了人气。如今只剩下10多户有人居住,而且留守的都是上了年纪的人。

小岙渔村是一个典型的渔村,一个渔村一座山。山不高,弯弯曲曲的山路上部分路段都是用水泥浇筑的路面。上面居然还有公共厕所,从外看,还相当的整洁,公厕内都贴上了白色的瓷砖。看得出,这里曾经有过喧哗。

沿水泥坪走,斜坡处可以看到木质的旧式建筑,具典型的民国建筑风格。又看到不少现代农村的砖混建筑,不同的是风格,相同的是沉寂的门环和锈蚀的钥匙。

这里有一条路叫“工人里”,也是村落里唯一的有门牌的路。

屋前有7棵10余米高的树。屋子的正面写着“工人里19号”。敲打着篱笆喊着有人吗。瘦削的主人出现了。打开篱笆门,主人方伦华邀我们进去看看。

“这7棵樟树是我小时候种下的,至少有40年了。”方伦华今年55岁,在小岙渔村土生土长,过去也捕过鱼,后到岱山渔业公司工作。目前赋闲在家。整个屋子有上百平方米,只方伦华一个人住在家中。

“前段日子,岳父身体不佳,妻子去城里照顾年老父亲了。”人总往热闹的地方走,“我还有一个女儿,在外工作,只偶尔回家看看。”

在方伦华家的后院里放着两大盘泥螺。“平时,没事的时候,我就到山下的海涂拣些泥螺。这些是我刚拣的。”

方伦华平日吃的菜是菜地里自种的,鱼基本上也不用买,他在海边放了

10多个网笼,每天涨网收上来就够他吃的。“五代人居住过这里,多年前,这里还开有小卖部。”人口的稀落,使小渔岙村人要购买日常生活用品必须到镇上去。

沿着山路走,环境幽雅。沿路,各个不同历史时期的渔村住宅依山面海,排列错落有致。从清末民初到20世纪80年代的渔民住宅随处可见。但破落的房屋也比比皆是,许多人都住到外面去了,但历经岁月洗礼的房子依然安详地存在。这里称得上是天然的渔村博物馆。

62岁的陈亚月正在院落里忙着洗被子,一看到有访客,她就放下了手上的活,“我们这幢房子是20世纪80年代盖的”。

这是一幢砖混结构的建筑,陈亚月的丈夫正好去了冷冻厂上班,楼上的阳台上,小外甥看到有客来访,高兴地张望,并发出很大的声音来吸引我们。陈亚月的女儿在镇上一家私营公司上班,小外甥寄托在外婆处。

听着孩子稚气的笑声,小岙渔村不再让人寂寞。

在山下不远的地方有座“羊府宫”,作为信念的支撑者和历史的承载者,也寄托着小岙渔村历代渔民的祝福。

“羊府宫”不大,正面为大殿王楹,供奉着“羊府大帝”和“娘娘”神位,左右两个厢房塑曹班判官神像,中间建有戏台一座,戏台前建有山门,山门悬匾额,上面书写着“海不扬波”四字。“羊府宫”正门左边写着“风细雨顺”;右边写着“国泰民安”。

每到鱼汛期间,小岙渔村及各地渔民都会来烧香祈盼财神,保佑亲人在海上作业,平平安安,风平浪静。

在“羊府宫”内管理着事务的是一位竺秀菊的老人,她今年已经有76岁了。竺秀菊老人正忙着在厨房料理。老人性格爽朗,行动轻快,丝毫看不出半点老态。

见有客来就前来招呼,并为我们倒上了几杯水。

“天热喝杯水”,水是白开水,但喝在嘴里却是甘甜的,这也许是渔村的纯朴使然吧。

“羊府宫”建于清乾隆二十年(1755),至今已250多年。被称为“海上妈祖庙”,相传乾隆年间,岱山有位姓羊的船老大,在海上救人无数,他死后被玉帝封为海神,并被封为“羊府大帝”,掌管海上生死,百姓念其生前广积阴德,并募资为其立祠。

眼前的“羊府宫”门前来客稀少。这多少跟小渔村的败落有些关联。

往事俱逝。小岙渔村的盛衰,也见证了海洋渔业资源的变迁。

古镇余音今犹在

东沙古镇是目前舟山群岛渔村风情保存最完整的一个海岛古镇之一,也是舟山群岛历史上著名的渔港。

东沙镇中心有一条人民路,在路的转角处,竖着一块“横街鱼市”指示牌。林阿祥老人今年68岁,打出生开始,他就住在这条街上。他也是“横街鱼市”见证人。

热心的阿祥老人自愿成为我们的向导。

老人个头不高,却是个东沙“地保”,走在东沙旮旮旯旯,看到的人都称他“阿祥”,听那唤声就能觉出中间的亲近与熟稔。

“横街鱼市”位于东沙古镇中心。长约300米,占地面积约1470平方米。为“蓬莱十景”之一,包括横街及和平路、人民路的一段。

阿祥说:“我的祖上就住在这里,至今有上百年历史。”这条街上,现存店铺有“升记号发兑铺”“聚泰祥”“中国通商银行”“王新昌米号”“鼎和园香干”等。“当年渔业的兴起发展,小小的东沙招徕了四方居民和百作工匠。”

一业带兴百业旺。“横街鱼市”在20世纪70年代前是整个岱山的商业活动中心。阿祥回忆,“我小辰光这条街上人最多,沿街商铺林立,人群熙攘,热闹非凡。早、晚潮以后,渔船拢洋,沿街卖鱼、买鱼、运鱼的聚集于街道两旁”。鼎盛时,整个东沙镇有8万人口,两万多艘渔船。由于东沙角地近岱衢洋,渔民为了补给和出售鱼货,多集中在这里,鱼汛之际人最多。

当年的“中国通商银行”在这条“横街鱼市”上,门牌上写着人民路23号。“中国通商银行”大门进口略小,目测不会超过2米,门里砖混结构,带有民国建筑风格。

“这房间是我阿爸造好租给银行的。”91岁的金阿雪老人就住在里面,耳聪目明。看到我还忙着从藤椅上坐起来。她说:“阿爸当年开鱼厂,生有四男两女,现在六个子女只剩我还在,阿爸当年赚了一大笔钱,盖了四幢房,算算这幢房子已有80多年。”

如今,偌大的房子里只住着金阿雪老人和她的侄子。

东沙古镇的横街上有一座只剩门墙的老字号,从上面的字迹依稀可见“宏祥布店”字样,它的正门已被封死。阿祥介绍,这座房子原来开过布店,住在附近的老杨知道情况。阿祥很快帮我们找来了老杨,74岁的老杨名叫杨成忠。他告诉我们,20世纪70年代这里开有一家供销社,后来由于经营不善关了门。70年代,老杨把空置的房子租来改为副食品店,经营过一段时间。老杨说,“宏祥布店”的主人姓刘,东沙人。这幢房有近百年的历史。

“聚泰祥”曾经也是一座布庄,开在东沙古镇的横街上,为二层的西式建筑。建筑正面的墙体为白色,侧面临街的墙则粉刷成黑色,并开有一侧门,为现在的主要入口。“这里已多年没有住人”,阿祥从口袋里掏出钥匙,从侧门带我们进到里面。阿祥说,是镇里让他保存“聚泰祥”钥匙的,他是这里的义务管理员。

“聚泰祥”为两层建筑,分里外两幢。建筑前部是个大厅,后部主要是用来住宿的。阿祥说:“当年柜台是放大厅两边的。”抬头向上看,大厅前部可见二楼走廊,廊道上雕刻精细。“聚泰祥”始建于民国时期,前身为棉布行,新中国成立前为国民党的银行,新中国成立后设中国人民银行,中国人民银行搬迁后被私人承包,曾两易其主,整体占地面积近280平方米,当年在其主建筑后设有金库,金库是一间石质房屋,屋里有一口井,这在其他地方比较罕见。

“聚泰祥”大厅空荡荡的,大厅的后面挂着不少画片。阿祥说,20世纪90年代末,电视剧《地下秘密战》曾在这里拍摄。

“横街鱼市”从乾隆年间开始形成，清末民初时最为繁荣，这种繁荣景象持续了200多年。后因渔业资源衰退，岱衢洋黄鱼销声匿迹，横街由此衰落。

大宅人家，庭院深深。房还是当年的房，只是这里已没有了当年的喧闹……

孙家大院在铁畈沙路。阿祥说铁畈沙路旧时也叫“九间头”，老人带我们敲响了主人家的门。开门人一看到林阿祥，第一句就是“是阿祥啊”，看得出双方之间极其熟悉。

来开门的人不是别人，正是孙家嫡传曾孙。

孙高慰，今年已有69岁。“这房是我太公手上建的，有近百年了吧。建有八幢房，每幢有80平方米，分上下层，有前后院落。”孙高慰介绍说，“过去这里有兄弟四户人家住，现在都往外搬，只剩两户人家了。”

孙家大院是一座典型的四合院，为两层单檐硬山顶木结构建筑，两边为风火墙，主体建筑面积为234.67平方米，前面一道灰砖围墙，中间开一高大的石库门，西南一列五间上房，中间为厅堂，宽敞又高大，很是气派。两边厢房则是对称的二层楼格式，很有特色。这座古宅的最大特点是建筑用料特别讲究，厅院当中地面皆用土产优质平直石板铺设，最长的有4.5米，屋墙石料有大理石、花岗岩等。

孙高慰过去从事印刷工作，现已退休。他告诉我，他的太公是船商，在福建做生意时带来了大量木料，厅院四周“柱子”多系闽北运来的樟、柏树条，粗而直。房屋建筑虽已显陈旧，加之“文化大革命”时被破坏，但仍能看出当年的檐廊雕琢的精细。院内大门正上方有四个砖雕，孙高慰说：“当年因为害怕，自己把它给凿了，现在想把它给修复起来，四个字中认出了‘政、臻、气’三个字，还有一个字至今没能认出，实在遗憾。”

俞家大院在古镇鱼盐弄15号。俞家后代俞谷明，今年已86岁，听力极好。他告诉我，俞家大院在阿爷手里造起来，有96年历史。有9幢房，面积400多平方米。因为随子女搬到高亭居住，如今，他也很少来这里。

俞家大院正门，是一典型的石库门，石门框上檐两角嵌有对称的两块青石雕刻,一角是凤与箫笙,一角是凰与如意,都用镂空浮雕,工艺极其精细。门开在楼房底层,进门是一间穿堂,四方形小院落,三面二层楼,各层九间房,东面一道灰砖院墙,形成一个四合院。正屋朝东,下为厅堂,上为祖宗堂,上堂栏杆都是木质回龙花图案,上堂排门一列八扇,上为木回龙,下是阳刻菱形图案,南面是卧房,舍头间作厨房,里面还有一旧式柴灶台,保存完好。最典型的是北面一列房子,上面是账房等,下面四间相通作桶间,当年埋有四口大落地桶,是用来腌制咸鱼的。俞家大院始建于清代,祖上当年是从事收购鱼货生意的。

阿祥老人带我们穿行在巷子里。自由弄17号,是董家大院。门锁已锈蚀,看得出这里已好久没有住人。和平弄4号是座典型的四合院建筑,里面住着86岁的岑玲娣老人,这位老人在那里已经住了一辈子,老人有六个子女,中午午休时间,老人躺在三人沙发上进入了午睡……

大宅人家,庭院深深,在东沙古镇,这样的院落人家还有很多很多。岁月已逝,房还是当年的房,只是这里已没有了当年的喧闹与人气。

兰秀岛,落寞中的辉煌

秀山,又称兰秀,在山与水之间,兰秀文化在群岛之间绽放。

厉家,是秀山的大族世家,名人辈出,先后涌现了"浙东三杰"之一的诗人书画家厉志(号骇谷,又称白华山人)、常州知府厉学潮、名医厉德铭、武举人厉姓晋那样的一批名人。

深秋季节,我踩着兰山文化,寻觅着昔日的沉淀。在岱山县秀山岛北浦,这里有厉姓五大房古宅,是秀山最大姓——厉氏的集居地,据称过去占地50余亩,古宅始建于明末清初,至今有300多年历史。

厉家在秀山是一大望族。最早的五个儿子各有所长,厉家古宅便在老五手里开始构筑,被经营得规模恢宏,气势不凡。据介绍,厉家曾有宗祠、十亩间花园,这里内部有被秀山人称为跑马场的练武场等几处清代建筑,成为当时舟山建筑物中的“翘楚”。

以厉族“众家祠堂”为中心的清代古建筑群，寻觅中仍依稀可见曾经的辉煌与精致。古宅中有跑马场、十亩间、厉家宗祠……如今，跑马场不再，十亩间无踪，废墟也难觅，只能在想象与回忆中复制。厉家宗祠虽还存留，却已风光破落，坍塌的残壁掩饰不住岁月的流逝，保留尚好的前后两间房屋也落寞着脸，涂抹着一层层的沧桑。

厉家曾出过诗人、书画家厉志，其次子厉学潮（官至常州府知府），还有秀才厉得鹏、厉得明兄弟，孝廉方正厉秉衡，名医厉德铭，武举人厉姓晋，书法家厉姓水，大实业家厉树雄等。其中最有名气的要数清道光年间的著名诗人、书画家厉志了。

破旧的古宅经岁月的洗礼已经变得冷落与寂寞。循着屋檐我们寻访到了一户开着门的农家。家里的女主人告诉我，户主是厉姓宗氏，几十年前，她是从邻村嫁入这户人家的。在这户厉姓的农家院落一角放着一块石碑，上面刻有“十亩间”三字，其落款“白华居士”。这是祖上留存下来的。秀山乡陪同人员告诉我：“白华居士”就是厉志的号，民国《定海县志》“人物”中记载称其是“浙东三杰”。查阅资料得知，厉志字骇谷（1804—1861年），号白华居士，诗、书、画三才齐备。工诗，善书画，行草，学明人。山水兰竹，有李檀园逸趣，中岁患目眵，而书画益进。捉管疾扫，全以神行，故无不妙。尤其是他的行书和草书，形如寒梅，形神皆备，一气呵成。与镇海姚燮、临海傅濂并称“浙东三杰”。

从破落的大宅院里，我似乎看到了曾经的历史人文积淀。

厉家古宅内有很多地方都留有名人手迹。

在秀山乡北浦村厉家五房旧宅上的门额写着“德礼不易”四字。砖雕镶嵌精致考究，字体圆润娴熟，据称这是定海籍的乾隆五十五年（1790）进士，曾任朝廷内阁中书的陈庆槐的手迹，书法价值极高，至今已有200多年的历史。知情人告诉记者，“初来秀山的厉族人，应该在清代的康熙、乾隆年间。舟山人第二次大迁徙后的展复，在康熙二十二年。秀山只有童、厉两家出秀才”。

厉家后人向我展示了一组砖雕,上面写着“宁静致远”。在一座颓败的门楣上,刻着“德礼不易”四个字。字迹遒劲,上面添着红色的颜料。据介绍,《左传》中记载有“德礼不易”,是管仲的邦交思想之一,他向齐桓公提出了“招携以礼,怀远以德,德礼不易,无人不怀”的思想,充分肯定了礼德在治国平天下中的作用,从而赢得了诸侯的信服,称霸于东方。

厉家名人辈出,历史文化积淀深厚,厉家古宅内有很多地方都留有名人手迹,尤其在厉姓众家祠堂的通用联中可见其一斑。如“农亩时勤业;儒林日漱芳”。为厉氏宗祠五言通用联。在封建社会宗族认为族人务农需兢兢业业,读书应一门心思,才能守业和光宗耀祖。还有佚名撰的两对六言通用联:一联“指画巨松称冠;武学诸子第一”。上联典指清代画家厉志曾于西湖昭庆寺指画巨松,众人见之惊为奇迹。下联典指宋代举人东阳人厉仲方,以武学诸生举第一名。曾造战车九车弩,后人用以败金兵。另一联“非显非藏姓氏;半耕半读人家”。上联典指厉姓来历是有历史渊源的。下联典指厉家务农读书兼之,是实实在在的宜昌之家。

（原载《中国作家》2013年第11期）

海边旧事

◎ 於国安

码　头

渔村的小岙，寂静或者喧嚣，码头或许是最为可靠的证明人。有渔船的地方，就有码头，而这个码头，只是再也简单不过。可能除了风向好，其他硬件设施蹩脚得一塌糊涂。三三两两的几根桩头，一块相对平整的地带。其他的几乎都是礁岩，用我们的话说就是乱石滩横。

我说的就是道洞礁，南头山、外南头、七家岙、走马塘等几处自然山岙共用的一个码头。它的名字和渔村的石头一样，稀奇古怪，你要探讨它的原意，恐怕要问早已作古的老辈人。没有人给它取个正常的书面字，它正以前所未有的速度被人遗忘。

遗忘是证明我们长大与逃离的一部分。

而连接这两端的重要一环是什么呢？是记忆中，我和母亲、阿爷和阿菩（奶奶）在一起，而每风和每潮都和码头有关。父亲下海去了，他从家里出发，他背着是什么家什呢？对不起，我现在已答不上来。终归是补网的工具、换洗的衣裳……他从我们的屋里出发,或者从后背走过去,或者从下面姑丈公屋的面前绕过去,候潮出发。

阿爹下海去了,我们的生活归于平静,阿妈总有忙不完的活,折腾不完的事。我们兄妹三个读书,忙些鸡零狗碎的事,吵、闹,一天到夜,进进出出,也有忙不完的事。

有时,我们也偶尔谈起父亲的船几时回来,因为隔壁的“泥螺”“排长”等又在吃新鲜的蟹、鱼了。母亲总是不响,我注意到一次,她的筷子抖动一下,她说,快点吃饭。在侧愣的瞬间,她的头会偏过窗门,快速地向外瞄一眼,我们的房子斜对侧正好是码头。

在我的记忆中, 码头带给我们更多的是村庄的热闹。日子差不多的时候,阿爷就会盼着潮水,嘴里咕哝着阿爹的船只,啥个时候可以回来。阿爷的话很应验,常常是他唠唠叨叨的时候,父亲的船就回来了。父亲回来的第一件事,就是把水缸里的水挑满。满缸的水够我们吃三四天的。如果碰着礼拜六、礼拜天,阿妈就会说,你阿爹船来了,你去看一下。在我的印象中,母亲好像很少去码头接父亲。很多时候,我是候不着父亲,他要么是半夜到船,要么是白天到船,算起来,还是夜里到的比较多。迷迷糊糊中,道洞礁下面杂杂碎碎的声音传来,母亲起身,就开始在灶间为父亲准备夜餐,烧些开水之类。

如果是平白无故的“老好”天日,一转背,码头边有船靠泊,母亲的脸上就挂起一丝愁云,有一次我跟着母亲做地头,母亲老远就望见一艘船磨磨蹭蹭地开过来,母亲在地头上锄几下,就抬起头,望望,看看,嘴巴里嘀咕着:介好(这么好)的天气,咋回事。在渔村往往是船只“插蜡烛”或者出现伤人事故,才在不该回来的时候回来。于我来说,在码头上比较好玩的是跟父亲到码头管船,船有时候是打着缆绳停泊,有时候是老远隔水泊锚,那几样我是一样都束手无策,父亲吊着缆绳攀过去的时候,我只能干等着,几次下来,我也总算学着些什么,如果距离不是很远,勉强能对付过去。也不知什么,我对船上的印象并不多好,狭小的空间,呛人的油气和鱼腥味。我印象深刻的是那一次,船上有吃不完的干虾,那时有个规定,公家的东西不能私自带回家,父亲唯一可做的就是把我带到船上，让我吃，我一刻不停地吃“老虾”，也许是今生吃到的最好的味道。

我对于码头的忘不掉，也不单单是这个谁也记不得的地名，更多的台风季，从码头上一具具抬上来的尸体，从码头上传来的一阵比一阵高的哭声，在海岛，这是你必须经历的一部分。

码头是离家较近的地方，也可能是你永远也靠近不了的家。

推 挈

说实话，我对于海边的一些营生行当是陌生的，尽管我在南头山生活了二十九年，尽管海离南头山只有几步路。比方说，腾青蛏我不会，采海参也不会，敲贝类我也不会，算起来，应该还有很多。闭上眼时想一想，有几样事体倒是十分清爽，这推挈便是其中一样。如果现在再回转头去到我十多年没去的南头山老家张一眼，兴许在某个角落里还躺着一顶挈网，灰尘缚沙，污旧不堪。关于挈网的式样，我本来想画张图，可惜我这三脚猫的功夫，实在拿不出手，有段日子看丰子恺的文章，很被他的漫画吸引，唰唰几笔，样子就出来，省得多费涎唾水。

其实挈网的构件非常简单，两根毛竹竿，竹竿最好顺通些，不要弯里弯势，长短要与推挈的人及推挈的潮水候逢好，“冲团”（方言，孟浪的青少年）那么挈网就要小了些，能长能大的人就和成人一般大。竹竿的头上缚上木头做的溜柱，头翘起，正面削得比较光滑，在泥涂里推进便当。两根毛竹的中间就用网片，网片的边沿上有些坠物挂着。当中有个插杆，起到拉网的作用。

记忆中，父亲一有空，便背上挈网，扛着挈桶，顺手夹着小撩盆就出发了。推挈推来最多的是蟹丁、虾和籽鱼。特别是在拢洋回来的日子里，新鲜的海货断档了，每当我们嘴巴淡索了，父亲准能背起挈网到海里去，给一家老少解解烟火气。稀奇的是，母亲从来不催，不像别人家的老婆，男人一有空，叨唠个不停,一刻也不让他消停。说到底母亲对海是恐惧的,她20岁时从定海的一个农村嫁过来,从毛峙乘船,吐得昏头落脚,从一只脚踏上这个岛时,她就对变化莫测的海充满了不安,作为妻子和母亲的她,觉得没有什么比一家平平安安更为重要的了。

推挈,分为落潮和涨潮,相对来说初一、月半等大水节日,海里的货色多一些。勤力的人可以推上二、三潮。推落潮挈,人安全些,人随着潮水走,横着推,我跟过父亲几趟。父亲在前头走,他把挈网放下去,网顶探到泥涂后,网就放平,顺着泥涂推过去,因为两根竹竿之间有网片,鱼啊、虾类就自然给网罩住了。看看推的时光差不多了,就算一网,使把劲用插杆把它扳起来,这要用些力道,我也试过一回,怎么昂也昂不起来。这里除了蛮力外,还需要懂得些海水的水性,要对泥涂地形相对熟悉。昂起来后,毛竹竿就插在泥涂里,抽出一只手用带来的小撩盆把罩在网里的"货色"撩起来,放在身后的桶里,这个桶一般用绳子一头牵在父亲的腰上。我跟父亲的几回,就在身后帮父亲推桶。陌时推挈的话,是推不了几步远的,挈网的头就杵在泥涂里了。因为你掂量不出泥涂高低状况,用力不均。假如网里有籽鱼,那就麻烦了,如果你是单单把鱼放在桶里,一会儿它跳出了,我记得父亲先把鱼捉在手里,用嘴在籽鱼的头上咬一下(大概是把它咬死吧),然后再把它扔在桶里。涨潮挈比落潮挈难推,有危险性,你不能贪大,一不小心,潮水涨得快的话,赶不上,生命就要危险。但最危险的还是推夜挈,在海边这么多年,我是一次也没去过。算算时间,估摸到点快了,母亲和我就会拿着手电筒到滩横头等父亲,我们用手电筒照一下,父亲在那头亮光一闪,暗号接上,母亲悬着的心就放下了。母亲在这方面总是比别人会担心事。我记得有一年,定海的表哥来我家走亲戚,对海边的营生相当感兴趣,嚷着要去推挈,父亲就带他去,开始的时候,兴致很高,咋咋呼呼,后来,潮水越来越大,漫到胸腹,他就不响了,催着父亲好了没有。等潮水漫到头颈时,表哥真的是吓煞了,求着父亲快点回去。自从这次后,以后到我家来,他就再也不敢去推夜挈了。

常听人讲,生在海里的人,天生对海有种亲近感,对海熟门熟路,摸得着海的脾性。这话说对了一半。海的另一幅面孔,那就是随时随刻地瞄着你的生命。你稍微不留意,小命就搭上了。我的老家,每年有很多人就死在海里。其中推挈的也有好几个,记得,下岙的老李,推涨潮挈被海水裹走了,还有一个人,大约是推的时间久了,脱力了,拔泥涂拔不动了,活生生地躺在泥涂上被潮水漫死。最幸运的人七家岙的张伯,有一回推挈,蹚了泥涂回家,累了,人陷在船泊过的泥涂里,越陷越深。幸好有人路过,把他救了上来。这样的事,几乎每天要遇上,是死是活就看你运气了。换句话说,向海里讨生活的人,命就像船一样漂在大海上,一浮一沉,兴许,一会儿就看不见了。

串 网

这个写法可能不是最正确,音义结合,勉强凑合。这是我小时候老家经常可以见到的活动。明白的人,往南头山冈墩一站,老远瞭见有几只船只在山渚头驶来开去。此时,他不声张。继续观察。他心里头的问号是什么船只?是不是本地?天气这么好,不会是“插蜡烛”?再一看,他马上别出苗头了。

晚上有串网。

串网是近海作业的一种,近年来已不太看到。它和张网有区别,一时半会儿我也说不清楚,网具啊,地点啊,作业方式啊等。我的理解是张网比较自由,一只船,一顶网,来来去去,像是现在的单身主义者。要做就做,要收就收。用不着看人家眼色。而串网,相对隐摭物事较多,涨潮落潮也好,潭地也罢,区域也好,可能更加狭窄。而且它的隐蔽性较差,而众人的参与性就强了。像开头我还原的一样,晃来晃去,可最终被我们逮住了。这样的夜晚,它的胜利果实必定要与我们共享。

南头山的声音是这样汇集的:晚上有串网。这个声音不仅南头山听到了,近而传到了下岙的七家岙。转背,连对过去的走马塘人也晓得了。饭碗放下就马上来伺候了。当然他们来时是小心的——抢占地盘还有什么大嗓门可言。

其实也不用心急,攥在手心的活还怕它跑了不成。一旦它落入潭地,会变戏法也不成。这也是串网主最为担心的事——怕过早被人着眼——做些小本生意不容易。很多网主像电影里放的游击队员一样,悄悄地来,悄悄地走。倘若场面大了,只好先开溜。或者先踅摸几下再入手。

但要逃脱当地人的眼角显然是不可能的。现在,用不着心急。盼盼潮水。还早呢？聊天吃烟。如在后半夜,嚷着要去的小孩就会少些。也有的大人担心安全,就不让他参与了。那时的山渚头是很热闹的。能到海里鼓捣几下的人都下去发一笔横财去。暗里卜落,吵吵闹闹。有的是赶热闹,根本不晓得目的地在哪,像一大群鸭一样随大流走了。夜里的市面要比白天里来得差些,而对相对熟悉的赶海人来说,并不乱手脚,还是照单没收。到了目的地,拿出家什(一般是撩盆、网袋之类),该用手抓的抓,该用手摸的摸,该是亲眷合作的合作。两三人合伙最是便当,在水洼处,一个人拦住一头,另一个堆住另一头(像在水沟里捉鱼),水深的用撩盆撩,水浅的用手抓。各式各样的"家伙"都有,蟹、虾、鱼(弹涂鱼、鲷鱼居多)……大的鱼有手掌般阔,一只手还抓不牢,一不小心滑脱逃跑。人是撞来撞去,打烂泥仗一样。很多人为了抢一个好潭地而互相牵来扯去,骂骂咧咧。好在海边人都是这种性格,隔夜就忘记了。我去过几趟,很惭愧,只摸些小鱼、小虾,成果委实"推板",用我阿爷的话是,我永远成不了一个合格的海边人。

有一点,不管怎么出格、强横,串网主会死死管住最好的潭地,管牢靠近串网一带。一般来说,"抢夺胜利果实"的一方,还是识相的多,毕竟人家是花了大本大钿,你这样空手套白狼,抢人家的饭碗,手底下要留情。至于不识相的人,全世界都有,强横霸道的人总是能占些便宜,这里也不表了。

我对串网不是很熟悉,听阿爹讲,串网分为两种,一种是掇串,另一种是挠串。掇串就是把网的杆子插在泥涂里,网衣是悬空的,落潮时,鱼就卡在网眼里,收网时,船过来,一片片拔过来就行。挠串,就是把网衣连同杆子插在泥涂里，拦住一块地盘，在地盘里收拾伙计。关于“掇”和“挠”都是方言，大约舟山人能听得懂，听得懂了也能理解这种活动的内容了。我此文表述的便是“挠串”的一个场景。以前我经历过，往后，我想大概想要经历也经历不到了。

（原载《天涯》2013年第5期）

书画缘牵动两岸情

◎ 徐荣木

每年1月4日三毛祭日，家住浙江舟山市沈家门的书法家倪竹青老人和家人都会摆上一桌供品，点燃三炷清香，寄托对侄女——台湾著名女作家三毛的无尽哀思，这一悼念方式自1991年三毛去世以来从未间断。

95岁的倪老慈眉善目，说话平静从容，他被三毛称为“我在大陆最亲密的人”。

据倪老回忆，当年他读中学时，倪家租住于三毛祖父陈宗绪在定海的家。少年倪竹青因字写得漂亮，陈家常请他写文案，还主动免其租费，两家就此结下深情厚谊，后来还推荐他去南京三毛父亲开的律师事务所工作。倪竹青与三毛一家朝夕相处，闲暇时常抱着年幼的三毛逗玩。

1949年，陈家搬去台湾，倪老返舟山，别后40年音讯全无。

三毛在《金陵记》一文中写道：“那是家里的办公室，也是竹青叔写公文的地方。而我们小孩子，一再被严重警告，那是不许进去玩的禁地。在那安静极了的地方，我看见了至今仍然酷爱把玩的文房四宝。它们，就像那竹青叔叔，永远一袭长袍，不说什么话，而散发出一分文人雅士的清幽之气。”

海峡两岸通邮后，1988年5月20日，三毛收到了倪竹青给她家的来信。当日她给倪老写了一封热情洋溢的长信，信中说：“今日突然收到来信，使我们全家惊喜交织，隔绝40年尚能再通信息，真是不可思议。”她讲述陈家去台后的种种境况，回忆在南京的童年生活，还清晰记得倪叔的样子，其喜悦之情倾泻笔端。

倪老邀请三毛来大陆作客，三毛爽快答应。1989年4月的一天，阔别大陆40年的三毛，终于回到了心驰神往的故土舟山，祭拜祖上，实现了与倪老重逢的夙愿。她身着红色运动服，白色长裙，肩披秀发，背一只蓝色旅游包，一身浪迹天涯的侠女着装，从渡轮下来，热情地拥抱着倪老，泣不成声。三毛给倪老带来了一张被她珍藏了整整40年的照片，是当年倪老与三毛全家在南京中山陵前的合影。

在亲人的陪同下，三毛赴定海城以西10余里的小沙镇陈家村，这里是三毛祖父陈宗绪出生的地方。三毛用袋装了祖父坟上一把土，用瓶灌了院内古井一瓶水，带回台湾留作永久纪念。此后，她与倪老的书信在台海间飞来飞去，成忘年之交。三毛视倪老为一位高尚的人，对他的书画艺术作品十分推崇欣赏，彼此谈论书画成了重要话题。倪老书写“侠骨柔情”四字赠予三毛，她非常欢喜，把它悬挂室内。她常说：“叔叔的书画艺术使我看得发痴。”

在给倪老的信中，她坦言：中国太神秘太丰富了，就算不是中国人，也会很喜欢住在这里。大陆是根，不能割舍，任何因素也割不断她对中国的热爱，这是血缘，改变不了的。她从内心深处祈盼海峡两岸早日统一，并为之奔走呼吁。

寻根之旅后，三毛对祖国的爱更浓更深，并考虑来大陆定居。她说：我在台湾生活了3年，在国外22年，从来没有如此爱恋一片土地像中国。这种民族情感，是没有办法从我心中拿去的……

三毛逝世后，舟山市政府将四合院式的三毛祖居辟为纪念馆，作为文化遗产保护项目，悬挂在门楣上的“三毛祖居”牌匾是倪老用泪水写成的。

故乡人永远怀念她。

[原载《人民日报》(海外版)2015年1月13日]

悠悠登溪水

◎ 阎受鹏

那一线流泉踩着细碎的脚步声，从大山深处悠悠而来，绿映千山树，红浮两岸花，裙裾曳地，七曲八扭，若天真烂漫的少女，一会儿亲吻着崖壁上的青苔，一会儿撩拨岩罅间探头的草叶，顽皮地绕过一座座嶙峋的巉岩，泼辣地拽起下摆，腾越于石滩，弄得珮环叮咚，欢笑着荡漾出一圈圈柔美的酒窝；萦纡处向路人飞一个媚眼，扭一扭纤细的腰肢，悄悄地进入村子。于是故乡——马站便有了这条绮丽的溪，一脉迂回穿插于村子的溪。

这条溪，其实并不完全女性化，柔中寓刚，她不只有个显示阳刚之气的名字——登溪，且在流程中也袒露几分壮美的男性风姿。

溪水的本性向下流淌，而“登”，有向上之意。这条溪缘何命名为“登”呢？她发源于台州大雷山南麓，据元代文学家戴表元考证，大雷山古称登岱山，故名登溪，又叫锦溪。除与登岱山有关外，还另有意蕴。清代贡生孙声华《马站九题·登溪》诗云：“润下溪流性，如何亦诞登？日升驱鸭桁，宵陟捕鱼灯。水越梯千级，岩支栈几层。龙门疑即是，不必畏崚嶒。”登溪无坚不摧，不惧一道道塞路的峭壁。有容乃大，她一路热忱地招呼一缕缕山泉一起前进，一路用自己的身躯——无形的钢凿，勇敢地直插峭壁薄弱处，日夜不停地冲击，凿开一扇扇石门。有了登溪这样的智慧和毅力，攀栈道、越石梯，不畏险峻，那么，你就有登上龙门的希望。故乡的先人总盼望子孙有出息，即使一条小溪的命名，也不忘激励后辈志存高远。

如果你站在溪边，会乐此不疲地沉醉在那和谐的景色中：那些起伏的山峦、丛林和流泉，水面上漂浮的倒影，金黄的梯地，就像一个美丽的桃源。山深林密，源远流长，千百年来，溪水徐徐而来，从不干涸。春夏两季，雨水渗透山林，每一寸土地都软汪汪，给登溪丰富的营养。即便秋冬枯旱，自有地下水汩汩冒出，登溪依然生机勃勃，充满活力。

清晨，登溪一片寂静。这并非山村人家对她冷落，而恰恰正是对她的虔诚。因为自古以来，山村人家饮水之源，全在这溪中，世代相传，约定俗成：晨7时前，不得洗涤。虽然有的人家用竹管引来了山泉，但仍然默默守约。饮溪，自然对溪多一份深情，上岁数的人常告诫子孙："用溪须得护溪。"一日，有人拉一车物品过溪边，稍不留神，轮子被凸出的石头绊了一下，车子侧翻，一个玻璃瓶落溪粉碎，花生油漂起。拉车人立即跳进溪流，大半天才舒口气站起，终于把一大片油花一勺勺舀进木桶，把锋利的碎玻璃片一枚枚捡进布袋。

登溪也不负山村人的厚爱，慷慨相许，不仅奉献甘甜清冽的饮水，还馈赠村民一份生活的美。瞧，那古老的蜿蜒曲折的鹅卵石径，或一字排开的老屋石墙，其材质全都取自溪中或溪畔石灰岩，纹理悦目，色彩斑斓。

故乡人与登溪须臾难离。早半晌，静谧的登溪便闹哄哄了，石埠头蹲满了婆婆妈妈、姑娘媳妇，身边排着一只只洗衣盆。一溪衣杵棒捶声，一溪笑语喧哗声。待溪边一静，村边的晒场上热闹起来，一条条晾竿上挂满了五颜六色的衣衫。20世纪80年代的化肥与农药，曾给登溪造成巨大伤痛，可登溪是大度的宽容的，当人们意识到绿水青山就是金山银山，她便尽弃前嫌，一路畅快而流，浇出的全是茁壮的庄稼与灿烂的奇花异木，馈赠给人们丰厚的物质与高层次的生活美。

夏夜，溪边是人气最旺的地方。蟋蟀时而在石穴里"居居"，纺织娘不停地在草丛中“轧轧”……溪畔昆虫的低鸣,仿佛从我的耳朵渗入全身每一个细胞。人们有的坐在石条上,有的坐在从家里端来的椅子上,闹盈盈一片。老人们手上摇着芭蕉扇,津津有味地说古论今,讲赵子龙大战长坂坡,讲武松景阳冈打虎,讲梁山伯与祝英台,讲孟姜女……孩子们有的竖起耳朵听着,有的偎在母亲的怀里数星星。“七尺扁担稻桶星,念过七遍会聪明。”大人们说谁能一口气把这两句话念上七遍,谁就会更聪明。于是,孩子们望着蓝莹莹的苍穹里稻桶般的北斗星座,真的一遍一遍飞快地念着,大人一夸,孩子们就高兴地蹦跳起来。

登溪,是我童年的乐园。不管春夏秋冬,她都会给我无穷的乐趣。有了她,我的童年岁月才绚丽多彩。

春天,绵绵烟雨洒在山谷,溪水渐渐涨了,慢慢地淹没了一片片石滩,溪岸的辣蓼和马兰草也长出了蓬蓬松松的嫩芽, 一群群鸭子的扁嘴起劲地搜觅着溪底的螺蛳和毛虾。初夏时节,溪水更旺了,奔腾的溪流与岩石相碰激起了一朵朵雪白的水花,石斑鱼、排鱼、老虾公在水花中欢跳。我溪边童年最欢乐的时候也来到了。

“六月六,黄狗小猫都汏浴。”登溪,偌大的村民浴池。夏日傍晚,男人不论老小,都泡在清凉的溪水里。不会游泳的把裤子泡湿,用带子扎紧裤管,向水中急急一兜,捕捉了饱饱的一裤子空气,再用带子把裤腰扎好,便成了极合用的“救生圈”。有了这东西,即使一点也不会游泳的人也不用担心,搁在腰下大胆地向深处游去。我呢,不放过显摆的机会,举起双手,上半身露出水面,踩着水,一步一步在深处慢悠悠地转。

溪中最热闹的是打水仗,水珠越密,笑声越亮。那一道道腾空的水帘在阳光里闪耀着七彩,一声声欢呼震荡着山谷。不在乎输赢,只求个快活。闹完了,身子泡凉了便躺在溪边的石头上晒太阳,过一会儿便争着往潭中跳。顿时,哗啦哗啦响,浪花激溅,有的狗爬,有的蝶飞,有的仰浮,有的潜游……

人大了,嫌家门口的水太浅了。十一二岁,就专挑深一点的潭去游。从埋潭到紫封潭,乃至寺坑的龙潭,游遍了家乡的深潭。那个龙潭深二三米,水碧绿碧绿的，深不见底。村民说，底下蹲着老龙哩。玩溪水，我挨了无数次骂，无数顿揍。但是我从不后悔。骂管骂，揍管揍，骂过揍过还是偷偷地去溪水里玩耍。一下水，就像一条快活的鱼儿，什么都不在乎了。我想，如果没有家乡的这条小溪，我也许还是一只"旱鸭子"。在人生的起点，正是家乡的登溪拓宽了我生命的维度，领略到生活中更多的精彩，享受到水给予的智慧与乐趣。

她使我在后来的人生旅程上，有胆魄敢于在舟山群岛投身东海潮头，体味"会当击水三千里，自信人生二百年"的豪迈；敢于在北戴河拥抱渤海的胸怀，感受"一片汪洋都不见，知向谁边"的旷荡；也敢于在巴厘岛去亲吻陌生的印度洋碧波，接受它的抚摸，探索未知世界的奥秘……

如今，每当我想起童年的往事，登溪的风貌就清晰地浮现在我的眼前。只是不知道，故乡的孩子们，是否还像我儿时一样，不时偷偷地跑去扑进她的怀抱去戏耍？

（原载《浙江日报》2017年9月25日）

钓鱼岛上空的月亮

◎ 孙和军

月亮是红色的，金红金红，你见过吗？亲爱的，我见过，近在咫尺，似乎在不知不觉中，她已经贴着我了，毫不唐突地粘贴在了我的身体和我的心灵。

一

这是中国钓鱼岛上空的月亮。一九八九年到一九九四年，我有五年半的时间是漂在渔船上的。我的渔船在红月亮晕照下的钓鱼岛海域生产作业。各式铁壳子机帆船、海绿色的渔轮，以及来自台湾的白色玻璃钢渔船，按照各自的网道，泾渭分明、纵横张弛，就像遵循平原上火车的轨道，只在彼此相交时变轨，我们的作业以拖风为主，一日起三网，鱼况好时，晚上也会拖上一二网。

白天，渔船是大海的点缀；夜晚，渔船是大海的主角。渔民们经常光顾的闽东渔场长久以来一直就是东海最大的鱼汛“旺帮”之一。钓鱼岛上空的月亮，如在黑魆魆的晚潮和海空一色的遐思中，准时赴约，让我，让渔船上的每一位渔民，毫不吝啬地燃起寂寞生命中最激情的焰火。

亲爱的，半夜想你的时候，我喜欢坐在驾驶台上兜风。此刻，夜色中的海风吐纳的每一声气息都是世间最悦耳的天籁。我的船已经开足马力在行驶，船舷两侧涌腾起的浪花向两边扩散，在与平静的海面相接之处，闪动着两条青蓝色的水袖，夜色中的大海，就是我渔民生涯中最唯美的戏台。那是你典雅婉约的越韵吗？那是你月下飘甩的水袖吗？如此让我销魂蚀骨，在张珍与鲤鱼精相约的碧波潭畔，在柳毅与洞庭龙女对吟的泾河岸边……这青蓝色的诱惑般的水袖，一定是偷闲嬉戏的鲤鱼和渐长渐隐的龙女，从船尾一直延伸到被船远远抛离的无边的黑色中，她们不离不弃地追随着、追随着，把我的情绪也拉向未知的边际。边际的那头，你还在一直守候吗？为一个渔民。

这样的时刻，我还会期待黎明到来吗？月亮，金红的月亮，钓鱼岛上空最美的月亮，见证并分享我最美的相思吧。

二

渔船又在追逐鱼群了，绕着钓鱼岛的周边。

海出奇的宁静，包括她的水色、她的身姿，我们从舟山起航，一路西南，从近海到内洋再到外洋，穿越一个个大小渔场，海水也由混沌、清绿、碧绿到浅蓝、深蓝再到墨蓝，蓝得并非令人捉摸不透，而似一个胸无城府的母亲，透彻得让人忍不住想跳下去亲她一口。呵呵，你无法想象的吧？

这是白天的钓鱼岛，海，如一块无垠的光滑蓝宝玉，没有一丝丝裂缝。她慢慢缓缓地涌动，漾起一幕被极优柔的曲线舒展开的大背景，饱含着轻音乐的淡淡抒情，开始侵入我的视听世界。我想非常大胆地倾诉，哪怕是人世间再俊俏的女郎施展她最诱人的身体曲线，也无法媲美此时大海的柔波。她不只让人鉴赏，更会令人想入非非，甚而忘了她是会淹死人的大海，仍情不自禁地伸手去触摸她、亲吻她。

就像触摸你、亲吻你一样，亲爱的。

我在《捕鱼郎日记》里写道,钓鱼岛给我的感觉就像滔滔东海,隔着一层蔚蓝隔着一层浊黄,隔着一个白天隔着一个夜晚。远远地望,近在咫尺;近近地观,又笼着一层雾障。就像一个孤独的游子,以生命的沉默宣告她的存在。

这是我的岛,一定会是我的岛。

我坐在船头望着,如同眺望家乡的任何一座岛,那么亲近和自然。

是大陆来的鸥鸟,衔来的种子,让岛上布满一颗颗灌木的吧?是古越民遗留的蛇种,让这里的南小岛成为蛇之天堂的吧?在隋炀帝的使臣和将军们的行进途中,在明朝廷赴琉球使者的笔记中,在大清帝国颁发的圣旨里,我记得,我对钓鱼岛从未陌生过,就像冥冥之中的一种缘分,必会以某种方式让我们彼此相见相识甚至相亲。

也许,渔民,就是我与钓鱼岛相见的最好身份。

只是不知,渔民的身份,你还愿意接受吗?

三

起网了。夜空中,船老大的哨子出奇的响亮。

穿好渔靴,系好渔布栏,戴上袖套笼。非常利索,这样的动作已经成为机械,不需要经过大脑的指令了。

随着越来越多的钢索、网衣被拉上渔船,海水与渔船之间的喧嚣变得越发的响亮。船灯在摇曳,渔民的起网调在夜色中穿梭、跳跃。我在起网机边绞着渔绳,浪体贴人时,绞渔绳也不太费气力;浪耍脾气时,则要反复几个回合,拖、捻、遛、弛。见势顺势,得巧借巧,才能顺利把海上百余米长的渔绳绞到船上来。

知道吗?这个时候,我的眼里满是你披着绿纱巾冲我笑的镜头,口里哼哼的就是那首你我一起学唱过的《几度夕阳红》,鱼一条条被拽上来,琼瑶小说里那缠绵的对白也一段段涌上来。蓝圆鲹惊恐的双珠,失去了蓝妖般的眸光;花枝墨鱼软瘫的身骨,再也无法用一团漆黑掩饰自己。不远处,红月漂染的钓鱼岛，朦胧凄迷，静若处子，唯见水印波泽，分明是海市蜃楼。我忍不住向大海彼岸的你喃喃而语：这是传说中的蓬莱仙境，在你我的传说里，我一直寻觅的岛。

青山依旧，夕阳不在红月在；我心依旧，你不在时谁人代？多希望，在钓鱼岛发生一次爱情，一次连台风也席卷不了的爱情。

奇迹，或者某种无法言喻的征兆出现了。那轮金红的满月，不知比平时大多少倍，就粘贴在黑魆魆的海天一色中，粘贴在我用渔民的臂膀勾勒的投影里。大海婉约成了一张平面的画纸，钓鱼岛、渔船、月亮，还有渔船上的我，俨然在一张平整而艺术的烙铁画纸上，在一个黑得充满光泽的维度，我们成了自然界最和谐的奇迹的主题，那真是我生命中的最炫目的金红色。在以后的书信中，我一定会用最酣畅的心情、最唯美的文字描述给你的。

亲爱的，你还愿意倾听吗？

四

总在闲暇之时，拿一把雕刀和青竹片雕梭。我喜欢在青青梭心上雕上栩栩如生的花鸟草虫，刻了相思语给苦恋着的你，这是海上最私密的情书。但愿有朝一日，这一把把竹梭能在你我间传递，落款就叫钓鱼岛。

海鸥飞处，夕阳落时，钓鱼岛畔，携丝丝淡淡的思念，与来来去去的潮儿对语。心总如那船儿，归傍几度，辞别几回……

也许有一天，我会重新踏波而来，伴着金红色的月亮，厮守在一座叫作钓鱼岛的岛上，伴大海一生。亲爱的，你呢？

（原载《中国文化报》2013年8月27日）

姐姐的桐庐

◎ 许成国

“哇,格是远偶,全是山,坐了一日才到,单是从杭州到桐庐就乘了两个钟头,从县城到百江镇塔岭又乘了一个多钟头。一路上一弯又一弯,一重又一重,但(桐庐)风景确实很赞。”这是姐从桐庐回来后说的第一句话。那一天,她清早动身乘船,到日暮四起时才到桐庐的准亲家那。她从未乘过这么长时间的车。

“桐庐的山又高又陡,但看上去郁郁苍苍;水也很清,清得不得了,山溪流淌,像生了魂灵一样;空气也新鲜,特别是早上,云雾缭绕,峰峦隐约,像‘观音驾舞’,美极了。”那一趟妻陪姐也一起去了。

“竹子也多,一大片、一丛丛的,看上去翠油油的,特养眼。夜里也阴凉,天这么热,但桐庐那边还要盖被子。那竹笋烤肉也特别好吃。”姐从没看过这么高的山,这么清的水,似乎还沉浸在那个晚上的“接风宴”里。

姐是个地道的海岛农村人,50岁了还没走出过岱山、定海的界域。她听说过北京有故宫、长城,听说过杭州有西湖,但没听说过“桐庐”,也没想过自己会与桐庐发生某种关联,更不知道此后桐庐会连着她自己的今生与来世。

那次姐是“说亲”去的。儿子大起来了,该是到婚嫁年龄了,姐也就操心起来。但孩子一直在外闯荡,先是在宁波,后又去了杭州,颠沛不定,对象也一直没定下,姐就更担心起来。有一天孩子终于对她说:“妈,我定下了,你可以去说亲了。”

姐顿时眉开眼笑,问女孩子在哪?儿子说,是桐庐人。

“桐庐人?在哪啊?”

“就在桐庐啊,杭州隔壁,过气眼(再过去一点)。”

姐那一刻起才听说“桐庐”这个字眼,而这一趟出去后,她记住“桐庐”这个地方了。

姐在桐庐只过了一夜就回来了,亲家母的热情没能挽留住她。姐说“生头眠床困勿惯”,但我看得出她对这门亲事很满意:她对亲家母提出的要求,全都一一答应,没一样打折扣的;不但没打折扣,还主动增加了聘礼。她说亲家母人实在,嫁妆要求在情理中。她对我说:“阿国,桐庐人家嫁女都这样的吗?这个风俗要比阿拉海岛人要好。”

回来后,姐就操办起孩子的婚事来,她取出了家里所有的积蓄,第一件事儿就是给孩子购了新房。新房没买在衢山,也没买在定海,就买在桐庐——她竟把儿子的新家安在桐庐了,把自己唯一的孩子的未来安在桐庐了,而这在海岛是一件极为少见的选择。

儿子后来打电话给她,说新房子很漂亮,就在滨江路上,背后就是美丽的富春江,一江春水,鸟语花香,溪流淙淙,山色相映,那风景美极了。

姐很上心。她将桐庐的新房装修好,又把自己衢山的旧屋翻修一遍。她说自己与桐庐的这门亲事是对上了,这边是海,那边是山,海山相应,给这个家带来甜蜜与幸福了。

年关将近的时候,姐将孩子的婚事办了,热热闹闹,喜气洋洋的。人家都来看新房,姐说,这新房是我的新房啊,儿子的新房在桐庐呢!言语间隐隐透出一丝特别的自豪来。

孩子婚后仍在桐庐奔波,有一天向姐说“要买辆车”,一来利于生计,二来方便回家。姐那时手头拮据,但仍四拼八凑的,给孩子凑足了钱款。她说,孩子在桐庐,我的一切也在那里了。

一年过后,姐得了个孙子,心里乐开了花,整天都眯眼过笑的。在她心里,那是自己天大的喜事。她给身在桐庐的媳妇准备了一份礼物,又给还在襁褓中的孙子准备了一份大礼包。桐庐成了姐的希望,也成了她这一生最美的梦。

儿子的生意一天天稳定下来,孙子也一天天大起来,姐的笑容多得如同岱衢洋上的浪花,朵朵绽放。孙子来时,抱在怀里怕松了,放在手里怕碎了,含在嘴里怕化了,嘴里"阿拉小宝阿拉小宝"叫个不停,儿子和媳妇最喜欢吃的海鲜更是餐餐少不了。孙子回桐庐去时,姐三日两头打手机,问小宝"闹不闹""乖不乖""吃得多不多""要不要再带些海鲜去"。小宝成了姐一生最牵记的人,桐庐成了她一生最牵记的地方。

在这样的牵记中,姐的生活似乎日渐圆满起来,她的心也似乎日渐圆满起来。那时候,姐是否想到过生活的无常、生命的无常呢?

姐从上海手术回来后,身体虚弱,但气色还好,亲戚朋友来看她,她高兴;邻舍隔壁来看她,她也高兴;亲家公从桐庐来看她,她也高兴。但她最高兴的还是儿子一家子从桐庐回来,见到孙子的那一刻。那些天里,她几乎每天都要抱着小宝在堂前四处转悠,到院子里看蚂蚁搬落花,陪小宝摆弄各种玩具,丝毫不像一个刚动了大手术的人。

厄运似乎正在消散,病魔似乎已经匿迹,姐的心绪也逐渐平息下来。但病情还是恶化了。要不要再动手术,姐很是纠结了一番。她很痛苦、很伤心,一如家人、亲人的无助和无奈。但她最终还是相信了医生的妙手回春,相信了生命的希望与生活的红火,还有亲人的爱和家的温暖。

日子在焦虑中流去,生命在呻吟中枯落。在最后的几天里,姐把自己能想到的都作了交代,把戴在身上的金项链也给了媳妇,连小宝今后读大学的费用也作了安排。

离去的最后时刻,姐睁开那双无神的眼睛,眼里淌下两颗浑浊的泪来,目光却竭力往四下里张望。我握住她的手,她的手已枯瘦如柴,肌滑无力。那一刻,她是在与丈夫和儿子,与父母和兄弟作告别?是在与这人世、这病痛作最后的告别?

我拉着她的手哽咽着:“姐,你走吧,放心地走吧,你的孩子已经长大,他会自己撑起来的,你放心吧!”

一年后,身在桐庐的儿子在记事本里写下了这样几句话:

明天是母亲节。当我决定写几个字,但还未写下一个字时,我的眼睛就已湿了,泪流满面,心底生生作痛。对别人来说,母亲意味着感恩,意味着温暖,但在我,却是怀念……

妈妈,我后悔在你人生最后一段路上,没带上你的孙子来见你,来见你最后一面。临走那一刻,你不断张望的,定是小宝,你的孙子。

妈妈,你走后的第九天,你的孙女就降生了,头圆圆的,眼睛亮亮的,像她的奶奶。现在已经七个月了,很健康,很漂亮。假如你能看到她,看到她的微笑,看到她的成长,那该多好……

原来姐最后一刻四处搜寻、张望的,是她还在桐庐的孙子;她所牵记的,是那将要出世的桐庐孙女。

那是姐的希望,也是姐的来世。

(原载《安徽文学》2017年第10期)

石头垒砌的里钓岛

◎陈　瑶

“我有一所房子,面朝大海,春暖花开”,相信每个喜欢海岛的人,都会很自然地想起海子的这首诗,生命中,能邂逅一所属于自己的海边小屋,是一种幸福。而里钓就是这样一个令人心仪、向往的海边小渔村,淳朴而悠远,怡然而宁静,俨然一处山海间的世外桃源。

里钓岛位于舟山群岛的西部,是一个悬水小岛,1.64平方千米的土地上,散落着一座海韵风情、原汁原味的古村落。里钓的宕口是舟山最古老的宕口之一,是沿海一带少见的石板村。奇异的石头,是这个古渔村的主角,精美的石头会“唱歌”,这里盛产的红石板,色泽肉红,鲜艳夺目,质地纯厚,闻名海内外。

三百年前,来自慈溪的闻氏一族发现了里钓这方乐土,因缘际会,注定了里钓的前世今生要与石为伴。原来,闻氏是一石匠,曾在慈溪一个石宕老板地方打石头,以此营生。只是石宕老板非常刻薄,给石匠们的工钱很低。打石头,本是一项辛苦活,凿石板时,因为有石粉,吸入肺里,对身体不好,当石匠寿命短,所以石匠们赚的更是血汗钱,严寒酷暑,从不停歇。石匠们越艰辛,可老板越是苛刻,实在忍无可忍了,其中,领头的闻氏号召石匠们罢工,争取应有的权利。老板恨之入骨,暗地里对带头闹事的闻石匠下毒手。得到消息的闻石匠,连夜携妻儿老小,逃离慈溪,漂洋过海,长途跋涉,来到了里钓山这个僻静的荒岛避祸。海边小岛,荒无人烟,除了石块遍地,其他什么都没有。闻石匠就地取材,无意间选取了一块平整的大石头凿成碎石,用于垒墙造屋。不料,几枚钉锤一钉,钉开一块一面胖顶、一面平光的石块。石色肉红,石质坚韧,平而光滑,不会裂缝。闻石匠不禁惊叹,这质地上佳的红石板,世间少有,真是上天对他额外的眷顾与恩赐呀！于是,闻石匠凭借其灵巧的双手,辛勤劳作,辟垦创业,渐渐扎下了根,闻石匠也成了里钓山的铁锤钉石板之首。随着闻氏一族的繁衍生息,一座又一座石头房子在里钓拔地而起,石块垒砌的墙壁,青瓦覆盖的屋顶,伴着几许腥味的海风和拍岸的浪打声,年年岁岁,绵延至今。

“层层石屋鱼鳞叠,半依山腰半海滨”,走进村子,古朴的气息扑面而来。这片古朴与“石”息息相关。百年的石屋、石窗、石巷、石阶、石井、石磨、石门、石墙、石柱子、石捣臼……弥漫着浓浓的石文化气息。拾级而上,依宕而建的石屋沿着山坡矗立,石墙夹着石巷,石巷连着石屋,石屋依着石阶,构成一个石的世界,层层叠叠,高高低低,错落有致。碎石铺就的小路,曲折悠长,人行其中,如游画中。高低错落的石屋之间,巷弄纵横,相互连通,似有“山重水复疑无路,柳暗花明又一村”之感,往往就在一转角处,便与一座古老的石屋不期而遇。

石屋的风格是朴素的,院落式,保留了明末清初的建筑风貌,门和窗是木结构,门的样式普普通通,窗户则不同了,镂空雕花,图案花纹各异,或雕着花鸟鱼虫,或是人物故事,这些纹理简洁大气,虽然经过了风雨的侵蚀,岁月的沧桑,显得那么斑驳和寥落,可是依然栩栩如生,让人一眼就能读出它的精巧和雅致。没有雕梁画栋的厅堂,没有气派奢华的台门,只有洗尽铅华的质朴与淡然。每家每户院落前都砌有一堵低矮的石围墙,随意而粗放,野草乘隙生长,绿藤蔓延,几乎将整堵石墙覆盖住,宛如一道绿色的屏风。院子里,栽满了橘子、柿子、文旦等果树;一架丝瓜,花儿黄黄,开得正艳;门前屋后,一畦畦菜园,青翠鲜嫩。在这里,角角落落,处处透着生机与绿意,那么自然,那么清新,那么恬淡,让人不忍离开,只想流连此中,种菜、捕鱼、织网,过着与世无争的田园生活。或许选择和爱人一起,牵手漫步海边,日伴海风,夜听涛声,静待时光远去,流年缓缓消逝!

海岛的村民,吃苦耐劳,生活简单,靠山吃山,靠海吃海,日出而作,日落而息。站在村落的最高处远眺,青砖灰瓦的石屋,掩映在苍翠的绿树中。远处港湾波澜不惊,渔船点点,海水共长天一色,一片宁静安详。但是,大海并不总是这么风平浪静,大海的狂暴,台风的肆虐,里钓村民们早已习以为常了,在大海的风口浪尖上讨生活,必须要耐得住风浪才行,唯有坚硬的石头,才是天然的守护神。厚重的石墙,防止强台风带来的墙体坍塌,宛如一道屏障,把大海的狂暴阻挡在外。石屋既防暑又避寒,冬暖夏凉,即便是炎炎夏日,海边的石屋里,也是清凉一片。巷弄之间形成穿堂风,透凉透爽。留守的老人们,三三两两坐在古樟树下的石凳上,乘凉,聊天,打牌,念经,悠闲地享受晚年安逸的时光。在过往路人的眼中,老人与古树似乎是融合在一起的景致,因为他们一起见证了渔村的岁月与变迁。

里钓,这个石头垒砌的小渔村,任时光尽情流淌着古朴的风韵,伴着咸腥的海风,散发出岁月深处最悠长的诗情画意。一石一瓦,一门一窗,一草一木,都让人深深地沉醉。

行走在里钓,静静享受慢生活带来的惬意与从容,双手触摸着那些坚硬而冰凉的石块,内心却是温润而丰盈的。时光的印痕,一点一滴,悄然凝固在这些石头里,无声地诉说着前尘过往,潮起潮落,渔村依然古韵悠悠!

(原载《散文百家》2015年第4期)

梦中的悬山岛

◎ 韩萍波

思念是一种很折磨人的感觉，无论是思念一个人，或是思念一座岛，淡了，浓了，远了，近了，有时候连语言都无法企及。悬山是一座岛，每座岛屿都有它的灵魂，人在世间修行，岛在海上修行，修的是相同的灵魂。

我与悬山岛的缘分要追溯至十八年前。这十八年，像一根细而小的针，一直横亘在我的心头，思念的时候会疼痛，似乎无时无刻不在提醒，这岛上所有的花朵、野草、泥土、石头、井水、潮汐、渔船、鱼儿，还有倚岛而生的人们，都曾与我血肉相连。

悬山又叫元山，是舟山群岛1390个岛屿中的一个。老版的《六横志》里把位于六横岛东、虾峙岛南部海域的一些岛屿，统称悬山岛，包括悬山本岛（辖马跳头、大鱼厂、杨柳坑三个自然村）、凉潭岛、对面山岛三个住人岛屿，以及周边如砚瓦、笔管等几个无人的岛屿。悬山岛长近8000米，宽2000米，岛上陆域面积8.59平方千米，因岛上多悬崖峭壁，故名悬山。1982年岛上出土的一枚战国时期的铜锛，向世人昭告了它的悠久历史——早在春秋战国时期就有人在悬山岛上生产劳作，繁衍生息。

悬山岛奇石遍布,风景优美,岛上留有多处摩崖石刻、战壕等历史遗迹,曾是古时候兵家必争的军事要塞。岛的四周均为浪蚀崖形成的悬崖峭壁,以高、陡、峭著称,鸟禽都很难飞过,人想要攀爬更是难上加难。整座岛仅四个砾石滩与西部的石子厂、南部的大鱼厂可以上岸,视野开阔,易守难攻,地理位置堪比水泊梁山。一代抗清英雄张苍水被捕前曾在岛上结茅隐居,岛上至今还留有他的遗迹。

七月的阳光有些撒泼,渡船还是十多年前的那条老渡船,我如一个出门许久的游子,脚未踏上那片土地,心就已散发出热腾腾的气息。下船处是悬山岛马跳头的一个老渡口,渡口呈一字形把海和岙隔开,形成了一个天然良港。斑驳的石阶沿着堤坝一直延伸到岸上,浸在海水里的那一半,已经长出了厚厚的一层苔藓。岸面约有四五米宽,沿岸每隔几米就立着大大小小的石桩,这是渔村特有的景象,用来给渔船打缆绳。大约是迁徙之故,年轻人搬到岛外,船也跟着去了,偌大的渡口肃穆寂静,只有几只休憩的渔船慵懒地睡在港口。

20世纪80年代,这里是悬山乡政府的所在地,岛上有177条机帆船,渔业产量和产值在全区名列前茅。在渔业经济的带动下,岛上学校、医院、粮站、供销社、网厂、冷库、信用社等一些机构应运而生,渔船拢洋的季节,马达哒哒,舟楫重重,人声鼎沸。曾听岛上渔民说过,以前这岛上的三岔路口有一排石凳,从早到晚石凳都不会冷,依稀道出了当初的热闹景象。九十年代大岛建小岛迁,头脑灵活的年轻人率先走出岛外,一千五六百人口的渔村,没几年就人去楼空,唯有习惯了岛上生活的老人们,年复一年,用最后的时光和这座岛生死相依着。

一座岛,因为住着你爱的人,才会成为日日遥望的方向。十八年前,我女儿出生在这里,当那一声嘹亮的啼哭回响在岛的上空时,我的心里,便坚定了一个信念——将来无论身在何方,这个岛就是我的家了。住在岛上的那几年,牵着女儿的小手,我们爬遍了岛上大大小小的山坡。

依旧循着以前去过最多的线路,从马跳头出发,翻过几个山冈,穿过芦秆丛生的山间小路，就到了铜锣甩景区。

铜锣甩风光独好，绝壁、怪礁、岩洞、海滩、绿树交相辉映，是一个天然氧吧。景区内有断崩绝壁，盼归石、佛卧波涛、乌龟出海等十余处美丽的自然景观，没有丝毫人工雕琢的痕迹，让人印象最深的就是走断崩。说是断崩，其实就是一处峭壁千仞的石崖，高近百米，绵延数百米，气势磅礴，由中间断为两截，便为绝路。现在的石台阶是20世纪60年代当地驻军为方便出行而修筑的，而原先岛民的进出就是靠着那几个仅容半只脚的石窝窝，陡、窄，接近九十度直角，脚下是波涛汹涌的大海。听说刚嫁到这里的新媳妇，一看见这个险峻的断崩，必定要哭上一顿的，再慢慢试着习惯。每次到断崩，我都吓得刮刮抖，须屁股贴地，双手撑后，一步一步挪着，才能下去。

佛卧波涛、乌龟出海则是几块矗立在海上的礁石，远远望去佛是佛，龟是龟，惟妙惟肖，不得不钦佩老天爷那双出神入化的手。

若有心，还可以去礁石上拾螺，捉几只沙蟹，悬山岛吸了天地和大海的精华，盛产芝麻螺、马蹄螺、佛手等海产品，沙蟹蘸了海水可以现吃，味道非常非常之鲜美。而螺做成螺汤，简单到只需一勺盐、一瓢清水，那味道却比任何山珍海味都难忘。

走累了，回到大树下，慢悠悠荡两下秋千，大树茂盛如伞，罩着树下几幢古色古香的小木屋，“蹴罢秋千，起来慵整纤纤手。露浓花瘦，薄汗轻衣透”，恍如走进了陶公笔下的桃花源，远山含黛，碧波万里，桑榆成荫，一种悠闲随意的生活气息扑面而来。

美丽古朴的铜锣甩，以前也是悬山岛上的一个小渔村，共有二三十户人家，2001年刚开发为原生态的度假村。因交通尤为不便，整个村庄搬迁得比较早，只有一位叫陆阿翠的老阿婆，守护着这个被现代社会遗忘的小渔村，以捡螺弄海为生。我十多年前曾吃过阿婆亲手晒的紫菜和藤壶干，回味犹在嘴边。十多年后再走这条道，道上的芦秆和荆棘愈加好客，一趟下来手上脚上已伤痕累累。又见陆阿婆，她依然健步如飞，爬断崩，弄岩礁，我们都不是她的对手，一句“小囡，好多年不见你了”，让我的眼眶瞬间湿润。

人如飞鸟,也许四海为家,但心中的岛,永远只有一个。守护岛屿的阿婆终究会老,生命从青春走向衰老,是一个必然的历程。岛,不知将走向何方?

想起隶属于悬山岛的另外两个小岛——对面山岛和凉潭岛，分别于2006年和2012年完成整岛拆迁,凉潭岛开山劈塘建码头,作了武钢集团的矿石中转基地。对面山岛则被定性为综合的旅游度假基地,想必不久的将来,经过乔装打扮的岛屿,于我也是陌生的。

悬山岛除了好山好水,还有荡气回肠的历史故事,这给这个岛增添了些许英雄色彩。从铜锣甩下来,我们去大平岗寻找张苍水隐居的遗迹,这里也是他最后生活过的地方,有一口古井和一个石碑。古井由石头砌成,石头上满是青苔，古井上方的几块石头已崩塌。村里的老人说那口井即便盛夏时节,井水也从不干涸。石碑显然是近年才立上去的。

张苍水(1620—1664年),浙江鄞县人,南明将领、诗人、文学家、民族英雄。清顺治二年(1645),张苍水与钱肃乐起兵邑中。顺治七年(1650),清军攻陷浙闽,鲁王退据舟山,张苍水被任命为兵部左侍郎。次年他奉鲁王之命入闽,与郑成功联合,其后数次攻入长江,打击清军,虽然兵不满万,船不满百,却能连下四府、三州、二十四县,清廷震动。后桂王称帝,张苍水与郑成功分兵北征,攻入安徽,遭全军覆没,徒步跋涉二千余里,为了躲避清军追捕,在山中昼伏夜行,双脚溃烂,衣衫褴褛仍意气不减。郑成功去台湾后,张苍水困守闽北。康熙二年(1663)鲁王病逝金门岛,张苍水见抗清大势已去,深感独木难支,便遣散义军,自己携随从罗纶及部属数人,一叶扁舟,登上悬山岛隐居,伺机再起。

沈冰壶《张公苍水传》载,张苍水在岛上"结茅而居",因岛上不产粮食,只能乔装外出购买。张苍水隐居悬山岛的第二年,清官兵探知张苍水藏身于附近海岛,就派兵丁化装成僧人,昼夜潜伏于普陀山、朱家尖一带,不久果然截获了张苍水的购粮船,并持刀逼他们说出张苍水下落,将士誓死不从,清兵便将他们逐个杀死,杀到最后一个将士时,那将士说,你就是知道了他的下落,也抓他不着。清兵问为什么?那将士说,煌言(张苍水)养了两只猿猴,每天蹲在树梢上，能看到十里之外的船只，发现目标就会大声啼叫。他早就做了最坏打算，昼夜一柄利剑不离左右，一旦听到猿猴报警，就会立刻自刎。

7月17日凌晨，清兵出其不意地从山后背闯入张苍水居室，将张苍水、罗纶以及部属数人擒获。后押至杭州，于9月7日被杀，一代名将终年45岁。

“双鬓难容五岳住，一帆仍自十洲归。”张苍水的故事已在悬山岛上流传了几百年，英雄的灵魂和岛的灵魂早已融为一体。虽然他想要复辟的朝廷，曾经给这个岛带来毁灭性的灾难，但历史终究已在芳草萋萋中远去，留下有山有海有剑气的岛屿灵魂，优雅着、高贵着，以最本色的姿态活着。正如一位饱经风霜的母亲，敞开温暖的怀抱，从容接纳颓败，迎接荒凉，也坚持美丽。

这些年，走过无数个岛屿，唯有这8.59平方千米，和一个叫作悬山的名字，永远走不出我的梦境。

（曾获2015年全国“我心中的美丽海岛”征文大赛二等奖）

东海·孤岛·牧羊翁

◎ 朱红萍

一叶扁舟,驶过海上星罗棋布、或大或小的岛,都披翠带绿,泅浮于汪洋之上。迎面的海风,使这大热天,也有阵阵微凉。

这样一次出发,着实是我等八位一时兴起的,毫无目的的,一次海上漫步。

小船在波浪之上起伏着前行。一个海浪轻轻拍上来,恰如一阵小雨,溅得我们肆无忌惮地大笑着躲避。但海却将这样的笑声收敛得含蓄而轻微,人的声波似乎失去了依附而变得空洞。

在群岛的边缘,岛变得稀疏。人却因海的空旷,而安静。

唯有船上的马达,一路"笃、笃"着,不因离岛的远近而息声。螺旋桨滚动起一簇簇浪花,妩媚地相随。

惊艳,至此在天空呈现。不知何时已有一行洁白的海燕聚集,并振翅尾随。那一种优美的舞蹈,是能让人微笑着失神仰望的。

她们不时紧贴着海面起落,或斜刺入海中,或俯冲进海里……

但人，请不要自作多情，她们决非因人可能的善良而来。

这时的船尾，那一排簇拥的浪花中，翻滚着一群小小的条形鱼，已被螺旋桨搅得晕头转向。海燕一路搏击而翩飞的舞姿，只为捕食而来，为生存相随。

人，却在这样的情致里，有了“陶然共忘机”的美感。

更惊美的，是在海的不远处，有海豚，从海水里腾出，又紧贴着海水优雅地潜入，演绎着一种与海水如胶似漆般的依恋。

海豚如黑似灰的肌肤，在阳光下抹过一道迅忽的闪亮，刚看到她从这边消失，忽地又从那边冒出。当看到两条海豚一前一后几乎紧跟着出现时，我们开始怀疑海水底下正优游着一群海豚。

海豚腾跃的柔美，给人带来一种温柔。这种温柔，更来自于她的灵性。据说，她能提前预知危险的来临，会救助在海上遇险的人类，是所有动物中最聪明的“生灵”。她生活在我们周边的海里，渔民却从未曾捕捉到海豚。

想起，曾在一个海滩上，看到一条海豚，安静地、孤单地躺着，已了无生息，猜测她也许是误食了如白色垃圾这类不易消化的东西……

在这个地球上，人是最自以为是的东西。自以为最聪明，掠夺大自然，改造全世界。

由此带来的破坏，最终将如何加速人类生存空间的灭亡？也许海豚早已知道。

玛雅文明消失了，楼兰古国消失了……

且听2500年前老子的感叹：澹兮其若海，漂兮若无止。众人皆有以，而我独顽似鄙。我独异于人，而贵食母。

老子的“贵食母”，是在提醒人类要遵循大自然的法则。

地球上的万物都在遵循这条法则，唯独除了人！

就在这样的“澹兮、漂兮”间,突然看到前方出现一个小岛,静处于茫茫海面。

“上那个岛去,上那个岛去。”众声附和着,已惊喜地将这个小岛假设成东海边缘的最后一座岛子。

船工将船驶向那个小岛,并慢慢靠近一个形似废弃的码头,几根长着青苔的石条,凌乱地搁置着。

拖出船上的一块木板,搭在船与石条间,我们一个个登上小岛。

小岛,有些悄无声息,灰色多过绿色,如一个躺倒的“L”,袒露着一大块平地,然后上升成一座山坡。

没走几步,看到左边,海与山坡的边缘,有几块青黑的大石块,略显零乱地竖立着。

“一扇门”,由一些卵石镶嵌着,在两个石块间堆砌出来。这扇“门”就这样奇异地兀立着,发出无声的声响。

探究着,走进那扇“门”,里面还有更多的青黑大石块,安静地蹲守在海边。

这些石块的中间是一个呈凹形的卵石堆。一些漂浮物杂乱地散落着,白色泡沫、碎削的木片,一只塑料拖鞋、几块船板,还有捕鱼的浮子、断裂的塑料绳等。

这不会是东海上的复活节岛吧?在那些青黑,又状貌零散的大石块间,不敢更深地进入,带着一种莫名的敬畏,从那扇门处,一溜安静地鱼贯出来。

右边是一大块滩涂。也许是海上的有机物太多,那里已长满青黄相接的杂草。两只鹭鸶正在草间悠闲地踱着。再往前看,竟发现船的残骸,是一条舢板,露着根根“肋骨”,苍白着,匍匐在杂草间。

难道这个边远的荒芜的小岛,曾有人居住?

滩涂边,发现了一处略高的长着草皮的平整地,上面散落着一些快要风化的柴火。

想起，曾经到过的一个东海小岛。岛上有客人来时，会在对面邻岛的平地上，堆柴烧火。看到两堆火，何家的小船就摇过去将客人接来；烧起的如果是三堆火，那便是张家的客人来岛上了。

而这块隔海招呼的“烽火台”，难道是为了出岛，请对面的船只来接？

回头看向来时的海路，邻近的那个岛，并非遥不可及。

“看，快看，山上有白色的东西在跳跃！”这样出其不意的惊呼，一时听得人汗毛倒竖。

前面，是一座灰岩与绿树相间的山坡，顺着指点，确乎看到了一闪而过的白色影子。这一激灵，竟想起老一辈人口中所说的，另一空间里的“羊精”“兔精”“狐狸精”。

胆大的，立马亮声提醒：不要自己吓唬自己！

再定睛看时，隐约看到几只野山羊在跑动，似乎还是一群。人就这样开始松弛下来。

披荆斩棘，往山上去。庄老、能哥的打蛇棍、砍柴刀，这时被发挥得淋漓尽致。一小段路后，发现一条老旧的石块路，蜿蜒着上去，石缝间不时地窜出青草。

有一个干涸的池塘，在沿路的左边，塘底的泥土龟裂着，四周的树木围池浓绿。

山间，时不时地可见望潮花，据说也叫彼岸花。由此，总会令人想起花妖曼珠和叶妖沙华，千年共同守护，却万年不得相见的悲情。此时，望潮花，正花开叶不发。

这时，出现了几幢废弃的石屋，或塌陷了屋顶，或洞开着门窗，或倒塌了墙体……都被树木遮蔽、藤蔓攀爬。

有石屋爬满了葛藤,披褐怀金,绿藤中竟是一幢两层楼。

门,半开着。窗户都是一口口黑洞,木条都已朽烂。屋里一地的羊粪。

拐入另一间,豁然摆着一口厚重的暗红漆棺材,透明的塑料罩已经破损,还落着一层厚厚的灰尘。蛛网糊满墙角,室内一种阴暗浑浊森然的感觉。

上辈老人们总要睁眼将自己的“寿材”准备好,才有了安享晚年的好心境。至于“亡材”,总有一种无常死或穷困至极的意味。

这应是一户家境不错的人家,如今,不知已搬去哪里?

太阳,猛得有些毒辣。当我们在攀爬时发现一个山洞内一口清澈的水井时,稍息了下来。水井边有一只完好的半圆形塑料打水桶和两根白色的塑料接水管。

在这个闻略微的蝉鸣、鸟啾,连山羊都失了声的岛上,我们开始怀疑是否仍有人居住。

这时,我因脸红得似要爆炸,请庄老陪同,在这一清凉处就地休息。能哥、禾子、阿普、细妹、青青和小树兵分两路继续踏荒探险。

在光秃处,看到更多的山羊出现,一副我是山中唯一主人的架势。

只是稍稍席地而坐之际,便受到了草蜱的惊扰,其实是我们惊扰了草蜱之类。

不期然的答案,总在不设防中来临。

一位头发灰白的男人,穿着一身干净而略显泛白的衣服,挑着一担木筒而来。这是一位清瘦而斯文的老人。这样的出现,令人觉得突兀。一时分不清聊斋里的主角应该是他还是我们。

在这样一条山洞的通道,这样的两方,突然偶遇时,都显出一时的呆滞。

那人一个停步之后,似乎欲后退转身离开。我们在片刻停顿之后,起身发问:“您住在这个岛上吗?”在一段稍稍的沉默后,那人轻声说:“是的。”

“您住在哪儿?”

“那边。”

“这岛上还有其他人吗？”

“没了。”

“那您怎么生活？”

“放羊……”

这一串又轻又静又短促的回答，加重了这个岛的恍惚。这时的山上，似乎隐隐然有山羊的回音。

那人担了水就走，我们跟了几步，他转眼拐入了一排低矮的瓦房。瓦房在一丛绿树中。

不多时，同伴们陆续回来，说着各自看到的风景。我们一说刚才奇遇，大伙步调一致，齐齐向那矮房走去。

那排矮房开着两个门共四间房。老人似乎想关门走人。看到我们一队人马冲来，他背贴靠里的一道木门，侧脸躲在门檐处，似乎想躲避发现。

在那一瞬，一人与八人站成了一种对峙，保持了一段相互不知底细的戒备距离。

门前的那块地被干干净净地种着一些蔬菜，一如老人的干净衣着。

再前面是悬崖。

有一大丛望潮花，正怒放在菜地右侧一堆隆起的，顶上长着青草的土坡上，周围有石块垒起。这个土坡状似一座坟，又似乎不是。

“可以合张影吗？”随着这样一声问话，一时僵硬的空气松懈下来。

“不要。”依旧是如此低而轻的回答。

随之，我们似一队典型的狗仔队，都想抢播一条独家新闻样，举着相机，朝着他“咔嚓、咔嚓”猛拍起来。他不住地用手遮挡着脸，左转右转着。

“您叫什么呢？”

“嗯,嗯。”

“这个岛叫什么?”

“嗯,嗯。”

“那丛望潮花下是一座坟吗?有多久了?您多大了?”

“嗯,嗯,二百多岁了……”

难道是受了惊扰?竟给了这样的回答,声音始终来自喉底。

我们终于缓下来,对方也似乎缓下来。

房屋左侧靠里处搭着一个草棚,关着几只敦厚的羊。

征求他的意见后,我们进入了他的房间,门闩只是一根钩状的树枝。

四间屋内塞满柴火,有两张灰旧的床,两张灰旧的饭桌,还有两台灰旧的土灶,都灰旧得快废弃了。有一筐新摘的野毛桃,洗净的二十多瓶野毛桃浸泡着摆在搭起的木条上。

问他吃饭怎么解决?打开一箱纸盒,里面是一瓶瓶豆腐乳,说:兄弟送来……

推开后门,惊奇地发现另一座坟茔。堆砌的石条已旧,无字的墓碑还新。周围整理得一尘不染。另一丛望潮花正艳丽地在坟顶开放……

(原载《中国作家》2013年第10期)

婆婆·儿子·我·菜地

◎金　瑛

婆婆昨夜又入梦中。是清明将近的缘故,还是遍地的绿色所致?

绿色,是我与婆婆认识、交往和陪伴的基本背景色。我在春天里第一次见到婆婆。婆婆的家——后来我一直称之为老屋——建在五龙的一个岙里头的山坡上。虽然不高,但是下车后,还是需要往上走一段路才能到达的。路的两旁是树,是菜地。路的尽头,是山坡,山坡上仍然是树,是菜地。这一切,在春天里,都是绿油油的颜色。

我吃了婆婆烧的第一顿饭,觉得满桌也都是绿色。青菜、囡菜、小笋、撒在鱼身上的葱花,还有倭豆和青豆,都是春天生气勃勃的颜色。

在老屋,老公要么喜欢睡觉,要么在院子里晒太阳,这个时候,他就跟我说,跟婆婆聊聊天。但婆婆却说,跟我一个老太婆有啥可以聊,我还要弄地头去的。我说我就跟你弄地头去。婆婆说的弄地头就是去她的菜地,种菜。

老屋堂前间后门对着山坡,上五六级石阶就有一畦菜地,隔着一条小路又是一畦,这些零零星星有好几畦,都是婆婆自己开辟出来的。最远那畦,再上十多级台阶,又是一片荒地,婆婆也开了一畦。

一路上婆婆跟我说她种了什么菜什么豆,似乎整个菜场上的蔬菜,她那地里都有,诱得我恨不得一步走到了。其实要走的山路并不多,但是小路弯弯曲曲,婆婆又唯恐踩坏了路边的小嫩草,还要担心我被石子硌脚了,被杂草绊腿了,更担心我一不小心翻落下坎去了,所以总是走一步,停下来回过头了吩咐我一句“小心点”“慢慢来”。

终于到了婆婆的菜地。菜地是狭长形的,像一段放大了的山路。在婆婆的指点下,我认识了没有被放进锅里烧煮的小白菜和小青菜,还有“黑油桶”菜,我以前都叫它们为青菜。我还认识了长在地里的囡菜。囡菜的菜叶特别的丰腴,手摸上去,感觉滑滑的。也许囡菜之名因此而来吧。我还认识了土豆的茎叶。我吃了那么多土豆,还从来没有见过土豆的茎和叶。但是土豆在哪里呢？婆婆折了一根树枝,扒拉开泥土,小小的还在长大中的土豆就露了出来。“它们在土下面躲着呢。”婆婆说。

这一切,我在城里的公寓和办公室里都是看不到,也闻不到的。文件、书籍及报纸的白色和油墨香,与土地和庄稼相比,简直是文物和生命的差别。

回城的路上,我对老公说:“我喜欢老屋,我要经常来看看。”老公说:“那阿姆肯定高兴死了。”可是后来怀孕、做产、养育儿子、单位里种种杂事,我回老屋的次数少了很多。一直到儿子可以进幼儿园了又恢复正常。一个阳光明媚的初冬的双休日,又一次来到了老屋。

婆婆对孙子异常钟爱,从村口到老屋,一直拉着他的小手。儿子对于老屋的地、植物、房子和天空上的白云、无遮无挡的阳光,都非常感兴趣,也喜欢跟着婆婆去菜地。“我菜地种菜了。”

那一次的去菜地,走得更慢了,因为儿子对于一切植物,都要停下来看看,问阿娘(奶奶)这些植物的名字,还要趁我不注意,拿到嘴里尝尝。终于到了婆婆的地头,我惊讶地发现地上空旷旷的,什么也没有。“我正打算种红毛番薯(土豆)呢。”婆婆说。这次来地头,婆婆带来了锄头,还有一只沉甸甸的蛇皮袋。里面装的都是土豆种子。婆婆用锄头在土畦上每隔三十厘米左右挖一个小洞,然后把土豆种子一个一个地放进去。我看了几分钟就起了参与的冲动。没有想到儿子比我还有兴趣。他从阿娘(奶奶)手里抢过土豆种子,很认真很细致地放好,还尽量让土豆的芽儿朝上,不会被压坏。

“我的孙子多么聪明啊。”婆婆得意地说。

老屋是我和儿子的精神家园。婆婆经常打来电话，说:“孩子爸爸工作忙,来不了没有关系,你要带儿子经常来看看啊。”儿子一听是阿娘(奶奶)的声音,就抢过电话,和阿娘(奶奶)叽里呱啦说了许多,然后对我说:“阿娘(奶奶)说了,她种的番茄可以吃了。黄瓜也可以吃了。我要吃黄瓜和番茄。”

于是我就乐滋滋地带着儿子来到老屋。一下车就去山上的菜地。接过婆婆从用树子和小竹搭的架子上摘下水灵灵的黄瓜和番茄,放在衣服上擦擦,就直接吃了。在以往,我是绝对不会这样不洗就吃的,可是在这地头,我觉得番茄和黄瓜,就应该这样吃。我和儿子都吃得很欢,从来没有吃坏过肚子。

后来,我们一起还种过番薯,一起选番薯秧。遇到番薯大年时,番薯个头大得像南瓜,锄头落地,番薯五花爆裂。婆婆说番薯是她小时候的救命粮。

后来我才明白,原来婆婆想念孙子了,就打电话来,叫我们去她的菜地。我就尽量带儿子来。我们一起去菜地,种菜。不知从哪一天开始,我也背上了一把锄头,戴上大草帽,还有手套,连鞋子也换成了运动鞋。儿子则是一身运动服。我们到了地头,我刚要动锄头,婆婆就会马上说:“你先看看,休息休息。”她不让我和儿子真的参加劳动。至多是种番薯的时候,让我挑个番薯秧苗什么的,到了地头,给她做个助手。更多的时候,我就拄着锄头,看婆婆弄好地头,陪婆婆说话,或者和儿子一起去摘野草莓,去拔小野笋,还有秋天的毛栗子。等到婆婆弄好地头,我们一起回家。婆婆背着锄头,我和儿子抬着锄头。夕阳在我们身后,海风在我们前面,紧随我们在一起的,是我们幸福而快乐的笑声。

(原载《散文百家》2016年第12期)

它的名字叫岱山

◎ 赵悠燕

位于浙江省沿海北部的岱山海域面积4916平方千米，陆地面积326.5平方千米。沧海茫茫，海水汤汤，海似乎是岛的大路，波澜壮阔，一望无际。岱山海域辽阔，各个岛屿、海岸、港湾蜿蜒曲折，岛海相依，水天相连，它以海瀚、滩美、礁奇、山秀而形成山海奇观的特色。

元代《大德昌国州图志》记载："岱山在海之北，传所谓岱舆、蓬莱，或者名始与此。"认为岛名来历与传说中的仙山岱舆、蓬莱有关。从空中鸟瞰，岱山岛就像一只引颈飞翔的大鸟，而散落四周的诸多岛屿，就像飞鸟衔来的种子，一颗又一颗，撒在烟波浩渺的水域间。早上太阳出来的时候，天边飘拂着薄纱般的云丝，玫瑰色的朝霞闪烁着明亮炫目的光芒，海面卷起层层白色的浪花，形成了岛、海、云、霞的壮丽景色，仿佛一幅幅绮丽的立体画卷展现在眼前。岛屿稀疏处，海面开阔，深远浩渺。有雾的时候，岛上景物若隐若现，缥缥缈缈，一派白茫茫，烟冥冥，整个岱山岛好似处在虚幻缥缈间，神秘柔和，宛如仙境。

岱山的每一个岛屿，每一条沙滩，每一个海礁，每一个港口，都有一个让人产生无限联想的名字：鼠浪湖岛、双子山岛、鹿栏晴沙、大虾爬礁、研墨礁、蛇移门港……379个岛屿和256个海礁，要给它们都冠上寓意形象的名字，你不得不佩服岱山人的想象力，而这些岛屿、沙滩甚至礁石，经历了几千年的历史，充盈丰富，你不经意走过的小岛，淌过的沙滩，爬过的礁石，或许都有着一个神奇故事和美丽传说。

那些海洋里的鱼，就像四季的花朵，盛开在不同的季节里，聪明勤劳的渔民们赋予了各种各样的谚语："正月捕鱼闹花灯，二月捕鱼步步紧，三月捕鱼迎旺风。"农历三月三鱼发最旺，渔民们就赶紧趁着春汛出海捕鱼去了。"大麦黄，鱼风旺。"说的是捕大黄鱼的季节是在夏天。还有"三月三，泥螺爬上滩；五月十三鳓鱼会，日里勿会夜里会；立夏连日东南风，乌贼匆匆如山中；七月八月，青蟹换壳……"这些渔谚是千百年来渔民们在实际生产中总结出的经验，他们凭着对风浪和潮汐的把握，对鱼发时节的熟悉，一次次扬帆起航，在海洋上作业生产，历经大海的锤炼和拷打，与风浪为伍，与潮涌相伴，收获寂寞、艰辛、信念和拼搏的果实。

走在岛上，看海浪轻柔地拍击着沙滩，连绵的海水，如绸缎般的光滑，一晕一晕荡漾开去，聆听感悟着海的禅音，飘忽的心，不知不觉放松下来，思绪随风渐渐走远。这儿，就像是一个远离尘世的仙岛，荡涤疲惫，洗净忧伤，让灵魂安宁下来。而大海，多么像辽阔无垠的草原，那些在海面上行驶的船儿犹如驰骋的马，它们追逐着浪花，追逐着满载而归后的那种喜悦和成就感。

岱山共有7个乡镇，小镇或古朴，青石板铺就街巷，石桥横卧水面之上；或清新，白墙黑瓦，炊烟袅袅，鸡啼犬吠；或灵动，小镇村舍，烟雨迷蒙，绿意婆娑；或粗犷，"无数渔船一港收，渔灯点点漾中流"。波光粼粼的海面，漾满了丰收而来的渔船，明月升起，渔民们边劳作边唱着渔歌，一派渔舟唱晚的祥和景象。

鱼游于海，水融于田，海水滋润了岱山，顺着波纹积淀出了海岛文化。岱山虽处海岛，远离都市，偏隅一方，然而一贯重视文化教育。他们的骨子里依然有着古时"晴耕雨读"的精神，对于文化教育的投入尤其重视，所以，岱山有了全国著名的海洋博物馆系列,有了祭海谢洋的文化传承,有了海洋文学岱山散文创作基地和小小说创作基地,有了非遗文化的保护传承。独特的区位优势和自然景观吸引了全国各地选手来岱山举办比赛:全国龙狮精英赛、舟山群岛新区女子国际公路自行车多日赛、全国风筝锦标赛暨国际运动风筝邀请赛等等。

居住在岱山岛上的人,无论从事何种职业,无论富裕贫穷,皆热情质朴,低调平和,各过各的日子,朝阳同迎,月华共沐。因为岛屿面积不大,对面遇到的人算起来或许就是亲戚的亲戚,朋友的朋友,安守着低头不见抬头见的朴素处世之道,所以,大多是遇事谦让,相安无事,于是,岛上充满了祥和之气。行走在岛上,你会发现,有别于大都市人快节奏的那分匆忙和焦虑,岱山人的神情是恬淡知足的,脚步是悠闲缓慢的,慢一拍的生活节奏使他们更多了一份从容。

岱山人有着圆和通融的悟性,他们追求的是海洋般大气、无畏和勇于向前的海岛精神,就像一个渔民说的,“靠海吃饭不能总盼着风平浪静,得遭遇一些风浪的历练,只有如此,你才能拥有过硬的生存本领,日子才能更长远”。他们就是这样抱着细水长流的宗旨和远见理念,把海的博大、粗犷、豪迈蕴含于海岛文化当中。他们热爱海,敬畏海,感恩海,因为海洋是他们赖以生存的资源,他们选择和大海和谐共存,因为岱山人知道,和谐人性才会幸福。

一位曾经来过岱山的朋友说,我总是忘不了岱山海的壮阔无涯,岱山岛的独特韵味,岱山人的淳朴热情。作为岱山人,我觉得真是有幸。

(原载《散文百家》2017年第2期)

寂寞大猫岛

◎ 颜珊珍

大猫岛因形似卧猫而得名。又一传说是古代有一神人,想把舟山岛拉向大陆,但被人识破未成。为防“舟”远漂,这位神人在岛旁抛下两个锚,一为“大锚”,一为“小锚”。“锚”“猫”同音,大猫山及附近小猫山由此得名。

我们上岸处便是猫嘴处,那里一个漩涡连着一个漩涡,渔船过此处经常发生翻船事故,被渔民们联想为“猫想吃鱼”。因为对于靠海吃海的人们而言,对海底世界永远怀有一种敬畏之情。沿岛公路修得平整干净,沿着海岸线蜿蜒盘旋。我想,在岛上沿着公路骑车蛇行应该会是一件很拉风的事。

大猫岛上安居的大多是农民,想吃鱼时才会去不远处的海湾边张网。大猫岛的土质极好,沙质的土壤松软,我想这也是岛上居民以农业为主的原因之一吧。其主要农作物——大猫岛花生是又糯又鲜,非寻常花生可比。

而最让我感到新奇的是,这里居然是舟山市市树新木姜子的起源地。这个属国家二级重点保护植物的新木姜子, 东一簇西一株地在大猫岛上蓬勃生长。其嫩梢、嫩叶密被金黄色绢毛,在阳光照耀及微风吹动下会闪现奇异的光泽。也许是到了舟山,沐浴到了普陀山的佛光,树冠上的叶片金光闪闪,如菩萨的佛光熠熠生辉。所以,我们又把它称作“佛光树”。

在过去,大猫岛上一个个如月亮湾般的海湾处,如大南岙、梅湾、冷坑都住着不少人家,光是小南岙村就有250多户人家,但今天我们来到此处却得知只剩下20多户农户。当我们到达朋友青青外婆家做客时,几乎全村的人都知道来了客人。在那里我没见着一家村店,更没有邮局、医院之类的配套设施,连一座小学也已荒废多年,成了杂物的堆放处。只有大片的农作物焕发着生机。而我们吃在嘴里的大鲈鱼与新鲜芝麻螺都是对面小猫岛上的一对夫妻张网和在礁石上捡来的。那对夫妻在小猫岛上以养羊为生,是小猫岛上唯一的居民。我不由感叹,他们居然守得住这份清贫与孤独,也许有爱情的地方,哪里都是天堂。

在码头等了将近半小时,渡轮终于到了。船离了岸,天空居然下起了雨,经海风吹拂竟有点凉丝丝。回眸“大猫”,已成灰色的“小卧猫”,一丝孤寂与冷清袭上心头。

(原载《中国海洋报》2013年10月17日)

秋韵金塘岛

◎ 乐佳泉

有人说:浙江舟山金塘岛的春天是最美的,因为有千万朵洁白的李子花盛开,漫山遍野白色的花海剪映着山间嫩绿的草野,与不远处橙色的西堠门大桥遥相呼应,充满了诗意。但实际上,秋天的金塘岛以一种成熟与多彩在海天间展示,同样美丽,同样令人沉醉。

一场秋雨过后,金塘岛仙人山本来蓬勃翠绿的山野霎时就斑驳陆离起来;野柿树摇着炫目的黄、马尾松傲然伸展着绿、火棘树野果凝着娇艳的红……一派迷人风光。山脚下一块块金黄色的稻田上,偶尔有骑摩托车的村民在田埂上疾驶而过,就像茫茫天地间一抹小小的流动的彩虹,稍纵即逝;偶有弯弯曲曲小河流经的所在,便有牛羊哞叫、村妇挑水和麻鸭游弋的景象。

金塘岛的秋天,比春天更富有灿烂绚丽的色彩。

我们到金塘岛的时候已是深秋,天公作美,一扫多日阴雨的沉闷,天空风轻云淡,原野一片丰收的景色,凉爽的风从车窗外飘进来,夹杂着果实的味道。在柳行古街,我们被一半是街道一半是溪河的独特环境与造型所吸引,徘徊在已有百年历史的"金井桥"上,踩踏着村民晾晒的黄豆秸秆,聆听着白头翁欢快的啁啾,有一种恍惚回到历史长河的感觉。据陪同的镇政府工作人员小郑介绍,柳行古街最早叫柳巷,形成于清光绪年间,当时有一个做木材生意的商人来这一带开办木材加工厂,就在这里栽种了很多柳树,因此而得名。这旁边的水流叫“金塘溪”,直通大海,因为交通便利,慢慢便形成了街市,繁华了起来;最繁华的时候,这条三百多米长的街市竟有九十多家商铺。一些外地商人途经此地,也被其独特的环境所吸引,在这里购地开店;一陈姓人家迁入柳行后,在圈围起来的土地上播撒油菜籽,然后榨油出卖,渐渐累积起来了财富,再后来就到福建等地贩卖木材,将木材运到金塘岛后,先堆在海涂边,再通过旁边的这条“金塘溪”运进来。像绝大多数那时的中国人一样,陈姓商人富裕起来后便开始筑高围墙、建造房子,光宗耀祖……历经风霜雨雪,现在的柳行依然保留着陈氏老宅的风采,穿过斑驳的大门,踏着泛着青苔的石板庭院,我们似乎感受到了当年陈氏家族创业时的艰辛和昔日的辉煌。

到了柳行,一定要走一走“金井桥”。这座桥位于柳行古街的中部,连接着金井庙和古街,始建于晚清时期;据传当年河对岸这一带的土地属于一户姓金人家,旁边还有一口水井,所以庙造好后就叫“金井庙”了,为了方便百姓来庙祭拜和祈祷,于是又在河上建起了“金井桥”。历经百年沧桑,这座石梁做墩、石块做弓、石板铺面的石桥依然伫立在河上,至今仍在使用。站在桥上,遥望溪河上的景色,似乎有一种时光穿越的感觉,清澈的河水上有鹅鸭在嬉水觅食,不时扑棱起翅膀鸣叫几声;河堤边洗衣的农妇将花花绿绿的衣物堆在埠头上,不时举起洗衣槌敲打几下;河堤上有垂钓的钓友悠闲地坐在马扎上,不时有鱼儿上钩引起围观者惊叫几声——好一幅祥和、朴实的乡村生活图啊!

穿过“金井桥”,对岸的金井庙正在翻修,看得出规模比以前大了不少;沿着一条小路,前面是正在建造的观景台,路旁农户家院子里伸展出来的柚子开始泛出特有的清香,山脚下的一片竹林,叶子已经开始泛黄,在微风中摇曳着。爬上一个小山坡,站在观景台上,极目远眺,天空蓝得如刚水洗过似的，纯粹而洁净，几片白云飘浮着，就像挂在墙上的画那般伸手可及，想起在来的路上，车上广播正播报北方部分地区正遭受雾霾侵扰，能见度只有近百米；而当你置身于这样的蓝天白云下，你的幸福感便油然而生，眼前是一派金塘岛秋色的景致奇象：柳行半边街的奇特古风、金岗川水库的静水似玉、沥港“平倭碑”的凝重沧桑、大浦口码头的巨轮汽笛、中澳产业园的宏伟愿景都充斥着金塘人的文化底蕴和豪迈心情。

金塘岛的秋韵，是一种景藏于心的美。如果你跨海而来，这里有你驻足休憩的山海风光；如果你想记录，这里是拍摄创作的绝佳圣地。

到了金塘岛，除了观赏李子园，沉浸在稻香迷人的秋色里，品尝著名的大麻饼外，还应该到一水之隔的大鹏岛去看一看。

大鹏岛位于金塘岛西北部，面积只有4平方千米，如一只展翅欲飞的大鹏鸟静卧在灰鳖洋上。从金塘的沥港坐渡船到大鹏岛，只要3分钟的时间，上岛后，就在离码头不远处，一大批古民居展现在你的眼前，这些古民居都是砖瓦结构，大多建于清末或民国初年，古屋与古屋之间有石板路相通，在稍开阔的地方有老人坐在石凳上悠闲地晒着太阳；更奇特的是，有些古民居旁边还挖有面积不大的池塘，池塘边上栽种着美人蕉或芋艿，这池塘也成了居民日常洗涤的好去处，至今仍在使用。

我们在古民居里挨家探访，流连忘返。在刘家大宅，我们被其“豪华”程度所吸引，这座宅子分三层，第一层是门厅，江南风格的大门虽然已经斑驳破落，左边一角也已坍塌，但依然可见当年的气派与奢华；穿过大门，是一个不大的院子，铺有青石板，东边是一堵围墙，西边是两间厢房；然后再穿过一道门，是一处类似于廊房的厢房，房间外破败的木质墙，露出了缝隙，外面堆满了杂物；穿过这处廊房，就到了正房的四合院了，踩踏着有些凹凸的石板地，眼前是一排做工考究的正房，中间是大堂，用于祭祀和接待贵客，抬头可见门楣上雕花的花格，走廊上的横梁呈弓形，做工极为讲究，均雕有图案，这种雕刻除了庙宇和凉亭外，在其他海岛民居中极为少见，可见这座宅子当年的辉煌和奢侈；房间里江南特有的七弯梁床虽然积满了灰尘，但镶骨的图案依然在诉说着一个个民间故事和传说。在院子的一角,我们遇到了宅子的主人,老爷子向我们讲述着他爷爷当年如何发家致富的传奇经历,他说:他们的这一脉姓是从鄞县一带搬来的,具体什么时候搬来他也不知道,只知道是为了躲避战乱才来的;这宅子是他爷爷手上建造的,刚开始的时候他爷爷和前辈都是以捕鱼为生,由于爷爷脑子比较灵活,再加上前辈捕鱼累积的财富,爷爷就把捕鱼得来的收益用来购置运输船,开始雇人跑运输,利滚利,没几年家族就拥有了几条运输船;财富累积后,爷爷就购置了土地,开始建造这座大宅子。老爷子说到高兴的时候,还特意表扬起他爷爷来了,说他爷爷有了钱后不像这里的许多大户人家,开始纳妾娶小老婆,他爷爷从一而终一直坚守着他奶奶。他的家族也一直到新中国成立后,被划为地主后才逐渐败落了下来。

大鹏岛应该是目前舟山保存最完整数量最多的一处古民居群了,有着“海上周庄”的美誉。这里的繁盛应该是从第二次海禁后开始的,即清朝中期海禁解禁之后。由于大鹏岛地理位置优越,交通便利,四周滩涂出产的海产品种类繁多,使从余姚、绍兴、穿山一带迁来的居民能很快站稳脚跟,而其又靠近金塘岛,有了天然的屏障,免于战乱及海盗的侵扰,因此才得到很好的发展,也因此得以完整的保留。

午后的阳光暖洋洋的,照在不远处的灯塔上,散发出一圈温暖的光环;也照在正在房前屋后侍弄土地的村妇,看着她们收获岛上特有的大地瓜,以及那种满足的笑容和悠然自得的神态,你会为这世外桃源般的生活而流连忘返。

(原载《海外文摘》2017年第12期)

海岛姑娘不会游泳

◎ 李慧慧

我是土生土长的海岛人,但我不会游泳。

第一次去外地上学,那时候上的是中专,都是省内的同学。我说来自海岛。有同学盯着我的脸看了许久,冒出一句:原来海岛人皮肤这么白啊。由于在两个月的暑假里没有学业压力,不用做暑假作业,天天在家里待着,我被母亲养得白白胖胖,还穿了一身黑衣服,因而特别显白。我呵呵笑笑。同学可能觉得我是海岛人里少数几个白的,于是又问,是不是你家不住海边。我带着几分抱歉说,我家不住海边,但我骑自行车十几分钟也能到海边,而且我认识的女孩子皮肤黝黑的真的不多见。同学更纳闷了。

那你家里有船吗?

没有。

你们家的煤气灶会不会进水,饭烧着烧着是不是海水一来就灭了?说这话的时候,同学还一脸担心。

是不是像威尼斯一样出门要划船的?

你父亲要出海吗?

我父亲不用出海,我们家三代都不是渔民,都是农民,而且渔民未必有船呀,有船的叫船老大,渔民都是打工的。

同学们眼里都带着好奇,带着迷茫。连班主任老师都问道,那你们家每个人可以分到多少土地?我说,不多,一个人三分吧。班主任点点头,嗯,这还是有点区别的。

什么区别?我不解。

底下的同学笑道,我们家每个人一亩。

我还记得自己当时心里的庆幸,一亩啊,那得多辛苦,幸好我们每个人才三分田。那是我第一次离开生活的海岛,第一次坐长途汽车。同学们那一脸好奇的神情,班主任老师听到答案时的样子,到现在我依然记得,他们是觉得困惑,是觉得奇怪,而我不知道,那时候有多少同学在心里也停留着这样那样的困惑。

那天,杭州的同学来我们岛上,我请她在岛城一个小饭店里吃饭,点了几个菜,其中有一个菜是带鱼,红烧带鱼。放在盆里的带鱼很鲜活,贼亮贼亮的,但是同学小心地夹了一口,皱着眉头说:"太腥了,你们平时都这么吃的吗?""是啊,我们平时都这么吃的。"同学吃了点别的,再也没有碰带鱼一口。结束的时候,同学说,你以前说学校里带鱼不好吃,原来你家乡的味道是这样啊。那是我第一次吃到带鱼的另一种味道,没有海的味道,淡淡的,只有青椒的咸味,没有海的鲜味,没有属于大海的味道,缺少海鲜特有的肉质感。虽然学校的带鱼不好吃,但是同学们喜欢吃,唯有我这个来自海岛的人,只点了一次,再也不想吃。母亲或许知道我在学校吃不惯没有海鲜的伙食,那时候不像现在快递公司那么多,实在想吃网上也可以买,那时候,母亲在老家做好风干的带鱼,油炸一下,托长途汽车的师傅带到车站,我自己去取,有时候寄一点晒干的鱼干,弥补我吃不到海鲜的遗憾。当然,这样的幸福,这样的满足,一个学期里也只有一两次,邮寄太贵而且周期长怕烂掉,多数都是学期开学的时候,从家里带个大包小包的,然后回到学校慢慢吃,当然也会分给寝室里的同学吃点。

第一次分的时候,有一位来自山区的同学,或许没有吃过螃蟹,拿着一只蟹爪问我,慧,这个螃蟹怎么吃啊,先吃里面还是外面。噢,原来还有不会吃螃蟹的人啊。告诉她怎么吃以后,她咬了一口说,不好吃,还是刚才那个熏鱼好吃。我心里想,原来还有人不喜欢吃螃蟹的呀。再一想,有啥啊,海边生长的父亲吃螃蟹还要过敏呢。当然现在这位同学走南闯北的,吃多了螃蟹,也喜欢上了吃螃蟹。杭州来的同学,在我们家住了一晚,我尽地主之谊,带着她四处看了看,海边当然要去。去了以后,她有些许失望,你们家乡的这片海水怎么这么浑浊呢。是不是太浑浊了,所以你才不愿意在这里学游泳啊。同学还记得我不会游泳的事情呢。还有,原来你说过,车开到船上是那样的,原来并不是所有的船都是泰坦尼克号啊。原来,真实的小岛也有电影院,也有大型商场,跟我们城市差不多啊。

是啊,差不多啊,有什么区别呢。除了,面对海鲜的时候,我会毫不犹豫,你觉得很腥,好像作为土生土长的海岛姑娘,我与这些城市姑娘并没有太大的差别啊。除了家里经常吃到的海鲜,我能叫得出来名字外,对于有些海里的鱼,我也并不认识啊。就像那天,与几位来自不同地方的老师坐在夜排档里吃饭,他们指着一盘盘端上来的菜,问我它们的名称,我很惭愧,除了几个家常海鲜,我能用普通话说出来,有些鱼类我甚至用方言都不会说。当然,我不会说并不代表所有人不会说,比我年纪大的懂得多一些,但是像我这样的年龄,如果不是做餐饮业的,基本不懂。我对在座的一位老师说,怎么办,我们这代人,我是说“80后”“90后”,甚至我们的后代对于海的了解会越来越少,你看我现在其实跟你们这些内陆生活的人一样,都不懂。像“摸叶子”“老归”这些我都不懂,甚至除了海边晒着的一些蟹笼我知道是用来捉螃蟹的,其他的渔网,我也不懂。她笑着对我说,你看,你还是与我们这些来自内陆的人有些区别的,起码知道那些你想要知道而不知道的,你再想想,或许还有呢。

还有什么呢,噢,小时候,我织过渔网,织一顶,赚几毛钱,算是勤工俭学,当然每一顶最后的收尾工作都是母亲完成的,我只会简单地粗线条地织。到底织了几个暑假,赚了几块钱,我忘记了,因为那时候每逢暑假,便帮着母亲一起织。一顶顶织好,还要把尼龙线一个个绕到梭子上,才可以用来织。村里,上了年纪的女人,有段时间织网的很多,后来慢慢少了,现在几乎看不到织网的女人了,只有偶尔在码头看到有人在补网。或许是因为技术先进了,不用人工织网了,或许是因为现在的渔船都转产转业了,或者因为捕鱼种类的原因而不用那样的渔网了。渔嫂手中拿着梭,在码头补网的场面,这些年基本看不到了。倒是我们的孩子,都学会游泳了,当然,是在游泳池里。

还有什么呢,我得再想想。

(原载《散文百家》2017年第2期)

草原斗狼记

◎ 曹宁元

这是我在部队时的一段真实的难忘的经历。

我们部队是东北野战军，1976年初奉命赴内蒙古阿鲁科尔沁旗（边境）执行一项任务。我当时是负责团机关伙食的司务长。

部队开进一望无际的大草原，我才知道这里根本没有路，而且一不小心汽车就会不知不觉地陷入泥潭。团机关在一个名叫罕山的地方扎营。罕山是座巍巍的大山，前后左右都是辽阔的大草原。从山脚下一堆堆牲畜白骨显而可见，这里的野狼很多。为此，部队特别规定：人员不准单独活动，外出时必须带枪。

六月里，这儿漫山遍野的草儿开始发青，蓝天下，羊群宛如朵朵白云缓缓移动，煞是好看。

这天晌午，我接到上级通知，他们要我马上去阿鲁科尔沁的一个地方领取白果(当地牧民把鸡蛋称白果)。恰时，团里有一辆越野小汽车要去接旗里开会的团参谋长，我就顺便搭车前往。去了才知道，原来领取白果的地方在北面，距离部队驻地约40千米，旗则在东面，而部队驻扎在西面。汽车在坑洼不平的荒原上摇摇晃晃行驶了两个多小时,才将分装在两个长木箱的200斤白果搁上车,随之小心翼翼地返回。

当汽车行驶到半途中的交叉口时,夕阳斜照,我和司机小张一时左右犯难:如果先将白果送回驻地,那么必然要耽误接送参谋长的时间;如果装着白果直接去接30千米外的参谋长吧,那么白果非震碎不可。怎么办呢?“先把白果搬下车,我在此等候,车子快去快回,然后再同首长同车顺路返回驻地。”因时间紧迫,我来不及多想,就赶紧跳下了车,搬下白果,小张马上开车,可车轮滚动不足10米时戛然刹车,只见小张气喘吁吁地跑过来将一支装满子弹的56式冲锋枪扔给我,撇撇嘴说:“防着点儿哦!”

荒野草原,此时没有风,没有声音,白天的大草原显得出奇的宁静,这时我才意识到自己处境的孤单无助。

半小时后,这种空空荡荡的寂寞蓦地被打破了,也不知从何处悄然飞来了成千只乌鸦,黑压压一片在我头顶上空盘旋,究竟它们想啄我呢?还是垂涎白果呢?我丈二和尚摸不着头脑。这群乌鸦气势汹汹越飞越低,有几只胆大的猛然冲下来开始左右横飞攻击我。见此情景,我毅然决然先下手为强,迅速立姿提起冲锋枪,“哒哒哒……”朝这帮黑家伙开了枪,只见乌鸦惊恐地闪电般升空逃离,犹如一片墨汁似的泼向远方草原。

吓跑了乌鸦,我沉到肚底的心这才归位。何不静静地躺在软绵绵的绿草地上稍憩啊?可没想到刚坐下,忽然发现在弥漫着袅袅气雾的远处有动物身影。起初以为是牧羊犬,可定神细看,分明是一只灰黄毛色的大野狼。“不好,狼来了!”我心头一震,本能地“噌”跳了起来,急忙端起枪带开枪刺。直觉告诉我,逃是逃不掉的,唯有孤胆血拼了。

这只灰黄皮毛的大野狼,为了迷惑我,一会儿躬腰小蹿,一会儿昂头趴下虎视眈眈,既灵活又隐蔽地朝目标——我接近。我保持着高度的警惕,选定好常用标尺,做好了卧姿射击的准备。

当距我百米的野狼突然跃起身体前蹿的一瞬间,我果断地扣动了扳机,“哒哒哒……”一个短点射,只见中弹的野狼“呜——嗥——呜——嗥……”

地哀叫着，像醉鬼一样踉踉跄跄地夹着尾巴向后逃窜……

须臾，地面上传来了奔腾的蹄声，“糟糕，野狼又来了！”我竭力支撑起身体，慌忙端起冲锋枪，拉响枪机才清醒，已经一颗子弹也没有了，这可咋对抗野狼啊？我怅然若失、心跳加速！

幸好，来的不是狼，是两条蒙古狗。这种狗的腿特别短，非常勇猛，在草原上奔跑起来犹如彩球疾飞滚动，连野狼都怕它呢。两狗精神抖擞，“汪汪”连扑带吠，我明白蒙古狗有“人不跑不咬”的特性，漠然不予理睬。一时尘土飞扬，一位骑着骏马、身背猎枪、腰佩匕首的中年牧民驰骋而来。见状，他一下马就一阵呵喝，阻止了狗对我的“无礼”，两条狗则亲切地摇晃起尾巴。因双方语言不通，我们只能用手示意。“嘿！我不能跟你走，请马上离开！”牧民好像明白了我的意思，向我竖了竖大拇指，便带着狗狗依依离开，然后悄悄地在距我百米处守候保护着我。我当时很感动，可见牧民的心有多好啊！

傍晚时分，我们部队的小汽车终于飞驶而来……

（原载《金田》2013年第2期）

III 诗歌篇

山林之秋

◎方 牧

一

娴静如风标绝世的处女，
在清溪与青山之间，
演奏秋的抒情曲，
思恋热烈的夏天。

有如天籁，飒飒的金风，
把相思染遍漫山的红叶。
碧潭和白石，以悲欢离合的故事，
倾诉万古不变的坚贞。

沿着岑寂的林中小径，
时时听到小鸟的啼鸣。

高低浮沉的音节，
可以分辨深浅不同的颜色。

野花依旧烂漫开着，
谁也说不出她们的名字。
幽谷里明朗的微笑，
含蓄中沾着几分缠绵。

阳光如晶莹跳动的斑点，
挂在密密层层的枝叶间。
也许是昨夜刚下过一场雨，
蘑菇还撑着各种形状的花伞。

偶尔有山兔穿涧而过，
灵活的小松鼠在树梢安家。
阔叶林把翠绿的浓荫，
铺向爬满苍苔的山崖。

林场工人为招待罕见的客人，
捧出了最丰盛的秋天。
他们朴实的小木屋里，
挂满大自然斑斓的画卷。

清新，秀丽，而且深情，
遍地是可以捡拾的思恋。
没有诱惑，却发人寥廓之思，
因为热爱，拒绝了一切污染。

二

二十年过去,秋山风华未老,
葱绿衫裙不改天姿国色,
云巾披肩是现今流行款式,
明眸流盼更显得清丽脱俗。

阵雨刚过,绿叶挂满水珠,
高低的溪声曲折流过卵石。
美女戴着墨镜穿着泳装,
记忆中的小木屋已改建温泉浴室。

这年月人们都喜爱度假休闲,
周末是小轿车联翩出游季节。
月下的小松鼠看守绿色大氧吧,
空气里散发茉莉的香味。

从曲栏回廊走向古典庭院,
寻找"闲花落地细无声"的感觉。
星级微笑是不用翻译的世界语,
几个老外正逗着鹦鹉对话。

路旁可爱的小树都彬彬有礼,
阳光融合、调和着缤纷色彩。
空气把心情过滤得透明无尘,
人与自然有一种心灵的默契。

风景模糊了季节的边界，
秋天还生长春天的花草。
偶尔有几片黄叶飘落，
很快就被风和工人捡拾。

湖畔垂钓是最佳休闲方式，
间或钓着世界的商市楼市股市。
人和鱼一样是钓和被钓，
有一样的快乐和不快乐。

已凉天气未寒时，
坐看苍苔色，欲上人衣来——
如果能体味这些诗句的精妙，
你便会更爱这山林之秋。

（选自《细雨梦回》，宁波出版社2016年版）

坐在街头看手机视频的环卫女工（外二首）

◎ 姚碧波

在城市繁华路段的街道边
有位外套黄色背心的环卫女工
看上去五十多岁模样
正坐在沿街商铺的墙角边
低着头在看手机上的视频
当我从她身边走过的时候
听到的声音轻轻地
像是一档娱乐节目的视频
此时已是晚上七时二十多分
大部分人都下班回家了
但这位环卫女工没有
我不知道她是否还要清扫大街
但我从报纸上了解到
环卫工人一天要做十五个小时

从早做到晚
每个人要清扫好几条街道
现在是这位环卫女工难得的休息时间
也是她不多地享受娱乐的时间
她专心致志地看着手机视频
脸上不时露出微笑
全然不顾大街上来来往往的行人
也全然不顾夜色暗下来
而我知道
距离这半条街道的影院里
正在上映美国大片
年轻人正在享受超级视觉大餐
而这与这位环卫女工的生活毫不相干
她也不会去关心的

（原载《作品》2017年第5期）

在大海深处让大黄鱼把我们包围

在我居住的群岛
爱情像东海里的大黄鱼
弥足珍贵,而又生生不息
在我看不见的地方
爱情像大黄鱼般
在大海深处出没

长久的生活
让我懂得人世间的冷暖

懂得爱情像高悬天宇的明镜
懂得爱情极其不易得到
在我穿越生命的过程中
在我生命的每一天
我需要爱情把我喂养
就像儿时母亲的乳汁
把我一口口喂养大

亲爱的,让我每天都能
拥有一条通向你的道路
就像我每天打开的门
在群岛之上,排除一切杂念
放弃一切该放弃的
让你成为我最温暖的腹地
在大海深处
让大黄鱼把我们包围

（选自《浙江诗人地理》,文汇出版社2016年版）

百祖山雨后的早晨

百祖山雨后的早晨
沉浸在一片迷雾之中
迷雾让百祖山更具美感
静寂的树林,清新的空气
让我想找个地方坐下来
敞开心扉,好好地呼吸
大口大口地呼吸

让我沉浸在清新之中
此时,除了清新还是清新

我是从半山高的山间
沿着百瀑沟往下走的
我看到石头铺成的小路边
有各种树木和花草
有的我认识的
但更多的是叫不出名的
向着阳光的方向
青翠碧绿,极具生命力
我用手去轻轻地触摸树叶
能感受到欲滴露珠般的娇嫩

山谷间,一路下来
溪水、瀑布、树木、花草
百瀑沟生态如此之美
让我忘情地去观察
用相机用心地去记录
这美的场景,让我如此痴迷
以至于我把脸埋在树枝间
深深地陶醉在绿色和清香间
用嘴唇轻轻地亲吻着树叶
任由密密麻麻的小雨落下来
一颗颗地落在我的脸上
感觉时光在这一刻停了下来

(原载《大河》2015年冬卷)

流经我们身边的瓯江(外二首)

◎谷　频

我所说的瓯江
只是流水淙淙的这一小段
它是青田的首饰
就挂在我与群山仰望之间
现在不是雨季,而时间
重复着它的容貌,就像
泛黄的照片收藏过岸边的弧线
我灵魂之外,看见过
这瓯江的颜色和我命中的颜色
这样逼近,连同青春期
都成了晾在滩边的衣服
而现在的爱情却像田鱼,一闪就不见
像一种努力地寻找,夕阳的碎片
洗去了许多年代卵石的胎记

哪儿是源头并不重要,因为风向
也在不断改变,这河床更像迷宫
在前方聚集起更多的阵雨

（原载《诗刊》2017年8月号下）

大西寨岛

那白鲸背上的盐壳闪着刃光
每一遍抚摸,都加剧季节的落差
海鸥随时在这里取走欲望
但我从不救赎,固守青石和沉寂
为的是让风暴席卷往事的零碎
这样的场景日复一日,年复一年,是回避
还是落寞地拒绝生活的足迹?
这座荒岛只来自天堂
是珊瑚的漫游所思念的山冈
万顷波涛如放牧的羊群
有些散漫,又有些家园的眷恋
随海风静静地伏在艾蒿上
永远等不到的航程,而船骨
早已作了蝉声的翅膀

（原载《诗选刊》2016年第9期）

狩猎者

你终有一天味蕾缺失
把所有奔跑的物体都当成了蜜蜂
包括失去贞洁的人,看你一小眼
掌心里的闪电便会颠覆掉
下半生的快感,最危险的行为
并非和几十只老虎赛跑
而是看不清一只野兔的位置
这时候你的身上往往会布满弹痕
就在低洼处狩猎一场吧
那些饥饿的小兽在大地之上颤动
快扔掉多余的杂念,屏住呼吸
一粒饱满的粮食就可击中全部心脏

（原载《作品》2017年第5期）

安魂曲（外二首）

◎李　越

九月的浪头高过天空
船夫们，在锋利的牙齿上摔打爱情
凶猛的爱情，然后
找一片安静的坟地

安静的坟地缓缓漂走
船夫们，是否扛得起海的重量
盐和死亡的重量？然后
唱一支太阳的葬歌

太阳向西，一面破败的旗帜
船夫们，挥舞最后的刀子
饮尽最后的烈酒，然后
划一根火柴将头颅燃亮

九月的浪头高过屋顶
船夫们,托举起丰满的粮仓
这秋天唯一的果实,然后
打着灵魂的马儿回故乡

孤岛上的母亲

老妈妈,山冈上所有的风
都向着你吹
雪花在静静飘落
大地的睡眠又深又长

老妈妈,星星与夕阳
在你眼眶里闪烁
港湾的汽笛已经拉响
回家的路啊多么遥远

老妈妈,那只飘荡的小船
在唱着什么样的歌子
波浪追逐另一团波浪
带走你青春的岁月
老妈妈,林子里神秘的鸟儿
在把你声声呼唤
何处是你的故乡
你暮霭中的水井和果园

老妈妈,紧抱着孤岛的灯塔
这人世最后的温暖
老妈妈,你动情的哭泣
是长涂江最美的晚祷

七姐妹礁

雨洒落在七姐妹礁的每个角落
寂寞的雨滴。冰冷的雨滴
没有一只鸟为我歌唱
没有一条船为我渡航
波浪永恒的轮回中,七姐妹啊
你的白发飘飞,你的腰肢瘦损

缓缓爬动的东方螺。一只蝴蝶
引诱着另一只蝴蝶,引领我
攀上最高的绝壁。山风尖利
我的心狂跳,我的意迷离
但我不能呼喊,唯有沉默
对抗这灰蓝的空茫
雨滴飘落,洗尽了七姐妹
娇艳的容貌

就以心为船,以云为桨
横渡这无涯苦海
时光翻卷。七姐妹啊
什么样的梦想使你沉醉

什么样神秘的诺言不能说出
我的手抚触到你每一寸肌肤
却又如此陌生,如此忍耐

雨洒落在七姐妹礁的每个角落
寂寞的眼睛,冰冷的嘴唇

(原载《大河》2015年冬卷)

磐陀石(外一首)

◎白　马

佛法无边呵
这山顶上的石头
上下之间似连非连
似接非接
让人担惊
突然会掉下来
但石头依然在石头上
稳稳地坐了千年

人呵,有时也像这石头
在正邪善恶之间
在摇摇欲坠时
靠什么才能稳住内心

（原载《大河》2015年第4期）

心中的滕王阁

一篇文章,就这样
让南昌生辉、扬名

一个名字,就这样
永远活在一篇文章里

一篇文章,就这样
永远活在中国文人的心里

一座楼,就这样
毁了建,建了毁,再毁再建

名文托起名楼
名楼名文相依

一篇文章永远活着
一座楼永远耸立

(原载《人民文学》,2016年第四届“观音山杯·美丽中国”征文专刊)

石艾草[①]（外一首）

◎ 陈桂珍

大海用泪珠浸润
宝石样的绿
绿过我目光所及
不是阳光照我
我就灿烂的那种

强劲的海风是我一日三餐
喂养我长大的必是凄风苦雨
坚强时我是草
娇媚时我是花
月白的月光下我是婉约的诗歌

① 石艾草，学名石莼，是一种生长在海边岩石上的普通小草。无论狂风巨浪，石艾草都能扎根岩缝，四季常青。石艾草还有一定的药用功能，为很多渔民消除病痛。

我细细巧巧的身段
延着粗粝的石罅攀缘
我努力地往上往上
再往上
哪怕遍体鳞伤

我要长成世人喜欢的模样
专心一致
直到某一天有双大手把我采摘
害羞或欢喜
温柔或粗鲁
最好爱不释手

然后用大口的瓷杯
光洁如新的
加上九十度以上的热情
把我彻底浸泡
这样
我的柔软会在瞬间爆发
弥漫的清香会穿越你的鼻孔
钻进你的身体
久久不去

我想
总有一天你将爱我

我那半高的紫罗兰雨靴

不知道多久没有碰你啦
我实在记不起来
当初
我是多么欣喜若狂地爱上你的
你有着一副多么精致的脸
紫罗兰的颜色亮闪闪的白边
我们曾经那样地亲密无间
曾经出双入对形影不离
我穿上你
经风经雨
再不怕雷电雪飞
我们走过雾走过霾
走过泥泞
那时候
踩在雨中有叮叮咚咚的回声
踏在雪地有吱吱呀呀的话语
我们的头顶总有一把打开的伞
为我们撑起一片小小天地
温暖的记忆重重叠叠
岁月的痕迹隐隐约约

那时的我与你
不算相依为命吧
总也相濡以沫

不知道什么时候开始
莫名我就冷落你啦
你在那仓库间的旧箱子夹层里沉睡多年
要不是今天翻箱倒柜地
找一样东西
我又怎么能够发现
躲在一隅不言不语的你
曾经青春焕发的脸早已经满目疮痍
积蓄过雨水的身体也不见了丰腴
那多情的紫罗兰
透着灰蒙蒙的哀怨

哦,真是对不起
爱一个人总难免委屈
我那半高的紫罗兰的雨靴
我已很久很久没有碰你了
就像我那越来越无处安放的爱情
今天
我已经无法穿越你的内心
更没有勇气
再次与你亲密无间

(原载《星河》2017年夏季卷)

欲望的网眼(外二首)

◎厉　敏

欲望如海中搜索的渔网
张开兴奋的眼
网眼与网眼密密匝匝
构成欲望的味蕾
看似纤细的塑线一旦打结
却有着惊人的韧劲
这是一个透明的陷阱
贪婪的眼睛躲藏在网眼背后
那把锋利的剖鱼刀正流着口水
这是一个抒情的季节
野性的鱼群喜欢在旷野狂奔
整个海域涌动着浪漫的诗篇
一堵暗中的网墙阻止了鱼群的想象
网眼不过是囚笼引诱的窗口

这算计好致命的尺寸
生与死正好被欲望拦腰收紧

（原载《时代文学》2015年第8期）

心　态

挂钟的节奏
无法进入我的血液
我被阳光打磨的面容
如并不成熟的花瓣
气氛如光滑的玻璃
我站在空气的夹缝
自信在盆景中令人欣赏
纸鸢在风中旋转
白雪绝望的神情
令人遐想
缅怀酒与火的劝告
沉默的锄头与野菊
站在黎明的岸边
暮鸦低回的驿站
成熟的果子如忠实的泪滴
时间的河流并不陶醉于幻想的天空
赤裸的思绪
最终不能走出泥土
琴声来自麦管的胸腔
我捡拾梅的回忆
在白天的一角

回味失眠

（原载《诗歌月刊》2014年第9期）

老　船

你衰老得如同一匹喘气的老马
只有骨架还撑起着你的雄性
你的履历早被身后的洋流层层涂改
额上的皱纹是波浪凝固的音符
想象在大海上到处流浪的日子
不知如何从惊险的雪崩中撤退
总是走不出海水任性写意的道路
回家的日子,你总把男儿泪锁在心潭
一生都在高潮和低潮之间跌宕
随时准备着跌落悬崖后变成海水的粉末
用头颅撞开通往天国的血腥大门
渔村的炊烟如一条救命的绳索
总是晃荡在人生进退的十字路口
用一生的时光学会在大漠扎根
大海是个由水的沙粒堆积成的荒漠
如同深空中孤独行走的星辰
生命有时脆弱得如同瓷碗
而心魄却磨炼成钟馗手中的利剑
敢于同风浪的恶魔进行一生的厮杀
在滩涂,你已挥别动荡的岁月
如今日日聆听大海述说千年沧桑
这是最好的朝向,浪花在四季开放

（原载《作品》2017年第5期）

用诗垫高生活(外二首)

◎ 孙海义

“人到中年,一头雄狮在孤独”
似乎那些热词,如脚步婉转
如何使细腻的唱腔穿过针眼
经历过的大海,把晚风
托付给时光唇上的边地秋野
任梦中的少男少女,点亮山野
里的萤火虫,让“秩序潦草的秘密”
留给回声。“大门不能总是敞着”
而心中的芦苇,是“唯一的神”
仿佛已成为“身体的一部分”
那些悖论的藤蔓,耗尽了
藏身于生命中的之“轻”
如家,如完整的蛋糕
——“她有溃烂之心”

在双鱼座面前走神

双鱼是否通灵,通体地透明
那只是转身离去,选择了远方
头也不回;以水为床,与梦结伴
仿佛——任“时间默许了他的走向”

赐予我的那一声转世般的尖叫
被我珍藏在纪念册的舞台上
仿佛如独角戏一般,也许
根本就没有那一声向外的尖叫

风吹草动的时光,过河的卒子
暂时拥有了一颗“地球的芳心”
宛如是在“虚度最好的年华”
——“空气中弥漫着期待”

她是个奇迹,“零件已在相互作用”
“时间也开始磨合它们的齿轮箱”

片断,或:碎片具象

一块石头投入水中
池中的懵圈,多么地漫不经心
似随口荡出的几句

话语推开来，想象的可能无数
仿佛那都是不着边际的隐痛
更似一圈圈小小的忽悠

水流往返，如一封繁复的来信
耸起急切的伏笔之忍
生发的力，瞥见清亮亮的精灵

水生发的愿望，最初从天上落下
从山中流出，我无意聆听两岸的暗算
轻快的水，本身就是一首好诗

而带电的肉体受尽“爱的沦陷”
而美，消退于一条不断延伸的铁轨

（原载《安徽文学》2017年第10期）

稻汁是红的(外二首)

◎ 侯宏琦

抽离体内的血是痛苦的
开始是丰盈,然后是空
只剩时间褪下的皮壳
和暗伤

现在,我被弃置冬天的风里
形似稻秸,不叙事不抒情
把后事交给后人
把自己还给春天的村庄

(原载《作品》2017年第5期)

又见曼陀罗

被虚构的，略带哀愁的传说
那沉默的绿，都朝着一个方向
黑夜凝结成一朵巨大的花
那若隐若现的光，或是你暗伤中
被岁月包裹的露珠

谁收藏了你的冬天
要用冰冷的姿势来等待
要用我最后汹涌的激情
把时间一年一年地挪到你的身边

此刻春雨如蝶，它的薄翼无力
微弱的呼吸，如叶尖上明灭的火焰
它欲逼走我内心的苍茫
和我仅剩的一点荒凉

又见曼陀罗，还是你去年的模样
那日见消瘦的黄昏
还能否滋长五月湿润的情绪

（原载《诗江南》2013年第6期）

有点忧伤

秋天在昨夜又换了衣裳
青花的语言,多雨的内心
现在冬天出场,把风赶来赶去
梅花的袖口,里面可能下雪

姑娘已远嫁他乡
偶尔的消息落上青瓦
那是半夜里的虫鸣
忘了她是怎么叫人来着

想起来的事大多像传说
一曲终了,人都走散
然后怀念春天的酒香
她落寞的样子
有点忧伤

(原载《诗江南》2013年第6期)

葡　萄(外二首)

◎ 苗红年

秩序乱了,风声紧了
枯黄的藤条怀孕了

我记得从前的它们
各自为政,打着小算盘
如今彼此关注
像是挂在秋天眼角边的一串泪珠
用来引降大雪从轻薄的云朵上放下绳索
之后,农事便束之高阁

现在它们是联邦帝国
把酒神唤醒并直接祭献自己的玉体
那紫色不是瘀青
是火一样涌动的激情

是用于酿出非凡品质的酵母

（原载《绿风》2014年第4期）

回　味

夜的浓度似一杯糖水取决于我们的回味
月光正在兜售她的烘焙,圆圆的。星状的。
还有那堵高悬的广告牌上印着的一小块残缺的甜饼

儿时喜欢的
都在天上。而现在,我只能忍受这鼾声淋漓的黑暗
和树杈般出其不意的幽微。

（原载《中国诗歌》2013年第10期）

门里门外

关紧门,拉上窗帘
声音与手势轮番上扬
事情有了更大的不确定性
手术间或者办公室。一群策划者
聚在灯下的隐秘处

空气刚刚像从庞德的地铁站流出
每个人的手心有了湿漉漉感觉
昏暗只是走廊的部分焦虑

连光线和盆栽也略显谨慎
不要再在他们的外面无效争论
门,是最好的蛛网
飞蛾们比火苗激动数倍

尊严永远比想象顽固
在行进中,我等一种结果的破碎

(原载《作品》2017年第5期)

走近芦苇荡(外二首)

◎ 林明忠

芦苇荡
隐藏着我前世今生很多秘密
隐藏着我不远千里前来索取
芦苇荡把鱼藏得很深,把水也藏得很深
把凡是落落的风花雪月都藏得很深
像闺房的私密和窈窕的肢体
只有高举的芦苇覆盖时间的宁静

芦苇的前辈已经被远去的雁声叼走
已经被沉没水底的桨影划落
那迎风招枝的芦花像它们的孤魂
在逆光的太阳下发出黑色的眩晕
如今芦苇们孤立地被划分为风景
隔水相望,再也没有抱团的辽阔温暖

芦苇没有了野气,没有了河床
芦苇荡也就没有了芦花飞絮
没有一片苍茫

（原载《星星》诗刊2015年11月）

落潮的沙滩上飞过一只海鸟

它不知道海水已换了一张皮肤
退潮的沙滩是安静的面孔
它想象那弯弧形是巨大的翅膀
细细的水波像指纹一样生动
它如兰花的脚趾踏在半空

它用翅膀把自己高高吊起
像一架风车吊着自己丰腴的大腿
滑过海面,滑过滩涂,它要寻找
落点,不能停在水面呼吸
这只飞翔的海鸟发出了鸣叫

它已吊不动自己的影子,那影子
越聚越厚,越来越低,吹一口气
就会掉下来,它拼命地把自己折叠
一对翅膀打着手语,像攀爬着
艰难的绳索,它要折成一根羽毛
快要飞过了那片落潮的沙滩

（原载《江南诗》2017年第4期）

饭 盒

妻子的头发,是被海风吹乱的
她背上婴儿的熟睡像陶罐倾斜的山泉
丈夫从船头伸过来一根竹篙
像钓鱼一样叼走她手中的饭盒
一天,就是在这样的晚餐中结束

他别无选择,船又将离开码头

这一丈的距离难以碰到妻子的手,这一天的
交换,省去眼神也省去语言
除了码头,再没有多余的动作
只有转身的背影像异乡的夜一样汹涌

她立在码头,曾经的水痕高过她
三个头顶,她如一卷缆绳
迟迟不肯解开她心中最细软的那个接口

(原载《作品》2017年第5期)

台风浣熊(外二首)

◎ 徐嘉和

台风浣熊徘徊在岛屿的附近
船儿如受惊吓的孩子逃到港口的怀里
渔民们上岸喝酒打牌晚上逗女人开心
广告牌心事重重撤退到角角落落
一根根缆绳也系不住台风的动荡

关于浣熊的信息一个接一个
航线被一条条取消
岛屿成为汪洋中的一艘航空母舰
乐观的海岛居民照样在夜排档喝酒
任啤酒的泡沫泛滥成夜的润肤霜

台风浣熊走走停停悠闲散步
平庸的生活来一场台风

像打牌好久不和突然海底捞月
渔民的血管里都注射着台风的血液
稍微风平浪静他们就和船一样
迫不及待拔锚起航追赶鱼群

漫步在燕黄线

漫步燕黄线　第一次面朝大海
喊出你的名字
如浪花擦亮鱼的眼睛
想起你的曲线小沙滩般迷人
蔚蓝的海水纯净　你的眼神

漫步燕黄线　喊出你的名字
夏日的阳光一片片碎裂
灼热感穿过脚底的丈量
我把你的名字安放在花丛中
花瓣一朵一朵绽放

没有你在我身边　喊出你的名字
仅仅是一种自娱自乐的尖叫
洁净的路面　原生态的小山坡
慵懒的海水　潮涨潮落
这一切只是告诉你
幸福同样属于彼岸的你……

后头湾

整个村庄玩起捉迷藏
人去楼空　老人的寿材
似乎被时光遗忘在空房子里
尘埃如小虫子密布
阳光打在斑驳的瓦片上
一种沧桑感如雷电击碎岩石

坐在后头湾简陋的码头边
蔚蓝的海水如钟摆击打着礁石
鸥鸟翩翩而飞如后头湾祖先的
灵魂　围绕着昔日的故居

这个村庄静寂得让我恐怖
像童年时晚上去半山腰部队营房
看露天电影　散场后伙伴走散
一个人听着自己的脚步声穿过一片丛林

后头湾　海水纯净得
像初恋情人的瞳仁
让我渴望穿过时空隧道
细细密密地亲她
铁锚还深扎在海里
码头依然敞开着胸怀
期待着远去的船儿归航回家……

（原载《时代文学》2015年8月号）

小镇老人，那些静默的守候(组诗)

◎ 缪佳祎

和寂寞的影子说话

寂静的街道，紧闭的柴门
有几缕人间烟火飘过
外乡人的脚步，偶尔会惊醒青石板的酣梦
来自它胸腔里的回声，空洞而遥远

迟暮的老人，坐在街边屋檐下
用陌生的目光注视每一个经过的人
眼看着日头
一点点升起，又一点点落下
然后转头，和自己的影子说话

发如雪

小镇的时间是停滞的
村头的那口老井还是清澈见底
旁边一棵老树永远歪着脖子
对镜梳妆

白发老妪挑水经过
井水映不出她的发如雪
却照见佝偻的身躯,吃力地弯成
和老树同等的弧度

春风十里,都不如她一句
“我年轻时,漂亮着呢”
于是,那些迁徙的鸟儿都回来了
呼啦啦停满了老树,压弯了枝条

诉 说

深入一座老宅的陈旧时光
以及一位老人絮絮叨叨的陈述
从数落保姆昨晚烧的菜不好吃开始
一会儿是年轻时的爱人,在织布纺棉
一会儿是半辈子的流离,在异乡孤旅
一会儿是伤害与背叛,一会儿是团聚与美好
一个个亲人,在杂乱无序的语言里进进出出

纷纷扰扰,如星斗明灭闪烁

说到月亮都发白了
骨头都消瘦了
说得我的眼泪,也要出来了
原来,一个世纪的悲喜
就在一下午的诉说中,过去了

(选自《中国新诗——“我们与你在一起”卷》,线装书局2016年版)

楠溪江(外二首)

◎谷　均

明时月映秋水
碧波荡漾的宏村南湖
有汪氏女子束腰而舞
飘拂的裙裾
只是一个转身
多少个经年随时间渐渐老去

秋风瑟瑟
目光向着远处疯长
离去归来
那是心灵的召唤
然而怀念的意境
将再一次染白你疼痛的发丝

渐晚的风寒意满身
而我信步漫游南湖风光

只见黄叶深秋伴生淡淡韵愁

（选自《山境》，中国大地出版社2016年版）

渔归图

清时的帆影
在一幅渔民画里
重叠出隐秘而璀璨的时辰
徐堰王古城的遗址，战国的烽火
像一页页大海的珍藏
让我在遗失中寻觅

远古之声，回响着
记忆，这神奇的源头
打捞那些失散的鱼群

我紧锁的目光，品味
一丝轻柔，一缕婉约
还有鱼骨一些我不曾知道的秘密

渔家人的辛酸、劳苦
点点滴滴跳动着
耳旁回响着古渔镇鲜活的节拍

我忽然觉得自己好似风筝
无论走出多远，无论贫富贵贱
都走不出对它的深深牵挂

（选自《醉美东江湖》，黄河出版社2015年版）

石塘人家

一对先人安放的石狮
在跌宕的岁月里默守
久远而丰盈的故事
被边上石砌建筑的碎语反复言叙

春去秋还
多少的传说从这里穿过
穿越成一段段荡气回肠的风韵旧事
如这石级凹陷印记
成了挥不去的记忆

斯人已去
石港、石屋、石街艺术被后来的人读来读去
谁的忧伤随风吹送
谁的呓语被岁月的枝丫取代
一道曙光
使石塘风光无限
石雕群体倾听岁月的留声

从古嚼到今,从今吟到古
你翅檐下袒露的心思
只有那片片老去的黛瓦
看得见你我的前世今生

（选自《昆水流觞》,中国图书出版社2015年版）

怎能轻易放弃……(外一首)

◎紫　笛

怎能轻易放弃被雪花重塑的机会
缺席不如隐喻。像个无辜者,数年如一日
在对岸无心劳作,招来工头的悱恻

码头上到处是卖艺、杂耍的人
他们用身体循环播放影片里的痛处
血渗了出来。观众们掌声雷动
像一颗软糖,甜得没有来历

雨滴经过的地方,万物皆生
朦胧中,我看见一小撮青草长在城墙的缝隙里
犹如逃生的难民无法从困境里自拔

节 日

一个人坐在节日里，很安静
静到可以听见时钟的滴答与自己的呼吸
它们彼此摩擦，像是两条赶赴的支流

桌上的茶叶！散发着陈旧的味道
被月光漂染过的蝙蝠，灰着脸
终于从桌子底下冒出一句人话
——你还好吧？

（原载《诗刊》2013年第11期）

莲的步（外一首）

◎ 何伊娜

你安静地开阖
任海浪打开你生禅的座
尘世里升腾起紫红的祥云
碧波滟滟荡漾
那些经卷里飞逸而出的禅颂
安放佛祖点化众生的慈悲

菩提作陪
许多曾经迷途的苦难
背负慈怀的种子渐渐隐去
是谁挡住了你曾经焕发的容颜
迷离了你微醉的唇
空谷幽静梵音回响
你朝圣的天路一寸寸

都是生花的莲步

心香点燃生路的盲道消失
天籁盛开圣洁的佛光
杨枝翠绿净水澄明
红尘散乱的云烟四起
而佛祖强大的静默
仿若菩提沉睡千年的叶脉
千万里东海潮水
一波一波漫过莲心苦等的寂寞
你静开无声
般若禅定

（选自《中国诗歌2013年度诗选》,线装书局2014年版）

白沙岛(外二首)

◎幼　子

这些白,像色彩里的疑惑
春天的兴奋,又或命悬一线的纯净
候鸟挣脱的云,倒映着这座岛
以它静默的形态展示了它深处的故事
你我都不懂,白色一直走在孤独里
它的背面,水下的阴暗与汹涌
这些被惊动的往事,这些蚕食的美

大片的阳光里,岛一直保持着距离
像多数时候的我们,会去守候这个春天
留于孤独,无关与你我端起的茶杯
一小段的插足,也会像暴雨袭来的断裂
其实我们都不适合走过这个岛
在我途经的老人前,在阡陌般的脸庞里

写下一扇蓝白色的窗

（原载《诗潮》2016年第8期）

衰老的声音

我一定在搭建我的池塘，有四十年了
现在池水充盈，我常会控制不住把它倒出来
以便我能有更大的勇气去装入，继续我的劳作
一些命里的事物在逐渐地庞大，积压
这是非常危险的，比如我体内的野兽
又比如镜子里的湖水，一些倒影

这些年，我学会了喝酒，也学会一个人枯坐
一定又有什么东西漫过了我的身体
我会莫名其妙地流泪，以此去埋葬过往
亲爱的，让我们再搭建一座避难所
在我的池塘周围，允许沉鱼探出头来
望一望里面的星光，这些灰尘
只是门扉轻掩，衰老的声音又落满一地

（原载《中国诗歌》2017年第6期）

海的记忆

那张发黄的底片仍躺在礁石的下面
你看了又看，有一只小船泊在那里。许多年了

渔村已变成了一幢幢的别墅园区,有白色的汽车
泊在那里,夜色下异样的明亮,而此时的灯光
成了一枚枚利箭划过你的记忆,变为伤口
看似千帆漂过的场景,看似万盏渔灯串成了一片
即便你再一次用沉闷的号角召唤,但那个
断桨人已远行天涯。而今,你仍免不了挥手
用潮涨潮落的脾气把一群群白色的马匹驱赶上岸
然后回头,抖落一身的叹息

(原载《诗歌月刊》2014年第9期)

身体是没有反抗的敌人(外二首)

◎啊　呜

它已经被俘虏
并将被处决,扫射,用冲锋枪
我便黑了脸,像一块
不规则的蜂窝煤
日光一道道穿过身体
在地上标记出魂魄
这些圆形的圣徒们克制着
拒绝滚动
它们忠于这个敌人

等阳光足够强烈
每个圆孔的内侧
开始变得炽烈,燃烧起来
可我仍旧巍然站立着

像一面在战火中洗礼的旗帜
战争已经结束
它有权,掏空自己

(原载《特区文学》2014年第3期)

地　图

每到一个陌生之处
我都会在某个锯齿上
割伤自己,割开泥海和沙田
过去和现在
一条鲜艳的鸿沟终于
让我不再是我
陈旧的部分
保持陈旧,倒下
变成小块陆地
每天接受海浪的冲洗
越发锋利
新鲜的部分将会永远新鲜
并通过凝视
压制出死亡的形状
可我已经在不断地死去
不断地扭曲身体
扭出锯齿纹
等到我比那线条更为窄小
才感到虚空即是疑问

“哦，地图，你可否显示
此刻我正站在哪里？”

（原载《诗刊》2015年第10期）

一本诗集的页码问题

和往常一样
疲倦躺入一本诗集
慵懒地翻身
从一八二到一八四页
粘了一身铅字
痛得血泪俱下
就像页码暗示的那样
要不，爱
要不，生
要不，死

这夹在中间的小鼠
挣扎着
让人急欲投一杆标枪
穿破红尘
这样，我就得到
一支烤串
肉香扑鼻
但我要如何

残忍地撕咬
这哀号不断的人生?

终于一个人爱过了
也活够了
一八四,是的
他便死了
后面是一八五
“要不,我? ”
我一阵惊悸
诗集从一次瞌睡中掉出来
为什么,“我”
会站在死亡身后?

(原载《北京文学》2017年第1期)

后　记

收录进这本选集的，是过去五年舟山作家发表在省级以上文学杂志的作品，由于征集时间紧迫，难免会有遗漏之作。且因篇幅限制，许多文学作品特别是纪实类作品和文学理论著述未能选入，令人遗憾。为尽可能让较多的舟山作家得以展示自己的作品，限定每人只选小说（散文）一篇，或诗歌二三首，为此忍痛割舍了许多佳作。尽管有种种不尽如人意之处，本选集还是基本反映了五年来舟山文学创作的重要成果。

舟山文学创作的一个很大特色便是海洋文学。本选集中，有许多作品以海洋海岛为题材，写出了舟山特有的风物人情，还有一些作品虽然没有直接以舟山为背景，但所塑造的文学形象还是反映了舟山的气韵格调。具有鲜明地方特色的文学作品，是一个地区最形象的文化代言者，也是一个地方的文学符号，有增强地方文化清晰度和感染力的作用。所以这几年来舟山一直在倡导海洋文学，因为作为全国最大的群岛，海洋海岛文化是舟山最鲜明的特色。

跨入新区时代和自贸区时代，现实中的舟山给文学创作提供了大量的素材，使作家们能够创作出富有海洋文学特色、触及时代脉搏和人类灵魂的精品力作。舟山海洋文学除了题材特殊性外，还在艺术风格上形成了较为鲜明的地方特色，也就是舟山所特有的生活环境、风土人情、文化心理等在作家作品中的综合表现。所谓一方山水养一方性情，一方性情显一方文化，就是这个道理。但我们也不得不意识到，如何让文学的地域性和现代性更好地融合在一起,确实是一个新课题。经济社会的现代化使社会形态的地域性正在压过自然形态的地域性。传统观念认为,地域文学就是有某一个地域特征的文学,写那里的自然山水、传说故事、民情风俗、生产劳动甚至奇闻逸事等,然而随着现代化浪潮的推进,地域文化的表面特征正在消失,钢筋水泥构筑的地域性正在取代田园山水构筑的地域性。由此而论,创作题材的地域性似乎是在逐渐丧失。但文学核心还是人学,写出一个地方特有的人文精神、厚重的历史积累和浓郁的文化风貌,表现那个地方人们所推崇的传统美德和朴实情感,展示那个地方人们在价值观念、生活方式和审美情趣的冲突等,不都是现代性视角下的地域性吗?由此而言,本选集对于认识舟山海洋文学创作在这五年的探索,或许能带来某些新的启示。

舟山市作家协会主席　来　其

2018年4月26日